**BIBLIOTHEEK DEN HAAG**
Filiaal Bomenbuurt
Fahrenheitstraat 707, 2561 DE  Den Haag
e-mail: bomenbuurt@denhaag.nl
telefoon: 070-353 69 70

D1356027

BIBLIOTHEEK DEN HAAG
Filiaal Bomenbuurt
Fahrenheitstraat 707 2561 DE Den Haag
e-mail: bomenbuurt@denhaag.nl
telefoon 070-353 69 70

| Omslag: | Buronazessen - concept & vormgeving |
|---|---|
| Binnenwerk: | Bert van Gorkum |
| Drukwerk: | Hooiberg Haasbeek, Meppel |

ISBN 978-90-8660-114-1

© 2010 Uitgeverij Ellessy
Postbus 30227
6803 AE Arnhem
www.ellessy.nl

Niets uit dit boek mag worden verveelvoudigd en/of openbaar gemaakt door middel van druk, fotokopie of op welke andere wijze ook, zonder voorafgaande schriftelijke toestemming van de uitgever.

# Anita Verkerk

# *Vergeten schande*

**familie-/liefdesroman**

DIENST OPENBARE BIBLIOTHEEK BOMEN-BUURT DEN HAAG

**ELLESSY**
*RELAX*

*Met dank aan iedereen die mij in 1994 heeft geholpen bij het schrijven van deze roman, in het bijzonder de toenmalige Stichting Open Deur in Brunssum en de Sociale Dienst van de gemeente Soest.*

*Hallo allemaal!*

*Vergeten schande* is een boeiende en ook ontroerende liefdes-roman, die ik in de zomer van 1994 heb geschreven.

Vandaag de dag kan niemand zich meer voorstellen, dat we het ooit zonder internet, e-mailtjes, ipods en mobiele telefoons hebben moeten stellen. Maar in 1994 waagden maar weinig mensen zich aan een e-mail, een mobieltje was een zeldzaamheid en we betaalden allemaal nog gewoon met guldens.
De wereld zag er toen dus heel anders uit dan nu, maar helaas is het onderwerp van deze roman nog steeds verrassend actueel.
Diverse gebeurtenissen in *Vergeten schande* zijn gebaseerd op een zwartboek over de misstanden rond bijstandsmoeders, dat destijds werd opgesteld door de toenmalige Stichting Open Deur in Brunssum.

Meer weten over mij en mijn andere boeken?
Neem dan een kijkje op mijn website:
**www.anitaverkerk.nl**

Scholieren vinden daar informatie voor een boekverslag of werkstuk. Ik wens iedereen veel leesplezier met deze nieuwe uitgave van *Vergeten schande*.

Groetjes,
:-) Anita

# HOOFDSTUK 1

Het was gezellig druk in de eeuwenoude Kerkebuurt van Soest. Aan de rand van de nauwe straatjes stonden kraampjes vol kerstversiering en dennentakken. Soesters en toeristen verdrongen elkaar in een bonte mengeling van wriemelende mensen voor de kerststal op het pleintje naast de Oude Kerk.

Een hese stem probeerde boven het geroezemoes uit te komen. "Johoho!" klonk het schor.

"Daar is de kerstman, mama!" riep Benny enthousiast. "Een echte kerstman!"

Inge glimlachte. Wat werd hij groot, haar Benny. Ruim zes jaar was hij nu en ze kon zich nog iedere minuut van de bevalling herinneren. Nou ja, dat kwam misschien ook wel doordat ze nu wéér in verwachting was. Even legde ze haar hand op haar hoogzwangere buik en keek toen opzij naar Arno, die naast haar liep. Stoer en gebruind ondanks de tijd van het jaar. In zijn grijze ogen lag een uitdagende glans. Ze volgde zijn blik en zuchtte. Ze had het kunnen weten. Daar, bij het kraampje met houtsnijwerk, stond een blonde schoonheid over een sierlijk engeltje gebogen. Haar ronde vormen staken verleidelijk onder haar nepbontje uit. Arno... Arno had wel erg veel belangstelling voor andere vrouwen. In het begin van hun verkeringstijd had ze het vaak met een grapje afgedaan. "Hij mag van mij overal honger krijgen, als hij maar thuis komt eten!" riep ze dan. Maar toen had ze zich nog niet echt ongerust gemaakt, terwijl nu...

Ze schrok van een luid gebel achter hen.

"Mama!" juichte Benny. "Een arrenslee op wieltjes! Mag ik daar in?"

Inge keek naar de twee snuivende dampende paarden, die rilden in hun tuig. En naar de bonkige boerenkar waar ze voor gespannen stonden. Haar gezicht betrok. Eigenlijk had ze niet veel zin om in zo'n hobbelend geval rondjes over de kerstmarkt te rijden. Zeker niet met die dikke buik.

"Wacht maar hier," bromde Arno. "Ik ga wel weer."

Ze keek ze na. Het blonde jongetje met zijn felblauwe jasje en de sportieve dertiger in zijn pilotenjack. Haar zoon en haar man. Het had zo fijn kunnen zijn met z'n drietjes, als Arno nou maar niet steeds...

Het waren niet alleen zijn avontuurtjes waar ze zo beroerd van werd. Hij dronk. En dat was geregeld een behoorlijk slokje teveel. Als hij dan thuis kwam, wist ze steeds vaker niet waar ze het zoeken moest. Hij was agressief en hij stonk ook nog. Naar bier. Bah.

Luid rinkelend kwam de arrenslee alweer voorbij.

"Dag mam!" riep Benny en hij wuifde uitbundig.

Ze zwaaide tot de kar de hoek omreed. Toen zuchtte ze diep. Arno had het warmste plekje van de hele slee. Hij zat precies tussen twee vrolijke jonge vrouwen in. Een vlotte blonde en een donkere vrouw met een exotische uitstraling.

Arno... Het was allemaal toch wel heel anders gelopen, dan ze had gedacht. Wat was ze opgewonden geweest, kort na hun eerste ontmoeting. Ze las er nog wel eens over in haar dagboek. Dat hield ze trouw bij, al vanaf haar veertiende.

*Hoi dagboek!*

*Vandaag is het toch zo heerlijk geweest! Ik heb een man ontmoet. Zomaar, in de disco. Ik zat daar met Karin een beetje aan de bar te hangen en daar stond hij opeens naast me. Ik zag hem eerst niet, want ik was veel te druk met Karin in gesprek. Maar ineens gleed ik van mijn kruk, zomaar tegen Arno aan. Twee staalgrijze ogen boorden zich heel diep in die van mij. Ik kreeg een gek gevoel in mijn buik. Het was net of er allemaal kleine beestjes zaten te kriebelen, ver weg in mijn binnenste. Met een schok schoot ik weer recht. "Sorry," mompelde ik, "Ik weet niet hoe..."*

*"Geeft niks," antwoordde Arno. "Voor zo'n leuke meid heb ik graag een glaasje bier over." Ik keek hem eerst verbaasd aan, maar al gauw zag ik waar hij het over had. Hij was kletsnat! Door die botsing met mij had hij een heel glas bier over zich heen gekregen!*

*Ik wist niet meer wat ik zeggen moest, maar Arno keek me heel speciaal aan en zei: "Je kunt het weer goed maken met een dansje. Kom op." En daar gingen we. Dicht tegen elkaar aan over de gezellige dansvloer. Zalig gewoon!*

*Het is toch zo'n fantastische spetter! Hij is lang en sterk en hij heeft donkerblonde haren. En weet je, dagboek, hij heeft me ook al gekust! Stel je voor, ik heb een echte kus gehad. Zo'n spannende, waar ik wel eens over gelezen heb. Het gebeurde aan het einde van de avond, buiten bij het hek. Donker was het en ontzettend koud. Opeens was zijn arm om me heen en zijn gezicht kwam heel dichtbij. Ik rook zijn aftershave, lekker kruidig, zo echt mannelijk. Nee, die geur zal ik nooit meer vergeten, mijn hele leven niet. En de rest ook niet. Want toen waren zijn lippen ineens op die van mij. Het voelde warm en spannend. Zijn tong gleed voorzichtig tussen mijn tanden door en ging op onderzoek door mijn hele mond heen. De vlammen sloegen me uit en ik raakte helemaal in de war. Dat zo'n knappe man juist mij uitgekozen had. Mij! Super!*

Ja, zo was het begonnen, bijna acht jaar geleden op een mooie dag in mei. Stapelverliefd was ze geweest. Hoteldebotel van die knappe man. Huiverend trok Inge haar jas wat dichter om zich heen. Er was veel gebeurd, sinds die dag.

"Het was gaaf, mam!" riep een kinderstem dwars door haar gedachten heen. "Hartstikke gaaf! Ik wil nog een keer."

Inge keek zoekend om zich heen. "Waar is papa?"

"Weet ik veel."

"Kom nou Benny, je zat toch tegenover hem?"

Benny haalde zijn schouders op. "Hij was opeens weg. Hè, toe nou mam, mag ik nog een keer?"

"Geen sprake van! Ik wil onderhand weer naar huis."

Met een woest gebaar schudde ze haar kastanjebruine lokken naar achter. "Hè," mompelde ze geërgerd in zichzelf. "Hij weet best, dat ik niet zo lang kan staan."

Ze deed een stap naar voren, wipte op haar tenen en probeerde over de menigte heen te kijken. Het had weinig effect. Zo lang was ze niet.

"Arno! Arno!" Maar het geluid van haar stem ging verloren in het geroezemoes van de mensenmassa.

"Arno!" riep ze nog eens. Er lag een intens verdrietige klank in haar stem en nog iets anders ook. Kreunend zocht ze steun bij een lantarenpaal. Waar kwam die rare kramp opeens vandaan? Vlijmende steken, die dwars door haar hele lichaam heen leken te flitsen. Dit gevoel had ze al eens eerder gehad. Maar dat kon toch niet? Niet hier! Alsjeblieft niet hier! Ze kon toch niet midden op de markt haar kind ter wereld brengen? Ze moest naar huis, zo gauw mogelijk naar huis! Waar was Arno nou?

"Arno!" gilde ze wanhopig.

Mensen draaiden zich om en keken naar haar. Naar die intens witte, hoogzwangere vrouw, die zich met een van pijn vertrokken gezicht aan een lantarenpaal vastklampte.

"Kan ik u helpen?" vroeg een schorre stem achter haar.

"Mijn man!" hijgde ze kreunend. "Ik zoek mijn man. De baby..."

"Volgens mij moet u zo gauw mogelijk naar het ziekenhuis," antwoordde de stem. "Ik breng u wel met de auto. De ambulance doet er altijd zo lang over om in Soest te komen."

Een nieuwe pijnscheut liet Inge bijna dubbel slaan. "Arno," fluisterde ze. "Arno, waar blijf je nou?"

"Kom maar," troostte de hese stem. "Kunt u nog lopen? Mijn auto staat vlakbij."

Inge voelde de kramp langzaam wegebben en haalde diep adem. Traag draaide ze haar hoofd naar de man die haar zijn hulp had aangeboden.

Het was de kerstman.

Zijn buik was net zo dik als de hare. Van onder zijn felrode muts keken twee heldergroene ogen haar oplettend aan.

"Gaat het weer een beetje?"

"Ja, nu wel, maar zo meteen..."

Er kwam een nieuwe kramp opzetten en Inge kreunde zachtjes.

"Niet dus," constateerde de kerstman nuchter. "U moet hier zo gauw mogelijk weg."

"Ja, maar mijn man..."

"Ik laat hem al omroepen. Als hij in de buurt is, moet hij het horen. Kom nou maar gauw mee naar mijn auto."

"En... En Benny... Waar is Benny?"

"Die staat hier naast me. Kom nou maar."

Hij bood haar zijn arm aan en loodste haar zo snel als het ging door de menigte. Achter hen verstomde het geluid van de kerstliedjes met een korte klik.

'*Wil de heer Arno Dubbeldam zich met spoed melden bij de info-stand*' klonk het blikkerig uit de luidspreker.

"Ik wil naar die infostand," hijgde Inge.

"U gaat in mijn auto zitten," zei de kerstman beslist. "Ik rijd u nu meteen naar Molendael."

"Ja maar..."

"Hij komt u wel achterna als ze hem gevonden hebben. Benny? Kruip maar achterin."

"Ja meester."

Inge hoorde het niet. Ze zakte moeizaam op de voorstoel en keek paniekerig om zich heen. Arno! Schiet nou toch op!

Straks moest ze helemaal alleen... Zachtjes kreunend greep ze weer naar haar buik.

De auto draaide de Torenstraat op en reed met een flinke vaart de grote weg af, richting ziekenhuis.

Arno... Arno was helemaal niet blij geweest met haar zwangerschap. Sterker nog: Arno was woest. Razend!

*Hallo dagboek,*

*Niet zo'n leuke dag vandaag. Arno heeft me geslagen. Heel hard. Misschien was het wel een beetje mijn eigen schuld. Maar ik wist zo zeker dat hij het leuk zou vinden als het eenmaal zover zou zijn. Nou ja, je weet wel wat ik bedoel, dagboek. Ik kon er niks aan doen dat ik moest overgeven, toen die keer. En ja, het was natuurlijk wel heel kort nadat ik mijn pilletje had geslikt. Maar van één keertje overslaan, hoef je toch geen drama te maken? Ik heb de hele strip keurig ingenomen, alleen die ene is er misschien weer uitgekomen. Kan ik er wat aan doen?*

*Vanmorgen heb ik dus een test gedaan. Lekker zelf. Het was eigenlijk niet nodig. Ik wist het al. Als vrouw voel je zoiets. Bij Benny wist ik het ook meteen. Nou ja, ik ben dus in verwachting. Een beetje vader springt de sterren van de hemel bij zo'n vrolijk bericht. Maar Arno... Arno was weer eens dronken.*

*"Achterbakse trut!" schreeuwde Arno. "Dat heb je expres gedaan!"*

*"Nee, echt niet, Arno. Ik..."*

*"Je wist, dat ik het niet wilde! Eén is me meer dan genoeg."*

*"Nou," antwoordde ik, "Nummer twee komt eraan."*

*Misschien heb ik dat wel iets te uitdagend gezegd. In elk geval kreeg ik een klap. Een harde, recht in mijn gezicht. Maar de tweede keer lukte hem dat niet meer. Ik weerde hem af en gaf hem een schop in zijn kruis. En daarna ben ik als een gek naar de badkamer gerend. Deur op slot en de douchekop in de aanslag. Voor als hij toch binnen mocht komen. Maar hij kwam niet. Hij lag gillend van de pijn op bed te kronkelen. Nou, moet ie me maar niet slaan. Dat pik ik echt niet. En dat gezeur over die baby moet ook afgelopen zijn. Weet je wat ik hem hoorde schreeuwen? "Haal dat kind dan weg! Je laat maar abortus doen!" Hij riep het heel hard. Hoe durft hij! Hij weet best hoe gevoelig dat bij mij ligt. Mijn kind zal welkom zijn! Mijn kind hoeft geen verschoppeling te worden! Nou ja, als hij straks weer nuchter is, zal hij er wel anders over denken.*

Maar Arno was er niet anders over gaan denken. Nee, bij iedere gelegenheid die zich voor deed, had hij het over 'die baby' of over 'jouw kind'. En hij was ook niet meegegaan naar zwangerschapsgym op die laatste avond. Allemaal stelletjes en zij zat alleen...

Hij zou het toch niet expres doen? Haar ook nog in haar eentje een bevalling laten opknappen? Maar ja, dat was niet erg redelijk gedacht. Toen hij in die arrenslee stapte, was er met haar nog niks aan de hand geweest. Hoewel...

Ze realiseerde zich opeens dat ze de hele ochtend al zo'n vreemd gevoel in haar buik had. En geen trek in eten. Ze hadden natuurlijk nooit naar de kerstmarkt moeten gaan. Maar ja, Benny wilde het zo graag...

"We zijn er," verklaarde de kerstman zacht. "Lukt het?"

Ze schudde haar hoofd. "Even deze wee afwachten."

Hij keek haar bezorgd aan. "Ik haal een rolstoel."

Hij liet de auto voor de ingang staan en rende naar binnen. Ondanks de pijn, kon Inge een glimlach niet onderdrukken. Wat een koddig gezicht, zo'n dravende kerstman.

Even later was hij terug met een verpleegster en een rolstoel. Voorzichtig hielp hij haar uit de auto. Inge wilde hem bedanken, maar ze sloeg dubbel van een nieuwe pijnscheut.

"Laat maar, mevrouw Dubbeldam. Ik pas wel op Benny."

Inge schudde zacht kreunend haar hoofd. Nee, ze mocht Benny niet aan een wildvreemde man toevertrouwen. Wie weet wat hij allemaal met het kind van plan was!

Alsof hij haar gedachten raadde, glimlachte de kerstman: "Ik ben Sander Uithof. Ik ben leraar bij Benny op school."

"Ja mam," knikte Benny. "Het is de meester van groep 6."

"Oh," prevelde Inge verward. "Ik heb je toch liever bij me."

"Dat lijkt me niet zo verstandig," verklaarde de verpleegster resoluut. "Het kind loopt bij een bevalling echt in de weg."

"Ik neem Benny wel mee terug naar de markt," stelde de kerstman voor. "Dan kan hij me helpen." En hij gaf haar geruststellend een kneepje in haar arm.

Inge keek naar hem. Naar zijn felgroene ogen die haar trouwhartig aankeken. "Bent u écht..." begon ze, maar op dat moment sijpelde er opeens een warm straaltje langs haar benen.

"De vliezen zijn gebroken," constateerde de zuster zakelijk. "U gaat nu direct zitten, dan rijden we naar de verloskamer."

Ze duwde Inge vastberaden in de rolstoel en reed meteen weg.

Kerstman Sander bleef heel even staan kijken. Toen pakte hij Benny bij de hand en liep hen achterna.

De zuster hield er een stevig tempo op na en hij haalde hen pas bij de deur van de verloskamer in.

"Wat moet u nu nog?" vroeg de zuster met een argwanende blik op zijn felrode kerstman-outfit. "Bent u de vader?"

Sander schudde zijn hoofd. "Nee, maar ik wil nog even iets tegen mevrouw Dubbeldam zeggen."

"Hmmm..." bromde de verpleegster, maar zij draaide de rolstoel toch een kwartslag om.

"U hoeft niet ongerust te zijn over Benny. Ik blijf hier op de gang met hem wachten tot zijn vader er is."

"U kunt beter mijn ouders bellen. Benny weet het telefoonnummer wel. Dan hoeft u... Oh... Oh..." Haar gezicht vertrok in een pijnlijke kramp.

"Hoog tijd," verklaarde de zuster kordaat. Ze reed Inge naar binnen en sloeg de deur met een klap voor Sanders neus dicht.

*

Tien minuten later lag Inge op het verlosbed te persen alsof haar leven ervan afhing. Om haar heen was het een drukte van belang. Een arts, een paar assistenten, verpleegkundigen, steeds weer zag ze vreemde gezichten boven zich.

"Pers maar rustig," zei een stem.

"Het gaat uitstekend," klonk een andere.

"Daar komt wat aan!"

"Goed zo!"

Een schop in haar buik, een vlijmende pijn en toen leegte.

Intense leegte.

Meteen daarna begon er een baby te huilen. Hoog, jammerend, krijsend.

"Een dochter, mevrouw Dubbeldam. Gefeliciteerd!"

Een dochter. Ze had een dochter...

Ineens lag er een warm glibberig wezentje op haar buik. Een rimpelig kindje met een wijd open krijsend mondje en oogjes die verwilderd om zich heen keken.

*'Neem maar mee, zuster!'* gilde een harde stem in haar hoofd. *'Neem maar mee hoor. Gooi maar bij het vuilnis. Ik hoef haar niet!'*

Voorzichtig trok Inge het baby'tje naar zich toe. Intens teder kuste ze de kleine vingertjes en het neusje.

*'Neem maar mee!'* krijste de stem in haar hoofd. *'Weg ermee!'*

"Ik hou van je, kindje," fluisterde Inge in het oortje. "Mama zal altijd voor je zorgen, hoor. Ik laat jou niet in de steek!"

*'Weg! Weg!'* klonk het in haar hoofd.

Twee handen grepen de baby vast en wilden haar van Inges buik tillen.

"Nee!" gilde Inge. "Blijf af! Dit is MIJN kind!" En ze trok haar dochtertje beschermend dicht tegen zich aan.

De verpleegster schrok ervan. "Rustig maar, mevrouw Dubbeldam. Ik ga haar immers alleen maar even wassen. U krijgt haar zo weer terug."

*'Op de vuilnisbelt ermee!'* schreeuwde de stem in Inges hoofd.

"Ik... ik wil haar nog even vasthouden. Ik..."

"Dat begrijp ik best, maar de kleine koelt zo af. Ze krijgt wat kleertjes aan en dan komt ze meteen terug. Heus, dat beloof ik u." De verpleegkundige veegde voorzichtig een springerige lok van Inges gezicht en zag de tranen die over haar wangen stroomden. Ze viste een tissue uit haar zak. "Stil maar," troostte ze. "Het is ook ellendig dat uw man er niet op tijd bij kon zijn. Zal ik koffie brengen?"

Inge schudde haar hoofd. Nee, geen koffie.

"Thee?"

"Ik heb nergens zin in."

"Dan breng ik een lekkere warme kop soep. Dat hebt u nodig. Maar eerst de baby." Ze keek Inge aarzelend aan. "Mag ik haar nu meenemen?"

Inges gezicht betrok. "Goed, maar ik wil haar zo gauw mogelijk weer terug."

"Tuurlijk." De zuster glimlachte troostend.

Met een wild kloppend hart keek Inge haar na. Zo was zij zélf ook weggedragen, jaren geleden. Maar haar moeder had háár niet meer terug willen zien. Zij, Inge, was verstoten. Als een afgedragen oude jurk was ze weggedaan door de vrouw die haar moeder was...

Hoe kon dat toch? Hoe kon een moeder haar kind wegdoen? Die vrouw had toch ook maanden een baby in haar buik gevoeld? De zachte schopjes en dat vreemde kriebelende gevoel uit de begintijd... Dat had zij toch ook allemaal meegemaakt?

Maar háár moeder was blijkbaar niet van haar gaan houden en

had haar zo snel mogelijk weggedaan. Waarom dan toch? Was zij, Inge, dan zo weinig waard?

Er liep alweer een traan over haar wang en Inge veegde hem haastig weg. Het was zo zinloos om te huilen over iets wat al zo lang geleden was gebeurd.

Er kwam een andere zuster om Inge te wassen en die bracht haar daarna met bed en al naar de kraamafdeling.

In het hoekje bij het raam stond een glazen minibedje op wieltjes. Inge werd helemaal blij. Haar kindje. Daar lag haar kindje!

"Zuster? Mag ik haar even gezellig bij me hebben?"

"Natuurlijk, ik pak haar voor u."

Voorzichtig nam Inge het tere hoofdje in de holte van haar arm. Wat een schatje. Wat een ontzettend lief baby'tje! Het was toch onvoorstelbaar dat iemand zoiets liefs zomaar weg kon doen? Zo'n hulpeloos wezentje. Daar wilde je toch alleen maar goed voor zorgen? Er kwamen nieuwe tranen in Inges ogen. Wat had er aan haar gemankeerd, toentertijd? Waarom hadden ze haar als een versleten meubelstuk... "Inge, meisje!" klonk opeens een harde stem. "Dat was schrikken." Inge herkende het geluid meteen. Daar was mam. Mam met pap.

Moeder gaf Inge een kus en zag op hetzelfde moment het kindje liggen. "Kijk toch eens Herman," riep ze verheugd. "Ons kleinkind! Mag ik haar even vasthouden?"

Ze wachtte niet op antwoord, maar trok de baby kordaat uit Inges armen. "Herman! Ze heeft helemaal jouw ogen, zie je wel! Wat een lieverdje."

Het kindje had zo rustig bij Inge gelegen, genietend van haar warmte en aanwezigheid en nu... Het gezichtje betrok van die plotselinge schelle stem, het mondje ging open en een fel babygehuil weerklonk over de afdeling.

"Hè mam," zei Inge verwijtend. "Doe toch niet altijd zo druk."

"Nou nog mooier," was het antwoord. "Ik ben alleen maar enthousiast. Dat is toch logisch als je dochter een kind gekregen heeft?" En zonder overgang liet ze erop volgen: "Vooruit Herman, hou jij haar nu maar even vast."

Het krijsende kind werd in de armen van de wat oudere man gelegd, die zich tot dan toe wat op de achtergrond had gehouden. Onwennig keek hij naar het rood aangelopen hoopje mens en zodra hij met goed fatsoen kon, legde hij de baby weer bij Inge neer.

"En?" vroeg moeder. "Hoe heet ze?"

"Maria."

"Maria? Hoezo Maria? Ik had toch eigenlijk wel verwacht..."

"Kom, kom Sofie," mompelde haar man.

"Nou, ik mag toch zeker wel..."

"Dit is niet het juiste moment, Sofie. We moesten anders maar weer eens gaan. Inge ziet er moe uit."

"Nou, ik vraag me af wat Arno daar van zal zeggen. Hij..."

Moeder stopte abrupt met praten en keek om zich heen. "Waar is Arno eigenlijk?"

Er kwam een verdrietige glans over Inges gezicht. "Ik weet het niet. We konden hem niet bereiken."

"Hoezo niet bereiken? Het is toch zaterdag?"

Er ging een schok door Inge heen. "Benny!" schrok ze en haar stem klonk verschrikkelijk ongerust. "Benny! Hebben jullie Benny al gezien?"

"Ja hoor," antwoordde haar vader geruststellend. "Die zit op de gang met een kerstman. Ik zal hem wel even halen."

Hij draaide zich om en liep het zaaltje uit.

Amper een minuut later huppelde Benny naar binnen. Inge zakte opgelucht terug op haar kussen en deed heel even haar ogen dicht. Met Benny was alles goed en ze had er een gezond dochtertje bij.

"Wat leuk!" riep Benny in haar oor. "Is dat mijn broertje?"

"Je zusje," lachte Inge en ze trok Benny een paar tellen dicht tegen zich aan. "Ze heet Maria."

"Kan ze al voetballen?" vroeg Benny.

Inge schudde haar hoofd. "Nee, dat zal nog wel een poosje duren."

"Jammer," vond Benny en op zijn gezicht stond duidelijk te lezen dat hij een fikse teleurstelling te verwerken had.

Inge glimlachte. "Ze wordt gauw genoeg groot."

"Maar het is een meisje," mopperde Benny. "Die kunnen er niks van."

"Best wel! Meisjes kunnen net zo veel als jongens."

"Hmmm..." bromde Benny.

"Je mag haar wel een kusje geven," stelde Inges moeder voor.

Benny keek zijn oma vol afschuw aan en hij nam niet eens de moeite om te reageren op zo'n gekke opmerking. Hij was toch zeker al veel te groot voor dat kleffe gedoe?

"Kom Sofie," zei Inges vader. "We gaan weg. Inge meid, sterkte en tot vanavond."

"Maar Herman, ik vind het juist zo..."

"Benny gaat met ons mee," viel vader haar in de rede. "Hè Ben? Jij moet opa helpen met het konijnenhok."

"Gaaf!" juichte Benny en aan opa's hand huppelde hij het zaaltje uit.

"Nou," prevelde Inges moeder en er lag ineens een warme klank in haar stem. "Dan ga ik ook maar. Rustig aan doen meisje en je nergens zorgen over maken. Benny is bij ons in goede handen." Ze drukte voorzichtig een kus op Inges voorhoofd en aaide met haar vinger over het babyneusje.

"Maria," mompelde ze, terwijl ze zich omdraaide.

"Dag mam," fluisterde Inge.

Mam... Mam en pap...

Ze waren altijd lief voor haar geweest. Hadden haar verzorgd en gekoesterd, terwijl haar echte moeder...

Als het aan mam gelegen had, was ze het nooit te weten gekomen. Dat vreselijke...


*Hoi dagboek!*
*Er is iets superfijns gebeurd! Eergisteren zijn Arno en ik naar een hotelletje gegaan. Ergens op de Veluwe. We zijn er samen in de auto heengereden. Ik was meteen helemaal blij toen we aankwamen. Zo leuk, zo romantisch. Een oud boerderijtje met van die grappige keitjes voor de deur. 's Avonds hebben we buiten gegeten, op het terras achter het hotel. Niks bijzonders, zul je zeggen, maar dat was het wél. Ik had mijn ijsje op en ik zat*

net naar een hondje te kijken. Een zwart beest met een wit befje onder zijn kin. Een vuilnisbakje.

"Inge?" zei Arno opeens. "Doe je ogen eens dicht."

Ja, dat moet je natuurlijk niet zeggen, als iemand heel ergens anders naar zit te kijken. Ik draaide me om en ik zag nog net hoe Arno een doosje in zijn zak moffelde. Een bruin doosje met een felrood strikje erop.

"Hè?"

"Ogen dicht."

Ik deed mijn ogen dicht en wachtte. Zijn hand streek zachtjes over die van mij en gleed daarna door mijn haar.

"Inge?" fluisterde hij in mijn oor. "Inge? Wil je met me trouwen?"

Ik voelde iets hards onder mijn vingers en ik deed mijn ogen snel open. Daar was het bruine doosje!

Voorzichtig peuterde ik aan het strikje. Gek, mijn handen bibberden opeens heel erg. Pas na een tijdje kreeg ik het los. Ik klapte het dekseltje weg en woelde met mijn vingers onder de gele watjes. Iets hards. Koud en hard. En rond...

"Arno! Wat een prachtige ring."

Arno sloeg zijn arm om me heen en fluisterde: "Vind je 'm mooi?"

"Hij is prachtig en Arno..."

"Ja?"

"Ja."

"Wat ja?"

"Ja! Ik wil graag met je trouwen."

*Hij keek opeens zo blij, zo verschrikkelijk blij! En ik voelde me net zo! Hij en ik. We zouden voor altijd bij elkaar horen. Voor altijd gelukkig zijn!*

*Hij tilde me op en droeg me dat hele eind naar boven. Hij is zo sterk, zo knap. Hij legde me op het bed en toen... Nou ja, je snapt wel wat er toen gebeurde.*

*Oh, ik voel me toch zo heerlijk. Zo super! Mijn leven kan niet meer stuk!*

Ja, die dag was ze nog vol vertrouwen geweest. De toekomst zag er immers zo stralend uit. Maar een paar dagen later zweefden er al kleine witte wolkjes in die heldere blauwe levenslucht.

*Hoi dagboek,*

*Ik snap niks meer van mam. Vanmorgen heb ik het haar verteld.*

*"Ik ben toch zo gelukkig mam, Arno heeft me gevraagd! We gaan trouwen."*

*"Wat een onzin nou," bitste mam. "Waarom moet je je meteen zo vastleggen? Jullie kunnen beter een tijdje gaan samenwonen."*

*"Samenwonen? Maar daar is toch niks aan. Ik wil..."*

*"Als het mis gaat tussen jullie zit je met zo'n rompslomp."*

*"Maar mam, wie denkt er nou aan misgaan? We houden van elkaar!"*

*"Ja, dat zeggen al die stelletjes, Inge. En dan gaat het fout. Eén op de vijf huwelijken eindigt met een scheiding."*

*"Daar geloof ik niks van. Mam! Toe nou, mam! Het lijkt me zo heerlijk om de bruid te zijn."*

*"Meisje, neem van mij een goede raad aan. Denk er nog eens rustig over na."*

*"Maar in de bruidswinkel in Hilversum heb ik zo'n prachtige jurk zien hangen! Gebroken wit met lovertjes en een eindeloos lange sleep..."*

*"Ik wil er niks meer over horen, Inge. Het gebeurt niet."*

*"Maar mam, waarom niet? Vind je Arno niet..."*

*"Arno is een beste jongen, daar gaat het niet om. Jullie zijn gewoon nog veel te jong."*

*"Maar mam, ik ben bijna twintig!"*

*"Precies, dat bedoel ik nou. Je bent amper negentien."*

*En toen wou ze er niet meer over praten! Wat moet ik nou, dagboek?*


Inge wist nog goed, hoe ze zich die dag gevoeld had. Ze begreep absoluut niet wat haar moeder opeens bezielde. En pap was het met mam eens. Dat was nog het allerergste.

Maar Inge was geen vrouw om bij de pakken neer te gaan zitten. Kordaat was ze zelf naar het gemeentehuis gestapt. Er was niet zoveel nodig om te kunnen trouwen. Een uittreksel uit het persoonsregister kon ze meteen al meenemen en daarna schreef ze een brief naar Maastricht, waar ze geboren was. Ze liet de post naar het adres van haar vriendin Karin sturen. Dan hoefde mam er niet meteen van te weten.

Op een stralende dag in maart schoof Karin haar een enveloppe toe. "Hier Ing. Post van de gemeente Maastricht."

Inge had de enveloppe opengescheurd en haar ogen gleden over de tekst van haar geboortebewijs.

"Hé, moet je kijken, Karin. Ze hebben me het verkeerde gestuurd."

"Meen je dat nou?"

"Ja, kijk maar. Er staat een hele andere naam. Bastra. Inge Maria Bastra."

"Ja, dat lijkt zelfs niet eens op Vreeswijk." Karin pakte het papier aan. "Klopt de geboortedatum wel?"

"Ja, 3 juli en het jaar is ook goed."

"Geboren Bastra, Inge Maria," las Karin hardop. "Dochter van Bastra, Maria, zonder beroep, wonende te Amersfoort. Vader onbekend."

"Gek hè?" zei Inge.

"De aangifte is gedaan door: Elza Naters, oud 35 jaar, directrice."

"Laat nog eens zien?" vroeg Inge.

Karin draaide het blaadje om en gaf een gil. "Nee! Kijk nou toch!"

"Wat?"

"Er staat wat in de kantlijn. Lees zelf maar."

Inge nam het blaadje van Karin over en las: "Op 25 september geadopteerd door Vreeswijk, Herman en Vreeswijk-de Groot, Sofie."

Vol ongeloof las Inge het regeltje telkens weer over. Geadopteerd...

Zij, Inge, was geadopteerd? Maar dat kon toch niet? Nee, dit moest een vergissing zijn!

"Ik denk dat ik opeens weet, waarom je moeder niet wilde dat je ging trouwen," verklaarde Karin zacht. "Ze wou natuurlijk niet dat jij erachter kwam dat..."

Inge was op de grond gezakt met haar geboortebewijs dicht tegen zich aan.

Geadopteerd? Pap en mam waren haar échte ouders niet? Onmogelijk!

Toen ze weer naar het velletje keek, zag ze opeens het geboorte-adres. Huize Zilverschoon, stond er.

Ze was geboren in Huize Zilverschoon in Maastricht en haar echte moeder had haar zo snel mogelijk bij het vuilnis gezet...

*

Heel zachtjes streelde Inge de blonde haartjes van het kindje in haar armen. Ze kon het nog steeds niet begrijpen. Een moeder die haar kind wegdeed...

"Zo," klonk een harde stem in de deuropening. "Lig je hier?"

"Arno! Eindelijk."

"Hoezo eindelijk?" vroeg hij nors. "Ik heb me rot gezocht."

"Je had toch gewoon bij me terug kunnen komen, na dat ritje in die slee?"

"Oh ja? Moet ik soms de hele dag je hand vasthouden?"

"Ze hebben je ook nog omgeroepen."

Hij haalde stug zijn schouders op. "Niks van gehoord."

Inge zuchtte. Waarom kwam Arno niet dichterbij? Hij bleef daar maar aan het voeteneinde van het bed staan. Stoer en nors in zijn pilotenjack. Hij zag er zo goed uit. Ze hield zoveel van hem. Waarom deed hij nou zo raar?

"Arno? Kijk eens?" Ze tilde de deken op om hem hun dochtertje te laten zien, maar hij deed geen enkele poging om te kijken.

"Maria... ik wil haar graag Maria noemen," fluisterde ze.

"Je doet maar."

Het klonk ontzettend onverschillig en er ging een pijnlijke steek door Inges hart. "Maar Arno! Kijk dan toch eens. Dit is je dochter!"

"Ik zat niet op zo'n schijtlijster te wachten," barstte hij uit. "Dat weet je donders goed."

"Ze lijkt op jou," probeerde Inge het opnieuw, maar Arno reageerde heel anders dan ze had verwacht.

"Ik begin dit spuugzat te worden," mompelde hij.

Inge verstond het niet goed. Wilde het ook niet verstaan.

"Wat is ze lief hè?" prevelde ze.

Hij snoof en er gleed een verachtelijke glans over zijn gezicht.

"Wanneer kom je naar huis?" baste hij.

"Arno! Dit is je dochter. Je hebt nog niet eens gekeken!"

Hij draaide zich om en liep met stampende passen de gang weer op. "Ik moet weer gaan," hoorde ze hem nog zeggen. "De groeten."

Verbijsterd zag ze de deur achter hem dichtvallen. Wat had Arno nou? Waarom was hij niet blij? Zo'n kindje, zo'n lief kindje, daar kon je toch alleen maar van houden?

'*Ik moet jou niet,*' treiterde de stem in haar hoofd.

Haar échte moeder had haar niet willen hebben.

En Arno? Had Arno nu ook al genoeg van haar?

Och kom, waarom moest zij altijd het sombere van de dingen zien? Arno was natuurlijk moe en hij had vast gedronken. Hij hield van haar en zij hield van hem. Zo simpel was het toch altijd geweest? Arno en zij...

Samen waren ze begonnen. En nu... Nu waren ze al met z'n vieren. Een echt gezinnetje.

In de holte van haar arm bewoog het. Twee heldere oogjes gingen open en uit het mondje kwam een knorrend geluid.

"Heb je honger, kleintje? Wacht maar."

Ze trok haar hesje omhoog en duwde haar tepel tegen Maria's wang. Het hoofdje draaide zich in de richting van het gekriebel en vond de tepel. Gulzig begon het kleintje te zuigen.

Een warme golf van geluk sloeg door Inge heen. Het kwam allemaal wel goed. Dat wist ze opeens heel zeker. Als ze straks maar eenmaal weer thuis was, zou alles fijn en heerlijk worden. Dat kon immers niet anders?

# HOOFDSTUK 2

Een week later mochten Inge en Maria naar huis. Mam en pap kwamen haar ophalen, samen met Benny.

"Waar is Arno?" vroeg Inge, terwijl ze hevig om zich heen keek.

"Een spoedklus," legde haar vader uit.

"Hè, wat jammer nou."

"Ja meisje, zo gaat dat in het leven," reageerde haar vader op een filosofisch toontje. Thuis, in hun flat op de Haverweerd, zat Karin te wachten.

"Wat ziet het er hier netjes uit!" Inge lachte opgetogen. "Heb jij dat gedaan?"

Karin knikte vrolijk. "Ja, dat was hard nodig. Het is ongelofelijk wat een troep die mannen kunnen maken."

"Nou," bromde Inges moeder wat zuinigjes. "Het ligt er ook een beetje aan hoe je ze opvoedt. Die van mij kan uitstekend opruimen. Hè Herman."

"Ik zal wel moeten," mompelde Herman.

Inges moeder hoorde het niet, want ze liep net de kamer uit. Even later kwam ze terug met een grote doos gebak.

"Lange Soesters," verklaarde ze voldaan. "Ik dacht, we moeten het maar even vieren."

Karin en Inge begonnen op hetzelfde moment te lachen. Inges moeder was dol op gebak en als ze maar even de kans zag, rende ze naar de bakker om 'iets te vieren'.

"Dat jij niet dichtgroeit, ma," lachte Inge.

"Och, ik wandel veel," kwam het antwoord. En daarna wijdde moeder al haar aandacht aan de Lange Soester, een typische plaatselijke lekkernij. Een soort boomstammetje van soesdeeg, rijkelijk gevuld met slagroom. Als je aan de voorkant een hap nam, klodderde de room er aan de achterkant uit. Maar moeder was hier op voorbereid. Ze likte de vallende spetter geroutineerd op voor die haar kleding kon bereiken.

Inge keek glimlachend toe en werkte daarna haar eigen gebak naar binnen.

*

Na de koffie gingen Inges ouders naar huis. Ze namen Benny weer mee.

"Jij hebt nu al je tijd nodig voor de baby, kind."

"Ja maar mam, is het niet veel te druk voor jullie?"

"Welnee," zei vader. "Het is juist heerlijk. Ik hoef lekker niet af te drogen. Wat jij, Benny?"

"Klopt," verklaarde Benny trots. "Dat doe ik. En oma wast af."

"Zo is het maar net," knikte zijn opa tevreden.

"En ik mag de konijnen ook eten geven."

Inges vader begon te grinniken. "Als er tenminste nog iets voor ze over blijft," grijnsde hij.

"Hoezo?"

"Hij eet de meeste wortels zelf op," gniffelde vader.

"Nou zeg." Benny klonk verontwaardigd. "Ik moet toch zeker kijken of ze wel lekker zijn?"

Vader gaf Benny een aai over zijn blonde krullenkop. "Tuurlijk, jongen," lachte hij. "Je doet goed werk. En nou mag je je mama een kus geven, dan gaan we weer."

Inge wuifde ze na. De twee oudere mensen en het blonde jongetje. Opa en oma met hun kleinzoon. Gek, waren ze ermee.

"Denk erom, dat je nooit iets tegen Benny zegt," had moeder haar bij zijn geboorte in het oor gefluisterd. "Hij is onze échte kleinzoon. En jij bent onze dochter."

Mam en pap... Ze waren boos geweest over Inges ontdekking van haar adoptie. Woest!

"WIJ zijn je ouders! Dat mag je nooit vergeten."

"Ja maar mam, ik vraag me toch af wie..."

"Dat is absoluut niet belangrijk! Jij hebt maar één moeder en dat ben ik."

Inge had geen antwoord gegeven, maar de twijfel bleef aan haar knagen. Wie was die vrouw, die haar zomaar had afgestaan? Waarom had ze het gedaan? Omdat zij, Inge, niet deugde? Of...

"Zou ik niet ergens kunnen navragen waar..."

"Inge!" zei haar vader kwaad. "Je doet ons verdriet met dat soort praatjes. Jij hoort bij ons. Een ander is er niet. Ze... Ze..."

Moeder was hem in de rede gevallen: "Wij weten ook niet wie het is," bitste ze fel. "Maar ik weet wél dat ze in al die jaren nooit één keer naar je heeft gevraagd. Jij bestaat niet voor haar."

"Bespaar jezelf het verdriet, Inge," mompelde vader schor. "Bespaar ONS dat verdriet."

"We... we houden van je, Inge," fluisterde haar moeder. Inge hoorde duidelijk de wanhopige ondertoon in haar stem.

"Ik hou ook van jullie," antwoordde ze zacht. "Jullie zijn altijd heel lief voor me geweest. Er is toch niks om bang voor te zijn? Stel je voor dat ik mijn... mijn echte..."

"IK ben je moeder!" schreeuwde moeder.

"Mam, waar ben je toch zo bang voor? Die vrouw komt heus niet tussen ons."

"Dat zeg je nu," antwoordde moeder hees. "Beloof me Inge... Je moet me beloven dat je niet naar haar gaat zoeken."

"Dat kan ik niet, mam. Dat is toch niet redelijk."

Haar moeder zakte bij de tafel op een stoel en sloeg haar handen voor haar ogen. Een zacht gesnik vulde de kamer.

"Je doet je moeder ontzettend veel verdriet." Haar vader keek haar verwijtend aan. "Dat heeft ze niet verdiend."

"Ik... ik..." begon Inge. Toen had ze zich woest omgedraaid en was naar haar kamer gerend.

*Ha dagboek,*

*Ik weet niet meer wat ik moet. Mam en pap willen niet dat ik mijn echte moeder ga zoeken. Maar ik ben zo razend benieuwd. Wat is zij voor een vrouw? Een del, die me heeft weggedaan? Een getrouwde vrouw misschien, die mij van haar minnaar kreeg? Of een jong meisje, dat de schande van een kind niet aan kon? Ik wil het zo graag weten. Het zijn mijn wortels. Maar ik wil mam ook geen verdriet doen. Ze houden van me en ik hou natuurlijk ook van hen. Zou er nou zoveel kwaad in steken, als ik mijn echte moeder eens zag? Gewoon, een keertje bij haar om het hoekje kijken, om te weten hoe ze eruit ziet? Of zou ze dood zijn? Dat ik daarom...*

*Mam wil gewoon niet weten dat er nog een ander is. Zij steekt haar kop in het zand. Ze speelt dat ze mijn echte moeder is. Ik hoorde haar laatst nog met een buurvrouw over haar bevalling praten. Dat het zo zwaar geweest was...*

Opa en oma met hun kleinzoon. Kijk, daar gingen ze juist de hoek om. Inge zwaaide zo hard ze kon, hoewel ze wist dat het kleine groepje haar niet meer zag. Moeder was geen steek veranderd in die jaren. Amper een week geleden stond ze immers trots met de pasgeboren Maria in haar armen.

*"Kijk eens Herman, ze heeft jouw ogen."*

"Gaat het, Inge?" vroeg Karin achter haar.

"Ja hoor, ik stond na te denken over vroeger. Zo'n bevalling maakt best wat los. Zeker als je zo alleen..."

"Dat geloof ik best." Karin knikte en zonder overgang liet ze erop volgen: "Wil je nog koffie?"

"Nee, ik heb liever melk. Al die koffie lijkt me niet zo goed voor Maria."

"Dan doe ik er wel een blokje anijs in. Weet je trouwens dat Oud Bruin ook heel goed schijnt te zijn?"

"Ik moet geen alcohol," zei Inge fel. "Dat geeft alleen maar narigheid."

"Och, als je er verstandig mee om gaat..." vond Karin.

"Er zijn er maar weinig die dát kunnen. Arno maakt er een gigantisch zooitje van."

Voorzichtig nipte Inge van haar hete anijsmelk. "Weet jij eigenlijk waar Arno is? Ik had toch zo gehoopt dat hij hier zou zijn."

Karin liep voor Inge uit naar de kamer en samen zakten ze op de bank. Inge wreef vermoeid in haar ogen. "Arno is in het ziekenhuis maar twee keer op bezoek geweest," mompelde ze. "Zo druk kan hij het toch niet hebben?"

Karin schuifelde met haar voeten over de grond. "Ik eh..." aarzelde ze.

Inge keek op. "Er is dus iets. Vertel het maar gewoon."

Er klonk een diepe zucht aan de andere kant van de tafel. "Ik eh..."

"Nou?"

"Arno... Eh..."

"Hè, toe nou Karin, ik kan heus wel ergens tegen."

"Arno heeft de hele week ergens anders geslapen," antwoordde Karin, terwijl ze ondertussen uitgebreid de punten van haar schoenen bestudeerde.

"Wat bedoel je?"

"Hij eh... Ik zag het toevallig, je moet niet denken dat ik..."

"Ik ken je toch," zei Inge.

"Vorige week... Op de dag dat Maria geboren werd... Nou, toen belde je moeder dat Arno er nog steeds niet was en of ik even hier langs wilde gaan om te kijken."

"Ze had toch ook even kunnen opbellen?"

"Dat was het 'm net. De telefoon was steeds in gesprek."

"Wat raar."

"Ja, dat vonden wij ook, dus ik ging hier heen. In het trappenhuis hoorde ik opeens een vrouw lachen." Karin stopte met praten en keek Inge aan. "Ik vind het vervelend om te vertellen..."

Inge haalde haar schouders op. "Ik zou er sowieso wel achtergekomen zijn." Er lag een bittere klank in haar stem. "Laat me raden. Het was Arno met een andere vrouw?"

"Ja, zo'n donkere. Een Aziatisch type."

"Met lang zwart haar?"

Karin knikte. "Hoe weet jij dat?"

"Ik heb hem er al mee gezien. Op de kerstmarkt. Ze zat naast hem in de slee."

"Ze woont precies twee verdiepingen hoger," zei Karin langzaam. "Op nummer 1042."

"Zo," mompelde Inge. "Dus dáár was hij druk mee. Terwijl zijn bloedeigen vrouw..." Ze schraapte uitvoerig haar keel, maar het rare brok dat er opeens zat, verdween er niet van. Weer kuchte ze. "Dus, als ik nu naar 1042 loop, dan heb ik een geheide kans dat Arno daar zit. Let jij even op Maria?"

"Maar wat wil je dan? Je wilt toch niet..."

"Nou en of," zei Inge kordaat. "Dit pik ik niet."

Ze schoot in haar jas en rende de twee trappen op naar boven. Hijgend stond ze even later voor de deur van de andere flat. *T. Hamiryu* stond er op het naambordje.

Inge haalde diep adem en belde aan.

Niets. Geen enkel geluid.

Met een bruusk gebaar schoot haar vinger weer naar het knopje en nu hield ze het vast. Het scherpe gerinkel snerpte door de flat.

"De bel doet het in elk geval prima," mompelde Inge voldaan in zichzelf.

In de verte was nu ook een ander geluid te horen. Haastige voetstappen op weg naar de hal. Inge liet de bel los.

Amper een tel later zwaaide de deur wijd open. Ze was het inderdaad. De mooie Aziatische vrouw die naast Arno in de slee had gezeten. Haar gezicht stond op onweer.

"Wat moet je?" vroeg ze kwaad.

Inge liet haar ogen over de vrouw glijden. Over haar gaaf gevormde gezicht en haar ranke hals die trots boven haar lichtblauwe badjas uitkwam. Aan haar voeten glansden goudkleurige muiltjes.

"Goedemorgen." Inge glimlachte liefjes. "Heb ik u uit bed gebeld?"

De vrouw staarde haar boos aan. "Wat moet je?" herhaalde ze.

De glimlach op Inges gezicht werd zo mogelijk nog breder. "Ik kom mijn man even ophalen. Die ligt in het verkeerde bed, weet u."

"Wat is dat, Tascha?" riep een overbekende stem uit de gang achter de vrouw. "Problemen?"

"Arno!" riep Inge hard. "Ellendige vrouwenversierder!"

"Wat krijgen we..." klonk de stem van Arno en een paar tellen later stond hij bij de deur. Net zo schaars gekleed als de vrouw.

"Wat moet jij hier?" vroeg hij kwaad.

"Dat vraagt mevrouw me ook steeds," glimlachte Inge. "Maar we kunnen beter vragen wat de heer Arno Dubbeldam hier te zoeken heeft."

Arno streek met een hand door zijn haar en gaf geen antwoord.

"Mag ik u er op wijzen, meneer Dubbeldam," zei Inge ijzig kalm,

"Dat uw vrouw zojuist uit het ziekenhuis is thuisgekomen? U wordt twee verdiepingen lager verwacht. Al was het alleen maar om de luiers te spoelen."

"Luiers?" vroeg de Aziatische verbaasd.

"Luiers," knikte Inge. "De heer Dubbeldam is vorige week vader geworden. Z'n tweede kind."

"Is dat zo?" vroeg de Aziatische. "Ik dacht..."

"Natuurlijk dacht u dat," zei Inge vriendelijk. "Maar hij is heus getrouwd. Al zeven jaar. Met mij."

Daarna draaide ze zich rustig om en wandelde terug naar het trappenhuis. Eenmaal uit het zicht leunde ze duizelig tegen de muur. Ze had zich natuurlijk niet zo druk moeten maken. Ze was nog veel te slap van die bevalling. Maar goed, dit kon ze moeilijk over haar kant laten gaan. Het was nu wel duidelijk hoe het zat. Terwijl zij had liggen bevallen, had Arno ongetwijfeld óók gelegen. Bij dat rare mens in bed. Daarom was hij dus amper op bezoek gekomen. Karin was geregeld geweest en haar ouders met Benny... Maar degene waar ze het meest naar verlangde, had precies twee keer de moeite genomen om te langskomen.

"Inge! Is alles goed met je?" Karin stond opeens bij haar.

Inge wreef met een woest gebaar over haar ogen. "Je had gelijk. Hij was bij dat mens, de schoft! Ik zou hem het liefste wurgen."

"Daar zou je nog een hele toer aan krijgen," zei Karin nuchter. "Maar ik kan me goed voorstellen, dat je er zo over denkt. Kom, ga mee naar beneden. Maria..."

"Ja, Maria. Die kan hem geen bal schelen. Hij heeft nog niet eens de moeite genomen om haar vast te houden."

"Ik weet het," reageerde Karin berustend. "Maar kom Ing, we moeten terug."

In haar flat zakte Inge op de bank.

"Neem nog wat melk," stelde Karin voor.

"Bah," mompelde Inge. "Ik ben misselijk."

"Je hebt je te druk gemaakt," constateerde Karin. "Ik had je er nog niet mee lastig moeten vallen."

"Ik had het liever eerder gehoord. Al die dagen in het ziekenhuis heb ik me liggen afvragen..."

De buitendeur sloeg met een enorme klap dicht. "Ellendig rotwijf!" gilde Arno's stem in de hal. "Smerige trut!"

Op vrijwel hetzelfde moment begon Maria in de babykamer te huilen.

"Het had best iets zachter gemogen," antwoordde Inge zo kalm mogelijk. "Je hebt je dochter wakker gemaakt."

"Wat kan mij die..."

"Hou je gemak!" zei Inge kwaad. "We hebben bezoek."

"Dat kan mij geen barst schelen!"

"Maar mij wel. Als je niet heel gauw inbindt, dan..."

"En wat wou jij dan wel? Haha! Haha! Laat me niet lachen!"

"Dat zou inderdaad heel wat beter zijn," vond Inge. "Als je wat meer lachte."

"Wegwezen jij!" schreeuwde Arno tegen Karin.

"Ik denk er niet over!" zei Karin kordaat. "Je blijft van mijn vriendin af!"

"Ik weet niet of ik jou nog wel wil zien, Arno Dubbeldam!" snauwde Inge. "Wat mij betreft, kun je vertrekken." Terwijl de woorden haar mond uitvlogen, besefte Inge best dat ze daar niks van meende. Ze hield van Arno. Ze hoorden bij elkaar!

"Wat zijn we het weer eens," zei Arno intussen sarcastisch, "Ik heb schoon genoeg van je trutmanieren!"

"Hoor eens wie het zegt," schamperde Inge.

"Barst toch, mens!" schreeuwde Arno. Hij draaide zich met een ruk om en rende de flat uit. De deur knalde keihard dicht.

"Nou," prevelde Inge zachtjes. "Ik weet niet wat ik hier mee aan moet."

"Doet hij wel vaker zo?" vroeg Karin zacht.

"Ja, sinds hij drinkt." Inge sloeg haar handen voor haar ogen. Karin hoefde die tranen niet te zien. "Ik... Ik kan er niet meer tegen," snufte ze.

Karin zakte naast haar op de bank en sloeg haar arm om Inge heen. "Stil maar. Ik wist niet dat het zo erg was met Arno."

"Hij doet al zeker een jaar zo. Het wordt steeds erger. Ik laat me natuurlijk niet op mijn kop zitten, maar leuk is anders."

"Vervelend voor je," zei Karin meelevend.

"Ja..." Een diepe zucht. "Een beetje wel. Ik voel me ook zo... zo slap."

"Dat is logisch. Je komt net uit het ziekenhuis. Dat hij dan zo durft te doen."

"Maria," fluisterde Inge. "Maria huilt zo."

"Weet je wat?" stelde Karin voor. "Jij gaat even lekker op bed liggen. En dan verschoon ik Maria."

"Maar Karin, dat is veel te druk voor je."

"Welnee, ik heb expres de hele dag vrij genomen om voor jullie te zorgen. Ga jij nou maar lekker liggen, dan regel ik het verder wel."

"Er moeten luiers in de kast liggen," begon Inge.

"Ik heb ze al gezien. Vooruit naar bed met jou. Zo meteen breng ik Maria wel bij je."

Inge veegde woest over haar ogen. Arno... Oh Arno! Waarom deed hij toch zo?


*Hallo dagboek,*

*Er is iets vreselijks gebeurd! Arno!*

*Het lijkt wel of hij opeens totaal veranderd is. Of heb ik gewoon niet gezien, dat alles anders werd? Hij kwam pas vanmiddag weer thuis. Stel je voor. Hij was zomaar drie dagen weggebleven. Terwijl ik hier toch met een baby zit.*

*"Ha Arno," zei ik toen hij binnenkwam. "Ben je daar eindelijk?"*

*"Hoezo eindelijk? Je weet toch waar ik zit."*

*"Het wordt tijd dat we eens praten," zei ik.*

*"Geen behoefte aan."*

*"Ik wel."*

*"Niks mee te maken."*

*"Arno, waarom doe je zo gemeen tegen me?"*

*"Waarom?" barstte hij uit. "Hoe durf je dat nog te vragen!"*

*Ik keek hem verwilderd aan. "Maar wat heb ik dan misdaan?"*

*"Je hebt me d'r in geluisd met die schijtlijster van je. Dat weet je donders goed."*

*"Hè, daar hebben we het nou al zo vaak over gehad. Ik heb het*

*niet expres gedaan."*

*"Het kwam je anders wel mooi uit. Je wou d'r nog een."*

*Oké, daar had Arno best een punt. "Och..." mompelde ik*
*vaagjes.*

*"Zie je wel!" brulde hij.*

*"Arno, laten we redelijk blijven. Ik vind het ontzettend rot, dat jij*
*met dat mens hier boven..."*

*"Zo, vind jij dat? Nou, dan heb ik een nieuwtje voor je."*

*"Een..."*

*"Ja! Ik trek voorgoed bij Tascha in."*

*"Arno!"*

*"Het is een lekker geil wijf. Heel wat anders dan jij."*

*"Arno!"*

*"Dus kom ik nu m'n koffer even pakken."*

*"Maar Arno! Ik hou van je. En jij houdt van mij."*

*"Vergeet het effe," bromde Arno.*

*Ik was verbijsterd, echt helemaal kapot. Het was net of ik*
*droomde. Een akelige nachtmerrie. Zo meteen zou ik wel weer*
*wakker worden. Misschien hielp het als ik mezelf in mijn arm*
*zou knijpen.*

*Ik kneep.*

*"Au!"*

*"Arno? Beteken ik dan zo weinig voor je? Al die jaren*
*samen..."*

*"Da's voorbij, mens. Al eeuwen!"*

*"Dat geloof ik niet. Dat zeg je er maar om. Je hield toch van me*
*toen we trouwden?"*

Arno haalde onverschillig zijn schouders op en gaf geen antwoord.

"Waarom ben je dan met me getrouwd?" schreeuwde ik.

"Ik had geen zin om in dienst te gaan," bekende Arno.

"Wát zeg je?"

"Ik had geen zin om in dienst te gaan," herhaalde Arno luid en duidelijk. "Door ons huwelijk kreeg ik vrijstelling."

"Je bent gek. Je bent volslagen knetter!"

"Nee hoor, mij mankeert niks. JIJ bent gestoord. Net zoals die rare moeder van je. Lekker doen of alles echt is. Het toneelstuk van de échte dochter."

Het kwam er zo schamper uit. Zo vernederend. Ik werd er razend van. "Wat ben jij gemeen!"

"En jij speelde 'gelukkig huwelijkje', terwijl er al niks meer van over was. Maar ik heb zeker 100 wijven ge..."

Ik gilde keihard. Van pure afschuw. Hoe durfde hij? Hoe durfde hij dit allemaal te zeggen?

"Ik heb mijn buik van je vol," vervolgde Arno. "Zoals je daar theater stond te maken met die arme Tascha erbij. Ik schaamde me dood."

"Arme Tascha!" schreeuwde ik. "Niks arme Tascha! Jij bent van mij!"

"Vergeet het maar! Ik ben alleen maar van mezelf."

"Je hebt ook nog twee kinderen..."

"Handenbinders! Met Tascha kan ik lekker uit zonder gezanik over oppas."

"Dat is toch onredelijk. Dat heb je nou eenmaal met kinderen."

"Nou, dan weet je precies waarom ik weg ga," verklaarde Arno ijzig.

"Arno! Je kunt niet zomaar weggaan. Je kunt me niet zomaar in de steek laten!"

"Dat lukt heel best. Dat merk je nog wel."

"Je bent dronken," probeerde ik nog.

"Flauwekul!" brulde Arno. "Vandaag ben ik hartstikke nuchter. Daar zorgt Tascha wel voor."

Alweer die Tascha. Wat had dat mens dat ik niet had?

"Zij heeft iets niet, wat jij wel hebt," raadde Arno mijn gedachten. "Namelijk, kinderen."

Toen werd het me teveel. Ik had zo mijn best gedaan om me te beheersen, om zoveel mogelijk kalm en rustig over te komen, maar het was opeens allemaal op.

Ik begon te huilen, vreselijk te huilen. En ik baalde zo van mezelf. Waarom liet ik me zo kennen? Ik had het toch nog wel even kunnen volhouden?

"Janken helpt je niet, huilebalk," treiterde Arno.

Helemaal razend probeerde ik hem te slaan, maar hij ontweek me met een gemene grijns op zijn gezicht. Mijn vingers raakten de vaas. De Chinese vaas die nog van grootmoeder was geweest. Ik pakte hem bij de hals vast en smeet 'm met al mijn kracht naar dat grijnzende hoofd. Luid rinkelend sloeg de vaas tegen het bijzettafeltje aan diggelen.

"Lekker mis!" grinnikte Arno. "Zelfs daar kun je niks van."

Ik greep een kopje en gooide opnieuw. Weer mis natuurlijk.

"Het helpt je niks, trut" Arno grijnsde vals. "Regel maar een *advocaat, dan kunnen we scheiden."*

*"Ik wil helemaal niet scheiden!"*

*"Je zal wel moeten." Hij liep met stevige stappen naar de slaapkamer en begon zijn koffer vol te gooien.*

*"Ik zal het goed met je maken!" riep hij vanuit de verte. "Jij mag in deze flat blijven wonen."*

*"Maar Arno..."*

*"Je hoort wel van mijn advocaat!" klonk zijn stem nu uit de hal en twee tellen later sloeg de voordeur dicht.*

*Daar zat ik dan. Ik kon het niet geloven. Dit kan toch helemaal niet! Arno hoort bij mij. En ik bij hem. Hij had vast gedronken. Dat kan gewoon niet anders. Straks als hij nuchter is, komt hij terug om het allemaal weer goed te maken. Dat weet ik heel zeker! Als je kwaad bent, zeg je immers heel vaak dingen die je niet meent. Ik heb tegen Arno ook wel eens gezegd dat ik hem niet meer wou zien. En daar meende ik toch ook niks van?*

"Is Arno nog steeds niet terug?" vroeg Karin ruim drie weken later. Inge schudde verdrietig haar hoofd. "Nee, ik weet het ook niet meer."

Ze zaten samen aan de koffie in Inges flat. Maria lag met een vol buikje te slapen en Benny was naar school.

"Raar eigenlijk," bekende Karin. "Ik dacht altijd dat het zo goed ging tussen jullie."

"Ja, Arno is een prima toneelspeler," knikte Inge en er lag een bittere ondertoon in haar stem. "Hij heeft de buitenwereld altijd een rad voor ogen weten te draaien. Het gelukkige gezinnetje...

Bah!"

Ze roerde peinzend in haar koffie en vervolgde berustend: "Volgens mam loopt één op de vijf huwelijken stuk. Ik ben dus geen uitzondering."

"Zou het?" vroeg Karin zich hardop af. "Volgens mij is dat veel te negatief. Dat cijfer zal je moeder wel uit haar duim gezogen hebben."

"Nou ja, hoe dan ook. Ik ga d'r ook bij horen," zei Inge kleintjes. "Tenminste..."

"Tenminste?"

"Als hij écht nooit meer bij me terug komt."

"Je hoopt nog altijd, dat het wel weer goed komt, hè?" Karin schudde haar hoofd. "Ik denk dat je de feiten maar beter onder ogen kunt zien, Inge. Een man die net vader is geworden en die dan zijn vrouw zo lang alleen laat..."

"Dat heb ik zelf ook al bedacht," zei Inge plotseling fel. "Het is een schoft."

"Dat ben ik helemaal met je eens. Hij had op zijn minst kunnen wachten..."

"Tot?" vroeg Inge heftig. "Het is eigenlijk al een paar jaar mis. Ik wilde het alleen niet inzien. Hij zat steeds maar bij andere vrouwen. Als we eens 'n avondje gingen dansen, mocht ik blij zijn als ik ook een keertje mocht. Hij zocht steeds weer een ander uit." Ze streek woest met haar hand over haar ogen en pakte met de andere haar kopje beet. "Wil je nog wat drinken?"

"Graag." Karin schoof naar het puntje van de bank. "Wacht maar, ik schenk wel in."

"Dat kan ik best zelf. Ik kan veel meer dan ik ooit heb kunnen vermoeden." Inge sprong overeind en was even later terug met twee dampende kopjes. "Hier. Nog een koekje?"

"Nee, beter van niet. Er moeten weer wat klootjes af, zo voor de zomer."

Inge glimlachte. "Nou, daar hoef ik me voorlopig niet druk over te maken. Maria vreet me zowat op."

Ze zocht zorgvuldig een sprits uit de trommel en mompelde: "Ik moet het er nog maar even van nemen, zolang het nog kan."

"Hoezo, zolang het nog kan?" vroeg Karin. "Wat bedoel je?"

Inge haalde haar schouders op. "Het wordt financieel een puinhoop. Arno..."

"Ja?"

"Ik krijg geen cent meer van Arno. Hij heeft niks, zegt hij."

"Hoezo niet?"

"Hij beweert dat hij werkeloos is."

"Echt waar? Dat is dan nog niet zo lang. Toch?"

"Tja, hij zal de hele dag wel met dat mens liggen te vrijen," prevelde Inge bitter.

"Maar hoe moet dat dan?"

"Bijstand."

"Bijstand? Hij zal toch voor zijn kinderen moeten dokken!"

Inge snoof. "Ken je dat spreekwoord van die kale kikker?"

Karin knikte. "Daar valt weinig van te plukken."

"Precies. Als er niets is, dan kunnen tachtig rechters op hun kop gaan staan, het blijft niks."

"Wat ontzettend vervelend voor je," zei Karin meelevend.

"Kon ik maar gaan werken," zuchtte Inge.

"Dat gaat niet?"

"Hoe moet ik dat doen? Mijn kinderen naar een dure oppas brengen en me dan voor een hongerloontje de benen uit mijn lijf gaan rennen? Ach Karin, dan blijft er niks meer over."

"Bijstand schijnt anders ook geen vetpot te zijn."

"Nee, maar wat moet ik dan? Ik heb mam al heel voorzichtig gepolst, maar die voelt er niks voor om twee kinderen te verzorgen. Benny lukt me nog wel, zei ze, maar een baby..."

"Tja, dat is een probleem." Karin veegde een onwillige haarlok achter haar oor. "Ik zou je graag helpen, maar..."

"Ik weet het, jij hebt je baan. Ik vind het al heerlijk als je me 's avonds eens uit de nood komt helpen." Ze nam zuchtend een flinke slok anijsmelk en praatte verder: "Nou goed, dan zorgt mam voor Ben, maar dan zit ik nog altijd met Maria. Weet je wat zo'n oppas kost?"

"Ja, zo'n particuliere oppas kost handen vol geld. En het gastouderproject? Heb je daar al aan gedacht?

Inge knikte somber. "Daar rekenen ze ook per uur. Minstens vier gulden heb ik gehoord. Nou, dan verdien ik zelf hooguit een tientje of nog minder. En dan moet ik mam natuurlijk ook af en toe wat geven voor de moeite. En hier thuis kan ik nog wel in een ouwe trui rond gaan lopen, maar op je werk moet je er netjes uitzien. Dus dat komt er dan ook nog bij. En geld voor schoenen en de kapper en misschien reiskosten."

"Ja, als je dat allemaal op gaat tellen, blijft er inderdaad weinig over."

"En dan heb ik het nog niet eens over de schoolvakanties gehad," zuchtte Inge. "Pap en mam kunnen niet eeuwig voor mijn kinderen opdraaien. Oh! Ik zou Arno het liefst wurgen!" Haar handen grepen een plooi van haar trui en begonnen venijnig te knijpen.

Karin zag het. "Het zou je weinig helpen, denk ik. Voor moord in de gevangenis zitten, lijkt me nog vervelender dan bijstand krijgen."

"Hij heeft nog wel eens een zwart klusje," zei Inge, die haar eigen gedachten volgde. "Maar hoe bewijs ik dat?"

"Moeilijk," zuchtte Karin.

Zwijgend dronken ze hun kopjes leeg.

Toen, alsof het afgesproken was, begonnen ze allebei tegelijk over Maria. Over haar oogjes, haar lieve gezichtje... Inge fleurde duidelijk op.

Pas bij vertrek fluisterde Karin: "Ga jij je aanmelden bij de sociale dienst?"

Inge trok een gezicht. "Ik vrees dat er weinig anders op zit."

De deur viel achter Karin dicht. Inge keek op haar horloge. Maria sliep nog wel een tijdje en het duurde ook nog even voor Benny uit school zou komen. Misschien moest ze nu maar meteen...

"Kom op Inge," praatte ze zichzelf hardop moed in. "Je hebt nog precies vijfenveertig gulden in je portemonnee. Bel nou maar gewoon. Het is niks bijzonders. Bij de sociale dienst krijgen ze dagelijks te maken met mensen zoals jij."

Ze haalde diep adem en zocht het nummer in het telefoonboek op.

Even later kreeg ze het gemeentehuis aan de lijn.

"U spreekt met mevrouw Dubbeldam. Mag ik de sociale dienst van u?"

"Ogenblikje..." Een korte klik en de lijn viel dood.

Het duurde even voor Inge weer iets hoorde. Haar vingers wreven nerveus over de kabel van de telefoon.

"Sociale dienst. Van Loon."

"Goedemorgen. U spreekt met mevrouw Dubbeldam. Ik... Mijn man is weggelopen en..."

"Al contact met de politie gehad?"

"Nee, ik..."

"U weet waar hij is?"

"Ja, hij zit twee flats boven mij, maar daar gaat het nu niet om."

"Waar gaat het wel om?"

"Ik zit zonder geld."

"Zo... U wilt een uitkering aanvragen?"

"Ja, dat zal wel moeten."

"U werkt?"

"Nee."

"Huisvrouw?"

"Ja."

"Kinderen?"

"Twee."

"Leeftijd?"

"Zevenentwintig."

"Zevenentwintig? En die woont nog thuis?"

Inge keek verbaasd in de hoorn. Wat bedoelde die man?

Wie woonde er nog thuis?

"Ik... Ik begrijp u niet."

"Het is heel simpel. U heeft een kind van zevenentwintig jaar en ik vraag u of die nog thuis woont."

"Nee, dat is mijn leeftijd."

"Misverstandje, mevrouw. Hoe oud zijn uw kinderen?"

"Benny is bijna zeven en Maria..." Haar stem stokte en er kwam een akelig kramperig gevoel in haar keel.

"Bent u daar nog, mevrouw Dubbeldam?"

"Ja." Inges stem klonk verschrikkelijk schor. "Maria is... Ze is amper vier weken."

"Nou, die vent heeft flink haast gehad," constateerde Van Loon.

"Wat... Wat..." vroeg Inge verward.

"Kom, we houden het zakelijk," verklaarde de stem in haar oor. "Uw man is er vandoor, begrijp ik?"

"Ja."

"En u zit zonder geld."

"Ja."

"Eigen huis?"

"Nee, we... ik woon in een huurflat."

"Beroep van uw man?"

"Loodgieter, maar..."

"Maar?"

"Hij beweert, dat hij werkeloos is."

"Dat kunnen we nagaan, mevrouwtje. Goed... Voor zover ik nu kan beoordelen, maakt u kans op een uitkering. Maar daarvoor moet ik natuurlijk nog meer gegevens hebben. Ik stuur u wat formulieren toe en dan komt u... eens kijken, vrijdag om tien uur naar mijn kantoor."

"Dan zit ik met de baby."

"Geen punt. Die kunt u rustig hier voeden."

"Ze... ze moet in bad en..." stotterde Inge.

"Geeft u borstvoeding?"

"Ja."

"Zo... Kom dan maar een uurtje later. Met de ingevulde formulieren uiteraard. Waar mag ik het heensturen?"

Inge noemde het adres en hing op. Ze had niet meer durven zeggen, dat elf uur ook niet uitkwam. Ze moest mam maar vragen of die een poosje kon oppassen. Hè, wat was het vervelend om zo afhankelijk te zijn. En die man van de sociale dienst... Wat ging het hem aan of ze borstvoeding gaf? En dat Arno en zij... Of hoorde dat er allemaal bij?

Moeizaam kwam ze overeind van de bank. Als die formulieren er maar eenmaal waren, zag ze wel verder. En misschien was het wel helemaal niet nodig om vrijdag naar de sociale dienst te gaan. Misschien had Arno voor die tijd al genoeg van die rare del. Hij had immers altijd heel snel weer een ander?

Arno... Oh Arno, waarom doe je mij dit allemaal aan? Waarom hou je niet meer van me? Ben ik dan zo weinig waard? En je kinderen? Betekenen je kinderen niks voor je?

Benny leek sprekend op zijn vader. Zag Arno dat zelf dan niet? En Maria...

Uit de babykamer klonk een geluidje en Inges gezicht klaarde op. Maria, lieve kleine Maria... Ze hield zoveel van haar baby'tje.

Voor haar kinderen zou ze vechten. Haar kinderen moesten weten dat ze welkom waren. Gewenst. Misschien dan niet meer door hun vader, maar in elk geval wél door hun moeder! Zij, Inge, vocht voor haar kinderen. Ze moesten gelukkig worden!

Langzaam liep Inge naar de babykamer en tilde Maria uit bed. Even hield ze het kleintje heel dicht tegen zich aan.

'*Doe het raam open!*' gilde een stem in haar hoofd. '*Gooi haar naar buiten. Dan ben je eraf!*'

"Bah!" riep Inge keihard. "Gaat dit dan nooit voorbij? Ik wil niet! Ik hou van mijn kind!"

'*Het raam uit!*' schreeuwde de stem in haar hoofd. '*Weg ermee!*'

"Nooit!" zei Inge fel.

Maria begon te huilen.

"Stil maar kindje," fluisterde Inge. "Mama moet ook niet zo roepen. Maar ze plagen mama. Ze moeten ophouden." Ze gaf het kind voorzichtig een kusje op haar neus.

'*Weg!*' galmde de stem in haar hoofd. '*Doe haar weg! Net zoals jouw moeder jou heeft weggedaan. Dan heb je ook geen gezeur met de sociale dienst. Dan kun je gewoon een baan zoeken. Benny is groot genoeg.*'

"Hou je kop," zei Inge woest. "Ik laat me door jou niet af-bekken."

'*Op de vuilnishoop ermee!*' treiterde de stem.

"Misschien kon ze wel niet anders." Er drupte een traan op het babygezichtje. "Misschien was ze wel verschrikkelijk verdrietig."

'*Maar dat weet je niet zeker,*' ging de stem pesterig door. '*Je zult het nooit weten.*'

"Ik ga haar zoeken! En ik ga net zolang door tot ik haar gevonden heb."

'*Je vindt haar toch nooit,*' jende de stem.

"Dat zullen we nog wel eens zien," zei Inge strijdlustig.

Ze deed Maria een schone luier om en liep met haar naar de woonkamer. Op de bank schoof ze haar trui omhoog en keek vertederd toe hoe het gulzige mondje haar tepel greep.

# HOOFDSTUK 3

*Hallo dagboek,*

*Vandaag ben ik naar de sociale dienst geweest om mijn uitkering aan te vragen. Het was afschuwelijk! Die man, zo'n nare man. En hij deed ook nog net of het allemaal zo hoorde. Of gaat het altijd zo? Het lijkt wel of ze er van te voren al vanuit gaan dat je fraudeert.*

*Het begon meteen al toen ik binnenkwam. Hij had mij een half uur op het bankje in de wachtkamer laten zitten en er was in die tijd niemand naar buiten gekomen. Ik zat op hete kolen. Mam zorgde voor Maria en ze zou Benny ook uit school halen, maar toch zat ik niet rustig. Stel je voor dat Maria zou gaan huilen. Ik ben de enige die haar iets te eten kan geven. Maar goed, eindelijk mocht ik naar binnen. Met mijn hele papierwinkel. Ik moest zelfs het bankboekje van Benny meenemen.*

*"Zo mevrouwtje," begon die vent. "Mijn naam is Frits van Loon. Gaat u zitten."*

*Hij stak een vlezige hand naar me uit. Alles aan hem was dik en patserig. Zijn gezicht had minstens drie onderkinnen en zijn buik was met veel geweld in zijn broek geperst. Met een beetje geluk maakte ik nog mee dat hij er ter plekke uitknapte. Erg aantrekkelijk was dat idee trouwens niet. Zo'n vieze vent en dan in zijn onderbroek... Ik heb er geen idee van hoe oud hij was. Ik ben er slecht in om leeftijden te schatten, maar hij was ver boven de vijftig. Ik mocht hem meteen al niet. Hij had een hele akelige uitstraling.*

"Vervelend dat het zo uitgelopen is," zei ik zacht. "De kinderen..."

"U bent beslist niet de enige uitkeringstrekker, mevrouwtje. WIJ werken hier wél."

Zoals hij dat zei. Zo vernederend. Alsof ik niks deed. Ik had me niet in hem vergist. Het was een kwal!

"Zo vertelt u eens... Uw man is er vandoor?"

"Ja."

"Hoe lang al?"

Ik haalde mijn schouders op. Ik vond het reuze pijnlijk om erover te praten. "Een paar weken," fluisterde ik.

"U kunt gerust wat harder praten," vond Van Loon. "Hij heeft een ander?"

"Ja."

"En vertelt u eens, had hij reden om u zomaar te verlaten?"

Ik keek hem wat ongelukkig aan. Ik had er geen flauw idee van wat ik moest zeggen.

"Uw man vond bij haar wat hij bij u niet kreeg?" prevelde Van Loon, terwijl hij ijverig in een dossier zat te schrijven.

"Wat bedoelt u?"

"De sex. Hoe ging het in bed?"

"Ja maar, wat heeft u daarmee te maken?" antwoordde ik verontwaardigd.

Hij keek me aan, over het randje van zijn bril heen.

"Mevrouwtje, mevrouwtje," klonk het meewarig. "IK stel hier de vragen."

"Volgens de folder die ik gekregen heb, hoef ik op dat soort vragen geen antwoord te geven."

Hij maakte een geringschattend gebaar met zijn hand.

"Mevrouwtje toch," zei hij en er lag beslist een medelijdende klank in zijn stem. "Dan heeft u het niet goed gelezen. Op indiscrete vragen hoeft u natúúrlijk geen antwoord te geven, maar ik onderzoek hier alleen maar of u recht heeft op een uitkerinkje."

Hij nam zijn bril af en wreef met de glazen over de mouw van zijn overhemd. "Luistert u eens, mevrouwtje. Als iemand een baan heeft en zelf ontslag neemt, dan heeft zo'n persoon natuurlijk geen recht op WW. Dat is te begrijpen, niet waar? Dit is een soortgelijk geval. Als u uw man de deur uitjaagt, hoeft u bij de overheid niet aan te kloppen, dat begrijpt u."

"Hij is zelf weggegaan. Ik... ik hou nog steeds van hem."

Hij begon weer ijverig te schrijven. "Juist," mompelde hij. "Maar hoe zat het met de sex? U gaf uw man nog genoeg op dat gebied?"

"Ik... eh..."

"Kom, kom mevrouwtje," moedigde hij me aan. "Ik stel me zo voor dat, als u net een baby heeft, het wat lastig zal zijn geweest in de afgelopen maanden. U met zo'n dikke buik, dan kan zo'n man er eigenlijk alleen nog maar achter liggen. Niet prettig voor hem, mevrouwtje. Beslist niet prettig."

Hij begon alweer zijn bril op te wrijven.

Ik keek naar de grond en ik voelde me afschuwelijk. Vroeger, als jong kind, had ik erg veel last van blozen gehad. Op de meest ongelegen momenten trok er een knalrode waas over mijn gezicht. Ik was er langzamerhand overheen gegroeid, maar *in deze verschrikkelijke situatie kwam alles weer boven. Mijn wangen brandden alsof ik uren te lang in de zon gelegen had. Ik schaamde me dood.*

*Dat was voor Van Loon blijkbaar antwoord genoeg. "Dat is me helemaal duidelijk, mevrouw. Met de sex was het niks."*

*Er kwam nu ook nog een kramp in mijn keel.*

*Stel je voor... Stel je voor, dat hij zou beslissen dat alles mijn schuld was. Dan kreeg ik geen geld! En hoe moest dat dan verder? Met mij? Met de kleintjes?*

*"Ik... ik kan niet zonder geld," zei ik wanhopig.*

*"Ja, ja," bromde Van Loon. "Dat beweren ze allemaal." Hij zette met zijn pen een dikke streep en vervolgde: "En nu geeft u borstvoeding..." Zijn ogen gleden over die bril heen langs mijn lichaam. "Gaat u eens staan?"*

*Wat moest ik? Ik ging staan. Ik voelde zijn blik over mijn lichaam glijden. Het was alsof hij mij met die ogen uitkleedde. Ze vonden rust ter hoogte van mijn borsten.*

*"Mooie prammen," mompelde hij.*

*Ik ging weer zitten. Sprakeloos. Wat was dit voor een man? Waarom vernederde hij me zo? Deugde dit wel?*

*"De inkomsten," zei Van Loon, alsof er niets gebeurd was. "Hoeveel krijgt u per maand?"*

*"Niks."*

*"Niks. Dat is weinig. U werkt niet?"*

*"Nee, de kinderen..."*

*"Juist. Spaargeld?"*

*Ik gaf hem zwijgend mijn boekjes. Hij bladerde alles op zijn gemak door.*

*"Dat is ruim beneden de grens," constateerde hij even later.*

*Hij wipte de bril van zijn neus en begon alweer te wrijven.*

*"Goed, dan hebben we dat weer gehad. Vertelt u eens..."*

*Het volgende kwartier kreeg ik een soort spervuur van vragen over me heen. Ik werd er doodmoe van en lette misschien niet meer zo op wat hij me allemaal vroeg.*

*"Uw man doet dus geregeld een zwart klusje?" zei hij op een gegeven moment.*

*Had ik dat gezegd? Ik kon het me niet herinneren. Maar het ging hem in geen geval iets aan. Ik was geen verrader!*

*"Nee hoor," zei ik. "Dat heeft u vast verkeerd verstaan."*

*"Oh ja? Wat zei u dan precies?"*

*Ik had geen flauw idee! "Ik... eh..." stotterde ik.*

*"Dat is alweer helemaal duidelijk." Van Loon schreef daarna minstens een half blad vol.*

*"Goed mevrouwtje," prevelde hij tenslotte. "Nog vragen?"*

*"Ja. Hoeveel... eh..."*

*"Als u in aanmerking komt voor een uitkering... Let wel: ik zeg 'als', dan wordt dat 1594 gulden en 39 cent."*

*"1594 gulden!" zei ik ontzet.*

*Hij knikte vriendelijk. "En 39 cent."*

*"Nou, die paar cent..."*

*"Daar komt u nog wel achter, mevrouwtje. Het moment komt, dat u hier op uw knieën binnenkruipt voor 39 cent."*

*"Maar dat bedrag is toch veel te weinig? Ik heb alleen aan vaste lasten al zo'n veertienhonderd gulden nodig. Ik kan toch niet*

*een hele maand met maar tweehonderd gulden huishoudgeld doen?"*

*"Dat wordt dan flink bezuinigen." Zijn stem klonk koud.*

*"Ja maar, de huur van mijn flat..."*

*"Kleiner gaan wonen. Eventueel kunt u huursubsidie aanvragen."*

*"Ja, maar..."*

*"Kom, kom mevrouwtje, nu moeten we niet zielig gaan doen. U krijgt een riant inkomen en u hoeft daar geen poot voor uit te steken. Een beetje dankbaarheid was meer op zijn plaats."*

*"Ja maar..."*

*Hij stond op. "U krijgt ook nog kinderbijslag en u mag er wat bijverdienen."*

*"Hoeveel? Hoeveel mag ik bijverdienen?"*

*"Ja, dat willen ze allemaal maar al te graag weten, hè? Nou, ik zal het u vertellen, hoor. In uw geval is dat 264 gulden en vijf cent."*

*"Per week?"*

*Hij begon bulderend te lachen. "Per week!" proestte hij. "Per week! Die is goed. Nee mevrouw, per maand natuurlijk. U bent hier niet bij Sinterklaas!"*

*En daar kon ik het mee doen. Met een "U hoort nog van ons" stond ik even later op het pleintje voor het gemeentehuis.*

*Er was verder niemand. Alleen ik. Ik liep wat doelloos rond tussen de blauwe stalen buizen die een kunstwerk moeten voorstellen en dacht na. Naar mijn idee was die man zijn boekje ver te buiten gegaan met zijn gevraag. Maar bij wie moest ik klagen?*

*Ik ging weer naar binnen en probeerde het bij de receptie.*

*"Och mevrouw," was de reactie van de receptioniste. "Er komt hier niemand voor zijn lol. En ja, er worden wat vervelende vragen gesteld, maar dat hoort erbij. U kunt ervan verzekerd zijn dat al onze medewerkers uw zaak zo discreet mogelijk behandelen."*

*Ze knikte nog een keer vriendelijk naar me en ging verder met haar typewerk.*

*Zuchtend ging ik naar buiten en zo gauw mogelijk naar huis.*

Met een hoogrode kleur op haar wangen legde Inge het dagboek aan de kant. Het was afschuwelijk. Nu ze het nog eens overlas, werd ze er met de minuut akeliger van. Maar wat moest ze? Ze was volkomen afhankelijk van die vent. Zuchtend haalde ze haar bescheiden administratie uit de kast en begon te rekenen. Tot nu toe had ze per maand zeker 3000 gulden nodig gehad. Huur, gas, water, licht, onroerend goedbelasting, kijk- en luistergeld, rioolrechten, de milieuheffingen, de telefoon, de krant, de eigen bijdrage van het ziekenfonds, de auto, de verzekeringen, huishoudgeld, kleding voor de kinderen en zo kon ze nog wel even doorgaan. Straks kreeg ze nog maar de helft, als ze tenminste iets kreeg. Dat kon toch niet! Er bleef niks meer over om van te eten!

Bezuinigen, had die man gezegd. Maar waarop? Nou, in elk geval had ze geen auto meer, dat scheelde verzekering, wegenbelasting, benzine...

Ze schrapte de bedragen ijverig van het papier, maar er was nog steeds te weinig. De krant weg. Niet dat het veel hielp. Tachtig gulden in de drie maanden zet niet zoveel zoden aan de dijk. Wat was er beslist noodzakelijk?

De huur, gas, licht, water, het ziekenfonds...

Inge zat ijverig te schrijven... en te strepen... en te rekenen...

De kinderbijslag. Hoeveel was dat eigenlijk? Nu ze Maria had, werd het natuurlijk iets meer. Maar dat was lood om oud ijzer, dacht ze verdrietig, want twee kinderen kosten heel wat meer dan één. Ze bladerde nerveus door haar papieren en vond uiteindelijk het bedrag. Ruim 800 gulden per kwartaal. Omgerekend zo'n 60 gulden per week. Oh ja, vakantiegeld kreeg ze ook, zo'n 80 gulden per maand, maar dat zou maar een keer per jaar worden uitbetaald.

Ze rekende verder en schreef en streepte... Maar het lukte haar niet om meer dan 400 gulden voor eten en drinken te reserveren. Voor de hele maand!

"Als Benny een gat in zijn broek valt, hebben we al niets meer," zuchtte ze. Ontzettend moe wreef ze over haar ogen. Ze kon maar beter naar bed gaan. Dit werd toch niet beter en ze zou haar energie straks dubbel en dwars nodig hebben om haar kinderen te verzorgen.

Terwijl ze langzaam in slaap sukkelde, flitste er nog een gedachte door haar hoofd. Er waren mensen die dachten dat bijstandsmoeders zo'n vetpot hadden. Dat ze expres in de bijstand gingen om een lekker lui leventje te hebben. Nou, de werkelijkheid was wel even anders! Vernederingen en pure armoe, dat was het lot van een bijstandsmoeder!

*

De volgende morgen was Inge vroeg op. Haar hoofd nog steeds vol onbetaalde rekeningen. "Kom op meid," zei ze dapper tegen zichzelf. "Het is nu eenmaal zo. Je moet ermee leven. Denk eens aan wat anders!"

En bijna automatisch gingen haar gedachten naar haar echte moeder. Ze had die rare stem in haar hoofd beloofd haar echte moeder te zullen gaan zoeken. Straks, als Benny op school was en Maria lag weer lekker in bed, dan ging ze gewoon beginnen!

*

Een paar uur later zat Inge met haar geboortebewijs in haar hand op de bank. Rustig las ze het papier nog eens over.

*Geboren: Bastra, Inge Maria, dochter van Bastra, Maria, zonder beroep, wonende te Amersfoort. Vader onbekend.*

Maar haar moeder zou vast wel weten wie haar vader was. Dat kon toch niet anders?

Haar vader... Wat zou dat voor man zijn? Iemand die zijn meisje zomaar in de steek gelaten had? Een militair die gesneuveld was? Ach, er waren zoveel mogelijkheden en ze wilde het zo graag weten! Het leidde haar gedachten immers wat af van de narigheid waar ze in zat. Als ze eenmaal haar echte moeder gevonden had, zou alles weer goed worden!

Bastra... Geen bekende naam. Zou er een Bastra in het telefoonboek staan? Eerst maar eens in Amersfoort proberen. Volgens het bewijs had moeder daar immers gewoond. Zenuwachtig zochten haar ogen de kolommen af. Kijk nou toch eens! Daar stond een Bastra.

E. Bastra...

De enige in heel Amersfoort. Voor ze besefte wat ze deed, had ze het nummer gedraaid.

"Bastra," blafte een mannenstem in haar oor.

"Ja goedemorgen met... met Inge... met Inge Bastra. Ik ben op zoek naar Maria."

"Maria?" vroeg de stem ongeïnteresseerd. "Dan heppu een verkeerd nummer. Ik ken geen Maria."

"Uw moeder heet niet toevallig zo?"

"Nee, ik zeg 't toch. Geen Maria." Een korte klik en de lijn viel dood.

Inge zuchtte diep. Het zou ook te mooi geweest zijn. Had ze werkelijk verwacht meteen haar moeder aan de lijn te krijgen? Ja, diep in haar hart eigenlijk wel. En wat had ze dan willen zeggen?

"Hallo, ik ben uw dochter."

Nee, dat was wel erg cru, maar wat dan wel?

Inge schudde haar hoofd en ging in de keuken een beker anijsmelk maken.

Weer terug op de bank keek ze peinzend voor zich uit. Wat nu? *De aangifte is gedaan door Elza Naters, oud 35 jaar, directrice.* Elza Naters... En het was allemaal gebeurd in Huize Zilverschoon in Maastricht. Wat zou dat zijn? Een pension, een tehuis voor ongehuwde moeders misschien? En was die Elza Naters dan directrice van Zilverschoon?

Hoe kon ze daar achter komen? Inlichtingen bellen? Misschien moest ze dat dan nu maar gelijk proberen. Bij gebrek aan een beter idee. Waarschijnlijk was dat huis allang opgeheven, maar je wist toch maar nooit.

Met trillende handen draaide ze het nummer van inlichtingen en hoorde dat er nog elf wachtenden voor haar waren. Het duurde lang voordat er eindelijk iemand voor haar beschikbaar was.

"Goedemorgen, ik wil graag het telefoonnummer van Huize Zilverschoon in Maastricht."

"Zilverschoon zegt u? Weet u het adres?"

"Nee."

"Dat is lastig, mevrouw. Ik zal eens kijken."

Het bleef lang stil aan de andere kant van de lijn, maar opeens was de stem er weer. "Ik heb het gevonden. Huize Zilverschoon, dat is nummer..."

Razendsnel schreef Inge de getallen op een papiertje. "Wel bedankt. Kunt u mij misschien het adres vertellen?"

"Nee, dat spijt me, mevrouw. Wij geven nooit adressen door. Maar als u belt, zal de abonnee u wel verder helpen, denk ik. Goedemorgen."

"Dag," zei Inge.

Haar hand aarzelde boven de telefoon. Als ze nu de hoorn neerlegde, zou ze voorlopig niet meer durven. De vinger van haar andere hand drukte resoluut op de knop en liet 'm meteen weer los. In haar oor klonk de zoemtoon. Ze hoefde alleen nog maar te draaien...

"Toet..." hoorde ze even later. "Toet... toet..."

"Huize Zilverschoon hier," bitste een afgemeten stem.

"Eh..." stotterde Inge. "Ik... eh..."

"Kunt u wat harder praten? De verbinding is behoorlijk slecht."

Inge haalde diep adem. Nu kwam het er op aan. Nu moest ze haar gedachten er heel goed bijhouden. 'Vooruit! Zeg wat!' moedigde ze zichzelf in gedachten aan.

"U spreekt met Inge Bastra. Ik ben op zoek naar mevrouw Elza Naters."

"Juffrouw," corrigeerde de stem pinnig. "Júffrouw Naters."

"Sorry, dat wist ik niet. Ik..."

"Ik ben Elza Naters. Wat kan ik voor u doen?"

"Me... Ik bedoel, juffrouw Naters, u heeft jaren geleden mijn geboorte aangegeven."

"Best mogelijk. Ik heb zoveel geboortes aangegeven."

"Ik... ik ben op zoek naar mijn moeder."

"Ja?"

"Ik vroeg me af of u mij misschien kunt helpen?"

"Als uw vraag bedoeld is om inzage in de dossiers te krijgen, moet ik u helaas teleurstellen," zei de stem koud.

"Maar ik wil zo vreselijk graag weten..."

"Dat is mogelijk, juffrouw... Hoe was uw naam ook al weer?"

"Ik ben nu mevrouw Dubbeldam, maar op mijn geboortebewijs staat 'Inge Bastra'. Mijn moeder heet Maria."

"Bastra... Bastra... Ja, ik herinner het me weer. U bent toentertijd geadopteerd door Sofie Vreeswijk en haar man."

"Ja, dat klopt. En nu wil ik graag weten waar mijn echte moeder woont. Als u dat nog kunt nagaan."

"Natuurlijk kan ik dat nog nagaan, maar ik zei u net al dat daar absoluut geen sprake van kan zijn."

"Wat bedoelt u?"

"Wij betrachten hier uiterste discretie. De privacy van onze patiënten is bij ons gegarandeerd."

"U wilt... U wilt me niks zeggen?"

"Persoonlijk zou ik u graag van dienst willen zijn, mevrouw Dubbeldam. Maar ik kan niet."

"U wilt niet," zei Inge kregel.

"Ik kán niet, mevrouw. Uw afkomst is medisch geheim."

"Maar voor mij toch niet? Het gaat om mij!"

"Nee mevrouw, het gaat om de privacy van uw moeder en haar familie."

"Ja maar..."

"Een verder gesprek is zinloos mevrouw, het spijt me." Zonder verder nog iets te zeggen, hing ze op.

Inge zat verwezen in de hoorn te staren. Huize Zilverschoon bestond nog steeds, Elza Naters was blijkbaar nog steeds directrice en ergens... Ergens in dat gebouw lag een map in de kast. Een map met alle antwoorden op Inges vragen. Maar de kast bleef dicht. Ze zou nooit te weten komen, hoe alles was gegaan...

Maar dát was toch verschrikkelijk gemeen! Dat mens van Naters had haar op zijn minst kunnen vertellen of haar moeder verdrietig was, omdat ze haar kind...

Woest draaide Inge het nummer nog een keer. Ze moest het

weten. Het moest!

"Huize Zilverschoon, goedemorgen," klonk de afgemeten stem van Elza Naters. "Ja, u spreekt weer met Inge Bastra. U moet me vertellen waarom..."

Er klonk een snik door in Inges stem, maar de vrouw aan de andere kant van de lijn was daar niet gevoelig voor.

"U weer?" bitste ze duidelijk geïrriteerd. "Ik hoop niet dat u er nu een gewoonte van gaat maken om op te bellen."

"Ik wil weten, hoe mijn moeder over mij dacht," bitste Inge fel. "Ik heb er récht op om dat te weten."

"Hoe uw moeder over u dacht? Mevrouw, ik wil niet vervelend zijn, maar ze heeft u afgestaan. Dat zegt toch genoeg."

"Nee hoor. Het kan best zijn dat ze gedwongen werd."

"Wij dwingen nooit iemand, mevrouw," zei de stem kortaf.

"Dat bedoel ik niet. Haar familie kan haar toch gedwongen hebben om..."

Een diepe zucht aan de andere kant van de lijn. "U wilt me niet begrijpen, hè? Ik kan u geen informatie geven. Goedemorgen, mevrouw Dubbeldam." De hoorn viel uit Inges trillende handen op de grond. Wat een afgrijselijk mens! Hoe kon ze zo koud en harteloos zijn? Zij, Inge, had er toch récht op om te weten waar haar moeder was? Misschien was die vrouw al jaren op zoek naar haar. Al die jaren...

In de verte begon Maria te huilen. Zacht en klagelijk.

Inge rende naar het kamertje en nam Maria dicht tegen zich aan. "Ik zál er achter komen," fluisterde ze in het kleine oortje. "Ik laat me niet kisten door dat rare mens!"

*Hoi dagboek,*

*Vanmorgen kreeg ik bericht van de sociale dienst. Ik kom gelukkig in aanmerking voor een uitkering. Ik ben natuurlijk heel erg blij, maar ondertussen weet ik me eigenlijk geen raad. Het is maar zo'n klein beetje geld. Hoe moet ik in vredesnaam rondkomen? Ik heb de abonnementen op die paar tijdschriften en de krant alvast maar opgezegd. Weet je dat ik het gewoon zonde vond van al die postzegels die erop moesten? Oh, ik weet het niet meer! Die meneer van Loon was wel zo aardig om gelijk een cheque mee te sturen. Als voorschot. Dat valt me reuze van hem mee. Hij gaat me verder ook controleren, schreef hij. Wel vervelend dat 't moet. Maar ja, ik snap ook wel dat er mensen zijn die misbruik proberen te maken van de bijstand. Er schijnen er een heleboel te zijn, die stiekem werken. Dat beweerde die Van Loon tenminste. Er is laatst nog iemand in de cel gegooid voor fraude, zei hij. Volgens hem gebeurt het aan de lopende band. En daar is al die controle voor. Om het kaf van het koren te scheiden, zo noemde hij dat...*

\*

Er gingen een paar weken voorbij. Inge had weer een klein beetje patroon in haar leven kunnen aanbrengen. 's Morgens stond ze vroeg op om Maria te voeden en Benny naar school te brengen. En daarna ging ze flink aan het werk om haar flat op orde te krijgen. Ze voelde zich wel steeds moe, maar daar probeerde ze zo weinig mogelijk op te letten. Ze moest vooruit, ze kon niet op de bank gaan liggen huilen. Daar had niemand wat aan en zijzelf al helemaal niet. Ze gaf nog steeds borstvoeding. Aan de ene kant was dat heerlijk en ook goedkoop. Aan de andere kant werd ze daardoor wel erg aan huis gebonden.

"Wat maakt het uit?" zei ze op een middag tegen Karin. "Ik heb amper geld om eten in huis te halen. Lekker shoppen zit er voor mij niet meer in. Te duur."

"Toch zou het goed voor je zijn," antwoordde Karin hartelijk. "Dan trakteer ik toch gewoon een keer?"

Inge schudde haar hoofd. "Nee, dat wil ik niet. Ik wil mezelf kunnen redden. Het is alleen..."

"Ja?"

"Ik zit zo met mijn moeder."

"Is ze ziek?" vroeg Karin meelevend.

"Nee, ik bedoel mam niet. Ik heb het over mijn echte moeder."

"Ah, op die manier."

"Ja, ik heb een tijdje geleden naar Maastricht gebeld. Naar dat huize Zilverschoon, maar..." Ze haalde zuchtend haar schouders op.

"Bestaat dat dan nog?"

"Ja, ik heb later naar de gemeente gebeld. Het was toentertijd een tehuis voor ongehuwde moeders."

"Dus jouw moeder was ongetrouwd toen ze je kreeg." Karin keek nadenkend voor zich uit.

"Ja, vandaar dat mijn vader onbekend is."

"Je moeder weet vast wel wie je vader is."

"Zou het?" vroeg Inge zich af. "In elk geval wil dat mens van

Naters niks zeggen."

"Elza Naters? Diezelfde van je geboortebewijs?"

"Ja, dezelfde. Een raar mens. Ze zei..." Haar stem kreeg een rare hoge klank: "De privacy van onze patiënten is me heilig."

"Daar ben je dan mooi klaar mee."

"Zeg dat wel. Ik weet nou ook niet meer goed wat ik moet doen."

"Amersfoort bellen?"

"Heb ik al gedaan. Er stond één Bastra in het telefoonboek, maar die was het dus niet."

"Tja..." Karin dacht een poosje na. "Het zou ook wel erg toevallig zijn als ze nog steeds op dezelfde plaats woonde."

"Die Elza Naters beweerde dat ze het adres wel kon achterhalen."

"Maar ze wilde niks zeggen, dus daar schiet je weinig mee op."

"Nee. Ik vraag me af..."

"Wat?"

"Als ik eens naar Maastricht zou gaan? Gewoon van vrouw tot vrouw met die Naters praten. De telefoon is toch wat onpersoonlijk. Ik had wel heel iemand anders kunnen zijn."

"Maar dan zul je Maria mee moeten nemen of wachten tot je geen borst meer geeft." Inge zuchtte diep. "Ja, het zou het makkelijkst zijn als ik ermee stopte, maar..."

"Maar?"

"Poedermelk is peperduur."

"Dan moet je nog een poosje geduld hebben," vond Karin.

"Ik wil het zo vreselijk graag weten."

"Hoor 's Inge, je kind is maar heel kort zo klein. Geniet er nou van."

"Maar als mijn moeder nou eens dood gaat, terwijl ik..."

"Als, als en nog eens als! Je weet niks van haar. Ze kan er al wel jaren niet meer zijn."

"Misschien is ze bij mijn geboorte wel gestorven."

"Dat kan."

Inge schudde heftig haar hoofd. "Nee, dat mens riep zo duidelijk dat het om de privacy van mijn moeder ging. Die leeft nog."

"Het blijft gissen." Karin knikte ernstig. "Maar Inge, luister eens, die paar maanden kunnen d'r heus nog wel bij. Geniet nou van Maria."

"Iedere keer als ik haar naam hoor, moet ik aan mijn echte moeder denken."

"Nou, dan ga je morgen naar Maastricht."

"Nee, dat kan niet, want..."

"Inge..." zei Karin heel nadrukkelijk.

"Sorry," mompelde Inge. "Ik weet ook niet meer goed wat ik wil. Straks moet ze me niet."

Karin stond hoofdschuddend op. "Ik ga zo aan het werk. Ik bel je vanavond, oké?"

"Oké."

*

De dagen gingen voorbij.

Op een morgen zat Inge net Maria te voeden toen de bel ging.

Haar eerste impuls was om maar lekker te laten bellen, maar even later schelde het gerinkel alweer door haar flat.

Zuchtend legde ze Maria even op haar buik in de box en terwijl ze haar kleding in orde maakte, liep ze naar de deur.

"Meneer Van Loon?"

"Goedemorgen mevrouwtje, controle."

Hij schoof Inge aan de kant en liep de flat in.

"Eh... Ik... eh... U kunt hier niet zomaar binnenlopen," riep Inge hem aarzelend achterna.

Van Loon draaide zich om.

"Waarom niet?" vroeg hij. "Is er soms iets dat ik niet mag zien?"

"Welnee," zei Inge verontwaardigd. "Maar ik heb in de brochure gelezen dat u alleen met toestemming..."

"Totaal verouderd." Van Loon maakte een geringschattend handgebaar. "Die brochure bedoel ik. Die moet nodig in herdruk."

"Eh..." aarzelde Inge.

"Ja, de regels zijn veel strenger geworden. Leest u geen kranten?"

"Nee," zei Inge naar waarheid. "Daar heb ik geen geld meer voor."

"Hmmm..." mompelde Van Loon, terwijl hij ongegeneerd een keukenla opentrok. "Wat hebben we hier? Een tandenborstel."

Inge keek langs hem heen naar de felgele borstel in zijn hand.

"Dat is mijn klusjesborstel. Voor de... voor de moeilijke hoekjes."

Terwijl ze het zei, vroeg ze zich af waarom ze het hem eigenlijk vertelde. Wat ging het die vent aan? Wat had hij hier in haar laatjes te maken? Van Loon draaide zich om en liep dicht langs Inge naar de deur. In het voorbijgaan streek zijn arm langs haar borst. Inge maakte een woeste beweging achteruit, maar Van Loon leek niet op haar te letten. Met stevige stappen beende hij rechtstreeks naar de badkamer. Daar hoorde ze hem luid tellen.

"Eén, twee, drie en een baby. Dat is vier."

Inge haastte zich naar hem toe. "Waar heeft u het over?" vroeg ze argwanend.

"Ik tel de tandenborstels," verklaarde Van Loon ijzig. "En ik heb er hier drie. Heeft de baby al tanden?"

"Nee, natuurlijk niet!"

"Mooi," ging Van Loon verder en hij hield de klusjesborstel bijna triomfantelijk omhoog. "Nummer één hier is van u." Hij pakte de rode uit het bekertje en telde door: "Nummer twee is van uw zoon. Een hele aardige trouwens, met zo'n Thunderbirdraket er-op. Dure borstels..."

"Die heeft Benny van z'n oma gekregen."

"En dan heb ik hier tandenborstel nummer drie van uw min-naar."

Inge snoof. "U kunt prachtig tellen," zei ze boos. "Maar er klopt niks van. Die rode is van Benny en die blauwe is van mij."

"Dan is de gele van uw huisgenoot," besloot Van Loon. "Daarom lag hij natuurlijk in de keukenla verstopt."

"Die borstel is voor de klusjes," legde Inge zuchtend uit. "Waarom gelooft u me niet? Dat aftandse ding is bijna te vies om aan te pakken. Dat wil toch niemand in zijn mond hebben?"

Van Loon gaf geen antwoord. Hij keek ingespannen naar het

kleine kastje dat boven de wastafel hing.

"Welke geheimen ontdekken we daar?" mompelde hij in zichzelf.

Hij maakte het deurtje open en haalde Inges spulletjes één voor één naar buiten.

"Waar is dit nou goed voor?" vroeg Inge vol ergernis. "U maakt alles in de war."

Van Loon lette niet op haar. Hij onderzocht een tube tandpasta, bekeek een zeepbakje en slaakte toen een verheugde kreet.

"Ha!" riep hij. "Een scheerkrabber! Daar heb ik u te pakken!"

Verbaasd keek Inge naar het scheerkrabbertje in zijn hand. Moest ze hem nu ook nog gaan uitleggen, dat ze daar altijd haar benen mee onthaarde?

"U leeft met een man samen," zei Van Loon. "Hier heb ik het bewijs in handen."

"Dat is... dat is voor persoonlijk gebruik," zuchtte Inge.

In de kamer begon Maria ontevreden geluidjes te maken.

"De kleine vindt ook al dat u niet mag jokken," sneerde Van Loon.

"Het is mijn krabbertje. Daar..." Ze stopte abrupt met praten. Dit ging te ver. Ze ging die vent echt niet vertellen waar ze het voor gebruikte!

"En waar hebt u het dan wel voor nodig?" vroeg Van Loon, terwijl hij hinderlijk dicht bij Inge kwam staan. Ze kon zijn adem ruiken en vol afkeer draaide ze haar hoofd weg.

"Moet ík het zeggen?" ging Van Loon door en hij deed nog een stapje in haar richting. Zijn buik raakte haar borst.

Inge kroop zover mogelijk tegen de muur, maar het was bijna

onbegonnen werk. Hij was zo dik. Zo vadsig...

"U moet weggaan," zei ze hard. "Anders..."

"Anders?" vroeg Van Loon belangstellend.

"Ik wil niet dat u zo doet. U gaat uw boekje te buiten."

"Dat zeggen al die fraudeurs," vond Van Loon. "Nou, zeg op, waar gebruikt u die krabber voor?"

"Om mijn benen te ontharen," zei Inge fel.

"Zo," kwam het antwoord. "Nooit van een ladyshave gehoord? Die is speciaal voor de intieme plekjes. De benen, het derde okseltje..."

Zijn hand greep razendsnel in Inges kruis. Even stond ze verstijfd toen ze zijn vingers op die heel intieme plaats voelde. Toen gilde ze: "Blijf van me af, viezerik!"

Hij deed een stapje terug, maar hij liet haar niet los.

"Ik zal u eens wat vertellen, mevrouwtje. U fraudeert. Ik laat u zo meteen door de politie ophalen en in de cel smijten." Om zijn woorden kracht bij te zetten, kneep hij Inge nog eens extra in haar onderlijf.

"Vuile smeerlap!" gilde Inge. Ze kroop zijwaarts onder hem uit en gaf hem een enorme schop tegen zijn schenen.

Van Loon greep kreunend naar het getroffen lichaamsdeel.

"Hier gaat u last mee krijgen," steunde hij.

Inge verstond hem niet. Ze rende regelrecht naar de woonkamer en greep Maria uit de box. In de hal rukte ze haar jas van de kapstok en sloeg die om Maria heen.

Net, toen ze de voordeur uit wilde rennen, stond Van Loon achter haar.

"U hoeft geen moeite te doen," zei hij met een van pijn vertrokken gezicht. "Ik ga al weg.

Inge dook de keuken in en deed de deur stevig op slot.

"U moet niet denken dat u zo van me af bent!" riep Van Loon door het glas. "Ik vergeet nooit iets, mevrouw!"

Inge hield zich muisstil.

"En ik raad u dringend af om een klacht in te dienen. Dan raakt u namelijk uw kinderen kwijt!"

De voordeur sloeg met een klap achter hem dicht. Inge hoorde zijn woeste voetstappen over de galerij wegsterven. Toch durfde ze de keukendeur niet van het slot te halen. Stel je voor, dat hij er nog stond. Hij was razend op haar. Straks deed hij Maria nog iets aan! Ze keek achter zich naar de keukenklok aan de muur. Bijna tijd om Benny te gaan halen. Die kon ze niet alleen op het schoolplein laten staan. Ze spande haar oren in, maar vanuit de gang kwam geen enkel geluid.

Op haar tenen sloop Inge naar de deur en keek schichtig de gang in. Voor zover ze kon zien, was alles veilig. Voorzichtig draaide ze de sleutel om en trok de deur heel langzaam open.

In haar arm begon Maria opeens te krijsen. Inges hart sloeg een tel over en ging daarna als een razende tekeer. "Stt!" zei ze fel.

De gang was leeg en de rest van de flat ook.

Hij was weg.

Als een robot verschoonde Inge haar dochtertje en legde haar terug in de box.

Met trillende handen zocht ze in het boekje het nummer van de sociale dienst. Dit pikte ze niet! Dit mocht nooit meer gebeuren!

Die vreselijke vent!

"Wát wilt u?" vroeg de receptioniste.

"Een klacht," antwoordde Inge. "Ik heb huisbezoek gekregen van een sociaal rechercheur en..."

"Ogenblikje, graag."

Inge beet op haar lip.

Een droge klik, wat geschuifel en daarna een sombere mannenstem. "Met Jansen."

"Met mevrouw Dubbeldam. Ik... ik heb huisbezoek gehad van een sociaal rechercheur en..."

"Wat is daar mis mee? Huisbezoeken horen bij de service."

"Hij... Hij was... Hij vond een extra tandenborstel en..."

"Zo..." bromde de man aan de andere kant van de lijn. "Dat is niet zo mooi voor u. Hoe lang woont u al illegaal samen?"

"Ik woon helemaal niet samen," antwoordde Inge verontwaardigd. "Ja, ja," sneerde de ambtenaar. "Waar heb ik dat meer gehoord?"

Inge keek verslagen in de hoorn en legde zonder nog iets te zeggen op. Het had geen zin om te klagen. Ze geloofden haar toch niet... Ze dwong zichzelf om Maria heel rustig uit de box te nemen. Het kind had niets aan die spanningen. Zij moest als moeder zorgen voor een rustige omgeving. En wat die Van Loon betrof, die vent kwam bij haar de deur niet meer in!

Ze legde Maria in de kinderwagen en liep naar buiten om Benny van school te gaan halen.

# HOOFDSTUK 4

*Hallo dagboek,*

*Ik voel me toch zo onrustig de laatste tijd. Vreselijk! Ik betrap me erop dat ik telkens uit het raam loop te kijken of er ook iemand aankomt. En als de bel gaat, zit ik soms vijf minuten later nog te trillen als een rietje. Het lijkt wel of ik nu pas besef wat er is gebeurd. Die afgrijselijke vent ook! Hoe haalt hij het in zijn hoofd om me zó vast te pakken! Ik durf gewoon niet meer te gaan slapen. Ik heb namelijk al vier keer over hem gedroomd. Dat ik weer met hem in de badkamer sta en dat hij... En in mijn droom gaat het steeds maar verder. Afgrijselijk! Vannacht droomde ik dat hij me zo stevig beetpakte, dat ik niet meer los kon komen. Ik had een rok aan en zijn hand gleed daaronder. Rechtstreeks tussen mijn benen. Zijn vingers glipten tussen de rand van mijn slipje door en ik voelde hem bij me naar binnen dringen. Zo duwde hij me naar het bed en ging op me liggen. Zijn andere hand druk in gevecht met de rits van zijn broek. Hij was zo zwaar, zo verschrikkelijk zwaar, ik kon bijna geen adem meer halen. En toen was hij opeens weg. Ik lag gewoon helemaal alleen in bed. Het duurde even voor ik besefte dat het allemaal niet écht was geweest. In mijn onderlichaam kon ik de aanraking van die vieze vleesvingers nog voelen. In de verte huilde Maria. Ik was gewoon opgelucht!*

*Ik heb Maria verschoond en gevoed en daarna ben ik zeker een half uur onder de douche gaan staan. Ik denk maar even niet aan de rekening die dat weer op gaat leveren, ik moest dat smerige gevoel kwijt. Anders was ik gek geworden.*

*Oh, ik ben zo bang dat hij weer terug zal komen! En wat moet ik dan? Zijn afscheidswoorden dreunen nog na in mijn hoofd. "En ik raad u dringend af om een klacht in te dienen. Dan raakt u namelijk uw kinderen kwijt." Dat zei hij! Ik heb het duidelijk gehoord. Het drong op het moment zelf nog niet tot me door. Ik was nog akelig door die laffe aanval van hem. Maar nu... Straks staat hij weer voor de deur en dan? Kan hij mijn kinderen afpakken? Ik ben zo bang van wél. Zo'n sociale dienst heeft contacten met de kinderbescherming. Als hij daar leugens gaat ophangen, geloven ze hem vast. En wat moet ik dan? Bij de gemeente vonden ze het doodnormaal dat hij op huisbezoek kwam. En dan dat gedoe met die tandenborstel... Ik heb ermee in mijn hand gestaan met de prullenbak al open. Maar wat bereik ik daarmee? Als hij die borstel de volgende keer niet vindt, zal hij dat vast als een bewijs van mijn schuld opvatten! Waarom zou ik 'm anders hebben weggegooid? Hij ligt dus weer gewoon in de la. Ach, ieder weldenkend mens kan toch zien dat zo'n vieze uitgekauwde borstel niet meer voor tandenpoetsen geschikt is? Maar ja, die Van Loon blijkbaar niet.*

*Oh dagboek, ik maak me zo'n zorgen over mijn kinderen. Ze zijn hun vader al kwijt. Moeten ze hun moeder dan ook nog verliezen? Alleen maar door zo'n kwal die zijn handen niet thuis kan houden?*

*En financieel wordt het ook een steeds grotere puinhoop. Ik doe zo zuinig mogelijk. Iedere keer als de reclamefolders bezorgd worden, ga ik er echt voor zitten. Bij de ene winkel zijn de aardappels in de aanbieding en bij een andere witlof, of prei, boerenkool, varkenslapjes...*

*Hier op de hoek hadden ze laatst drie kippen voor een tientje. Daar kunnen we bijna twee weken van eten als we zuinig doen. En dat moet nu wel. Alles is zo verschrikkelijk duur! Ik ben wel hartstikke blij dat ik tenminste nog een diepvriezer heb. Anders lukte dat met die kip natuurlijk nooit. Maar het ding is wel al zeven jaar oud. Toen het nog goed was met Arno hadden we het er al over gehad dat we nodig een nieuwe moesten. Maar ja... waar haal ik nu het geld vandaan? Als hij vandaag stuk zou gaan, dan... Nee, ik wil het niet eens opschrijven. Ik heb nog een beetje spaargeld. Maar eerlijk gezegd heb ik daar al wat geld van opgenomen, anders had ik vorige week niet eens meer een pak melk voor Benny kunnen kopen. Het gaat zo hard met het geld... Als ik eraan denk dat ik dit geknibbel nog jaren moet volhouden, dan slaat de schrik me om het hart. Maar goed, niet aan denken. Ik moet vertrouwen hebben in de toekomst. Daar gaat het om. Hoewel... als ik alleen maar aan de toekomst denk... Wat moet ik doen als Benny wil doorleren? Zal daar geld voor zijn?*

*En vanmorgen las ik in de krant dat de regering vindt, dat de bijstand wel verlaagd kan worden. Verlaagd! Ik kom nu al niet rond! Die hoge heren in Den Haag hebben makkelijk praten met hun tonnensalaris. Ik denk dat hun belastingvrije onkostenvergoeding al net zo hoog is als mijn uitkering. Voor hen is dat bedrag een fooitje. Ze zwemmen in het geld met hun dure dienstauto's, waarin ze zich ook nog eens door chauffeurs laten rondrijden. En wij, gewone burgers, moeten bijna verplicht met het openbaar vervoer!*

*Laatst was het ook zo belachelijk! Eén of ander licht had een nieuw busplan uitgedacht. Heel Soest was er tegen, behalve de politici. En toen kwam de minister met haar dienstauto uit Den Haag om hier de nieuwe buslijnen te openen. Kan het krommer? Als het mens nu met de trein gekomen was of met de bus... Nou, dan was ze nog een beetje geloofwaardig geweest. Maar nu...*

*Ach, wat doet het er allemaal toe. Ik kan me wel kwaad maken, maar het helpt toch niks. En als ze écht de bijstand gaan verlagen, nou dan ga ik gewoon...*

Met een ruk schoot Inges hoofd omhoog en de pen stopte abrupt met schrijven. Hoorde ze daar de telefoon? Als dat die akelige vent maar niet was!

Ze sprong overeind en aarzelde even voor ze de hoorn van de haak pakte.

"Met Inge?"

"Goedemorgen. Met Astrid Hoef van basisschool "De Honingbij". Spreek ik met mevrouw Dubbeldam?"

"Ja."

"U eh... Ik eh... U moet niet schrikken hoor, maar Benny..."

Er trok een zwarte waas voor Inges ogen en ze moest steun zoeken bij de grote stoel om niet te vallen. Benny... Er was iets verschrikkelijks gebeurd met Benny! Die vrouw durfde het alleen nog niet te zeggen.

In haar hoofd zag ze het altijd zo vrolijke blonde jongetje in een rare houding op een schooltafel liggen. En er was bloed. Overal bloed...

"Bent u daar nog?" riep de onderwijzeres in haar oor.

"Benny..." steunde Inge.

"Benny heeft een ongelukje gehad. Niet heel ernstig hoor, maar..."

"Is hij... Hij is toch niet..."

"Welnee! Welnee! U moet zich niet zo ongerust maken. Benny is gevallen en daardoor heeft hij een fikse bloeding gekregen."

"Oh..." prevelde Inge wazig.

"Er is al iemand met hem naar Zonnegloren, ik bedoel naar Molendael, maar ik denk dat het beter is dat u daar ook heen gaat. Zo'n kind heeft zijn moeder nodig."

"Ik... Ik kom er meteen aan." Inge legde de hoorn neer en keek bijna radeloos om zich heen. Hoe moest ze in vredesnaam in het ziekenhuis komen? Ze kon Maria moeilijk achterop de fiets zetten. En dat hele eind lopen met de kinderwagen was geen succes. Ze moest er zo snel mogelijk heen. Oh, die arme Benny. Ze trok de telefoon weer naar zich toe en draaide een nummer.

"Mam, kun jij alsjeblieft even op Maria passen? Ik moet meteen naar het ziekenhuis, want Benny..."

"Ziekenhuis! Benny!" riep haar moeder in de hoorn.

"Ja, hij schijnt gevallen te zijn. Ik weet ook niet precies wat er met hem is, maar ik moet er wel heen."

"Hoe kan dat nou? Was hij niet bij jou dan?"

"Nee, natuurlijk niet, mam. Het is op school gebeurd."

"Oh, ik eh... Herman! Rij de auto voor! We moeten naar het ziekenhuis!"

"Nee mam," zei Inge dringend. "IK moet naar het ziekenhuis. Als jullie nou even op Maria kunnen passen."

Er kwam geen antwoord meer. In plaats daarvan hoorde Inge een luid getoeter. "Hè mam," zei ze vol ergernis. "Waarom hang je nou op? Nou weet ik nog niks."

Heel even keek ze peinzend voor zich uit. Toen sprong ze energiek overeind. Dan maar met Maria naar Molendael. Als die warm in de draagzak op haar buik hing, kon ze wel fietsen.

Ze propte haastig een luier in een tasje, maar terwijl ze Maria uit bed wilde tillen, ging de bel.

De bel. Wat nou weer? Ze keek achter het gordijn en zag de lange gestalte van haar pleegmoeder. Gelukkig, ze was toch gekomen. Inge rende naar de deur en rukte die open.

"Dat was schrikken, kind," zei moeder en ze stapte meteen naar binnen.

"Pap staat beneden met de auto te wachten. Ga maar gauw."

"Dank je wel, mam. Mocht Maria gaan huilen, dan staat er een busje poedermelk op het aanrecht en..."

"Dat komt wel goed, meisje. Maak je maar niet ongerust. En als je wat weet over Benny, bel dan even."

"Oké," riep Inge en ze rende de deur uit.

Beneden stond haar vader met draaiende motor te wachten.

"Stap maar gauw in," zei hij. "Is Ben in Molendael?"

"Ja."

Vader schakelde en reed met een flinke vaart weg.

"Het is gelukkig niet ver," zei hij, terwijl hij met gierende banden een hoek omsloeg.

Inge beet op haar lip. "Doe maar rustig aan. Volgens de juf was het niet heel ernstig."

"Maar ze hebben hem blijkbaar wel meteen naar het ziekenhuis gebracht."

"Ja... Ik hoop niet..."

"Nee," antwoordde haar vader ernstig. "Dat hoop ik ook niet."

Inge friemelde haar handen nerveus in en uit elkaar. Benny. Ze hadden hem meteen weggebracht. Dan moest er toch iets ergs met hem zijn!

Er flitste weer iets voor haar ogen. Het beeld van een intens wit blond jongetje. Zijn lijfje was overgoten met een felrode waas. Bloed, overal zat bloed...

"We zijn er," zei Inges vader en hij stopte precies voor de ingang. "Ga maar gauw, meisje. Ik parkeer de auto wel."

Inge rende zo snel als ze kon naar de receptie.

"Mijn zoon moet binnengebracht zijn. Hij had een ongeluk gehad op school," hijgde ze angstig.

De receptioniste trok haar wenkbrauwen op. "Is hij met de ambulance gekomen?"

"Nee, dat dacht ik niet. Hij..."

"Mevrouw Dubbeldam?" hoorde ze een stem vragen.

Inge draaide zich met een ruk om.

Er stond een man achter haar. Een knap gezicht onder een bos donkerblonde haren. Hij droeg een felblauwe spijkerbroek en een groen winterjack met een nepbontkraag.

"Mevrouw Dubbeldam?" herhaalde hij. "Ik kan u wel helpen."

Zijn heldere groene ogen keken haar vriendelijk aan.

Er ging een schok door Inge heen. Die ogen, die stem... Ze maakten van alles in haar los. Kramp, vreselijke kramp. Een lauwwarme vloeistof die langs haar benen droop. Dennengroen, de geur van hars en sandelhout. Een kerstman met een wollige baard en een enorme buik. Net zo dik als de hare toentertijd.

Was het mogelijk? Was deze knappe man de kerstman die haar zo goed geholpen had?

'*Ik ben Sander Uithof*' hoorde ze de stem van de kerstman in haar hoofd zeggen.

'*Ja mam, het is de meester van groep zes,*' verklaarde een kinderstem.

Benny!

"Weet u iets over Benny?" vroeg Inge dringend.

Hij knikte geruststellend. "Het gaat goed. Er is absoluut geen gevaar."

"Ik wil hem zien. Waar is hij?"

"Op de kinderafdeling. Loop maar mee."

"In bed? Dan is het dus toch..."

"Rustig maar, het is echt goed. Hij heeft waarschijnlijk een hersenschudding. De zuster zei dat hij een paar dagen in observatie..."

"Observatie?" schrok Inge.

Ze liep met snelle, nerveuze passen achter hem aan.

Ze gingen een paar tochtdeuren door en sloegen linksaf.

Even later liep Inge op haar tenen naar een reusachtig bed. Ergens in het midden lag een zielig hoopje mens met een enorm wit verband om zijn hoofd.

"Och Benny," fluisterde ze.

Het gezichtje draaide in de richting van haar stem. Twee fletse oogjes keken haar aan.

"Mam," klonk het schor. "Mam, ik ben zo misselijk."

"Kindje toch..." Inge ging voorzichtig op de stoel zitten, die voor haar werd aangeschoven.

"Ik ben gevallen," verklaarde Benny wat bibberig. "En het was allemaal donker en toen gilde Herman van 'Jij hebt bloed' en toen kwam de meester en toen moest ik overgegeven."

Inge glimlachte naar hem. "Jij weet het allemaal nog heel goed, hè?"

"Die nare dokter heeft me pijn gedaan." Er lag verontwaardiging in Benny's stem. "Mijn hoofd doet zeer."

"Ik snap het." Inge knikte. "Blijf maar rustig liggen."

"Ga jij niet weg?"

"Ik blijf nog wel even."

Het blonde hoofdje met de enorme lap verband zakte gerustgesteld terug in het kussen. Langzaam vielen de oogjes dicht.

Met pijn in haar hart keek Inge naar haar zoon. Wat zag hij eruit! Hoe had dit kunnen gebeuren?

Er was opeens een hand op haar arm.

"Ik moet gaan," fluisterde een stem. "Loop je nog even mee?"

Ze stond op en liep met hem mee.

In de gang bleven ze dicht naast elkaar staan.

"We hebben eigenlijk niet eens echt kennis gemaakt," zei Inge. "Ik bedoel..."

Hij glimlachte. "Maar we kennen elkaar wel. Ik ben..."

"De kerstman," zei Inge.

"Sander Uithof, de..."

"Meester van groep zes."

Hij knikte.

"Ik heb je nog niet eens bedankt," zei Inge schor.

"Daar was ook niet echt gelegenheid voor, wel? Benny vertelde me dat het allemaal een beetje raar gelopen is."

Er ging een pijnlijke steek door Inges hart. De laatste keer dat ze Sander gezien had, was ze nog een getrouwde vrouw geweest. Een gelukkige vrouw, die op het punt stond haar tweede baby te krijgen van de man waarvan ze hield. En Arno... Er welde een snik op in haar keel. Arno lag op datzelfde moment met die zwartharige del...

"Het spijt me," zei Sander. "Ik moet beter op mijn woorden passen, geloof ik."

Inge haalde haar schouders op. "Ach, het is allemaal voorbij." Ze snoof de lucht met een ruk haar longen in en trok haar schouders naar achter. Het had immers geen zin om hier depressief te gaan doen? Arno kwam nooit meer terug. Ze kon beter kwaad op hem zijn! Woest, omdat hij haar zo vals in de steek gelaten had. Overgeleverd aan geldnood en de vuile vingers van die Van Loon...

Ze wilde weer zuchten, maar hield zich op het laatste moment in. Dit ging niet zo. Ze kon hier moeilijk de rest van de dag staan steunen en kreunen over alles wat voorbij was. Ze schraapte voorzichtig haar keel en vroeg toch nog schor: "Hoe is het eigenlijk gebeurd?"

"Benny is gevallen."

"Ja, dat begreep ik al. Maar hoe?"

"Ze zijn eh... Zullen we anders even gaan zitten?"

"Even dan. Ik wil niet te lang bij Benny weg."

Sander sloop op zijn tenen naar de deur van de ziekenkamer en keek om de hoek.

"Hij slaapt."

"Waar is Benny?" vroeg een andere stem.

"Oh pa," zei Inge schuldbewust. "Ik was je bestaan compleet vergeten."

"Geeft niks, hoe gaat het?"

"Goed geloof ik, maar ik heb nog niet met een zuster gepraat." Ze wees naar de deur. "Hij slaapt."

"Ik ga wel even bij hem zitten, dan kun jij..." Haar vader keek aarzelend eerst Inge aan en toen ging zijn blik naar Sander.

"Oh, dit is... eh... eh..."

"Sander Uithof." Sander stak zijn hand uit. "Ik ben onderwijzer bij Benny op school."

"Vreeswijk. Hoe maakt u het?"

De mannen schudden elkaar de hand. Daarna draaide de oudste zich om en liep de ziekenkamer in.

"We kunnen wel even in de hal gaan zitten," stelde Sander voor.

"Daar moeten ze ook koffie hebben."

Ze liepen terug naar ingang en Inge zakte op één van de banken neer, terwijl Sander op zoek ging naar koffie.

Inge wreef vermoeid in haar ogen. Wat een gedoe allemaal.

"Hier heb ik een lekker bakje voor je," hoorde ze opeens een stem boven haar hoofd.

Ze keek hem dankbaar aan. "Lekker. Ik ben er behoorlijk aan toe, geloof ik."

Hij glimlachte naar haar. "Je ziet er moe uit, geniet er maar van."

Hij ging naast haar zitten en dronk met kleine teugjes zijn bekertje leeg.

"Het is een beetje vervelend," zei hij langzaam. "De gemeente is begonnen met de aanleg van een fietsenstalling op het plein..."

"Ja?"

"Wij hebben als team al zo vaak gevraagd of dat soort werkzaamheden niet in de schoolvakanties gepland kunnen worden, maar ja..."

Hij haalde vermoeid zijn schouders op.

"Ambtenarij..." zei Inge zacht. "Daar weet ik zelf nu ook al leuk over mee te praten." Haar stem was bitter geworden.

"Het hele plein ligt bezaaid met stoeptegels," ging Sander verder. "We hebben de boel al zoveel mogelijk bij elkaar gelegd, maar ja: de mensen zijn aan het werk..."

"En Benny is op zo'n steen gevallen."

"Ja, uitgerekend met zijn hoofd op zo'n scherpe punt. De juf zag het aankomen, maar ze was er net te laat bij."

"En toen heeft hij overgegeven?"

"Hij is even bewusteloos geweest en daarna begon hij te braken."

"En zijn hoofd?"

"Een flink gat. Het is net gehecht en de chirurg vond dat het redelijk meeviel. Hoofdwonden lijken vaak erger dan ze zijn. Door al dat bloed, hè?"

Inge nam het laatste teugje van haar koffie en zette haar beker met een klap op tafel.

"Ik ga zo eens even een verpleegster opzoeken."

"Doe dat," zei Sander. "En als je het niet erg vindt, ga ik nu terug naar school. Er zit al die tijd al een collega in mijn klas."

Hij stak zijn hand uit en zij legde de hare erin. Zijn aanraking was warm en stevig. Een veilig en vertrouwd gevoel.

"Ik kom binnenkort nog wel een keer bij hem kijken," beloofde Sander.

Inge knikte. "Graag, dat vindt hij vast leuk."

Ze bleef nog even staan om hem te zien weggaan. Een stoere, gespierde man in een groen winterjack.

Met een diepe zucht draaide ze zich om en haastte zich terug naar de afdeling. Daar sprak ze de eerste verpleegster aan die ze zag.

"Zuster? Mag ik u wat vragen?"

"Ja natuurlijk, mevrouw."

"Ik ben de moeder van Benny Dubbeldam, daar in kamer acht. Ik wil graag weten hoe het precies met hem is."

"Ik zal de hoofdzuster even voor u halen. Ogenblikje hoor."

Inge hoefde niet lang te wachten. Amper een paar tellen nadat de verpleegster was weggegaan, kwam er een struise vrouw de hoek omdraven.

"Mevrouw Dubbeldam?" vroeg ze vriendelijk. "U had naar mij gevraagd. Loop maar even mee naar het kantoor."

Ze ging Inge voor en wees haar een stoel aan.

"Koffie?"

"Nee dank u, ik heb al wat gedronken."

De zuster ging nu zelf ook zitten en keek Inge aan.

"Dat was schrikken voor u," verklaarde ze hartelijk.

"Ja, wel een beetje."

"Nou, u hoeft niet ongerust te zijn. Ik denk dat het wel met een sisser afloopt. Dokter Bellaart heeft de wond gehecht en het zag er allemaal goed uit. Er is geen bot geraakt, gewoon een fikse vleeswond. En verder..."

"Ja?"

"Hij heeft natuurlijk overgegeven, dat kan op een hersenschudding wijzen. Daarom houden we hem een paar dagen hier om te kijken of er niks beschadigd is, maar eerlijk gezegd zie ik het niet zo somber in. Hij had net alweer behoorlijk praats."

"Oh ja?"

"Ja, zijn grootvader zit even bij hem en ik hoorde ze volop over een konijn praten. Dat is een goed teken."

"Moet hij in bed blijven?"

"Och mevrouw." De zuster glimlachte. "U weet zelf hoe dat gaat met kinderen. Hou die maar eens in bed."

"Ja, maar als het nodig is, dan..."

"Kinderen geven zelf meestal heel goed aan of iets lukt of niet. Een doodziek kind gaat uit zichzelf wel liggen."

"Dus als hij eruit gaat om te spelen, dan..."

"Dan mag dat best. Sterker nog, het betekent dat het goed gaat."

"Fijn," zei Inge. "Dan wachten we dat maar af. Hoe lang moet hij hier blijven?"

"Dat beslist de dokter natuurlijk. In elk geval vannacht en verder moeten we zien hoe hij zich voelt."

Inge stond op. "Ik begrijp het. Dan ga ik nu weer even bij hem kijken."

"Voor u gelden geen bezoektijden, hoor," riep de zuster haar achterna. "U kunt zo vaak binnenlopen als u wilt."

"Bedankt," riep Inge terug.

*Hallo dagboek,*

*Dat was schrikken vanmorgen! Maar het gaat nu al aardig beter met Benny. Het is alleen jammer dat ik vannacht niet bij hem kan blijven. Het mocht wel van de zuster, maar ja... ik kan Maria niet een hele nacht aan mam en pap overlaten. Ze komt eigenlijk nog elke nacht en daar is mijn lichaam ook aan gewend. Tegen drie uur begint er van alles te lekken. Dan moet ik haar gewoon voeden. Gelukkig is mam nu bij Benny. Zij mag blijven slapen, zodat hij niet zo alleen is. En met een beetje geluk mag hij binnenkort weer naar huis. Ik hoop het maar.*

De volgende morgen ging Inge al vroeg naar het ziekenhuis. Ze had Maria warm in een draagzak op haar buik en het fietsen viel haar ontzettend mee.

Het moest ook wel. Het was veel te ver om te lopen.

Benny begroette haar blij.

"Ha mam, ik ben helemaal niet meer misselijk en mijn hoofd is ook al beter."

"Fijn." Inge lachte. "Maar ik denk dat je nog wel rustig moet doen. Ben je er al uit geweest?"

"Ja, ik heb zelf geplast."

"Goed zo. Waar is oma?"

"Opa heeft haar opgehaald. Daarnet al."

"Maar ik heb ze helemaal niet gezien."

"Oma zei al dat jij zo zou komen. Opa ging je ophalen."

"Ik ben op de fiets," zei Inge.

De hoofdzuster stak haar hoofd om het hoekje van de deur.

"Mevrouw Dubbeldam, heeft u even tijd?"

"Ja natuurlijk. Mama komt zo terug, Ben."

"Bah," zei Benny.

"Ik ben echt zo terug." Ze trok de deur achter zich dicht.

"U ziet het zelf al, hè?" zei de hoofdzuster in het kantoor. "Hij heeft praatjes genoeg. U mag 'm zo meenemen."

"Hij mag naar huis?" vroeg Inge blij verrast.

"Ja hoor, dokter Bellaart wil hem volgende week nog een keer voor controle op de poli zien. Ik heb de afspraak al voor u vastgelegd. Woensdag om half twaalf. Ik dacht dan heeft mevrouw de baby aan kant."

Inge glimlachte. "Wat aardig van u."

"U moet hem de komende week nog maar niet naar school doen. Laat hem zoveel mogelijk uitrusten. En volgende week hoort u dan van de dokter wel hoe het verder moet."

"Prima," zei Inge. "Het is een hele opluchting."

"Dat begrijp ik best," vond de hoofdzuster. "Ik heb zelf een dochter. Ik weet er alles van."

"Moet ik nog iets met die wond doen? Schoonmaken of zo?"

"Nee, hoor. Het is vanmorgen nog een keer bekeken en alles ziet er goed uit."

"Prrt...." Maria zat vrolijk te pruttelen in de draagzak.

"Wat een schatje," meende de zuster en ze streelde glimlachend met haar vinger over het neusje.

"Prrt..." zei Maria weer.

"Leuk zeg," vond de zuster. "Ik kan hier uren naar kijken. Maar goed, ik moet weer aan de slag." Ze gaf Inge een hand. "Tot ziens, mevrouw Dubbeldam."

"Dag zuster, bedankt."

Inge ging terug naar Benny. Die zat ontspannen met een Lego-trein op de grond.

"We gaan naar huis, Ben," lachte Inge vrolijk. "Ga je mee?"

"Heb je mijn fiets dan bij je?" vroeg Ben.

"Je fiets? Oh heden, dat is ook zo, ik ben met de fiets."

Inge zakte op de stoel naast het bed. Wat een gezeur nou weer. Ze wist nu al maanden dat Arno er niet meer was, maar haar geest wilde dat blijkbaar nog steeds niet geloven. Mét Arno was ook de auto verdwenen. De auto... Ze had er vroeger wel eens op gemopperd. Het blikken ding nam een flinke hap uit haar huishoudbudget. En wat gebruikte ze hem nou? Ja, dat had ze toen gedacht. Maar als je geen auto meer had, kwam je er pas achter wat je miste. Zeker nu ze ook nog een baby had.

Oh, het had zo anders kunnen zijn!

Arno... Waarom had Arno haar dit toch aangedaan? Waarom had hij haar zo gemeen laten zitten? Hoe moest ze het ooit in haar eentje redden? Een baby, een schoolkind, en geen cent meer om te besteden. Anders had ze een taxi kunnen bellen of Arno had een uurtje vrij genomen van zijn werk...

"Inge, je bent hier," klonk de stem van haar moeder achter haar.

"Oh mam!" riep Inge opgelucht. "Wat fijn dat je er bent. Benny mag naar huis, maar ik..."

"Kind, heb je wel goed geslapen? Je ziet zo wit als een doek."

Inge keek naar Benny. "Nou, ik vind dat hij er wel redelijk uitziet."

"Nee, nee! Ik bedoel jou natuurlijk. Je ziet er slecht uit. Eet je wel goed?"

Inge haalde haar schouders op en zuchtte diep. Wat moest ze zeggen? 'Mam, ik heb honderd gulden huishoudgeld in de week. En daar moet ik ook de kleren van de kinderen van betalen en alle andere uitgaven die je zo hebt in een gezin. En nu is Benny's nieuwe winterjas ook nog compleet bedorven door dat ongeluk. Een groot gat in de ene mouw, een rafel aan de andere en verder overal bloedvlekken. Dat krijg ik nooit meer goed, mam. Ik zal een andere moeten kopen. Maar waarvan? Moeten we een week hongerlijden voor een andere jas?'

Inge zuchtte weer. Ze kon maar beter haar mond houden. Mam zou haar misschien geld toestoppen, maar dat mocht niet van de bijstand. Dan werd haar uitkering gekort en was ze nog veel verder van huis. Misschien zou die afgrijselijke vent haar kinderen dan wel afpakken en in een tehuis doen. Hij had er mee gedreigd. Hij had vast die macht...

"Inge, gaat het? Waarom zeg je niks?" riep haar moeder in haar oor.

"Het is goed, mam. Ik eh... ik ben een beetje moe."

"Nou, dat is te zien. Kom anders bij ons maar koffie drinken."

"Ja, ik weet niet," zei Inge zacht. "Benny moet nog veel rusten. Ik wil niet dat hij zich te druk maakt."

"Dan haal ik wat lekkers en komen we bij jou," zei mam kordaat.

Ondanks haar ellendige gevoel kon Inge een glimlach niet onderdrukken. Mam ook altijd met haar gebakjes...

"Nou?" vroeg haar moeder.

Inge knikte. "Ja, goed. Gezellig."

"Ik neem ook wel een pak koffie mee," ging moeder verder. "Ik wil jou niet op kosten jagen."

Inge glimlachte. Zou mam gedachten kunnen lezen?

"Ik heb zo eens nagevraagd hoeveel geld de bijstand uitkeert," zei mam. "Ik schrok me het apenzuur. Als ik me bedenk hoeveel huur jij moet betalen..."

"Ik krijg wat subsidie," zuchtte Inge. "En veel goedkoper kan ik toch niet terecht in Soest."

"Ik zag gister een huis in de krant staan. Een eengezinswoning met tuin. $f$ 450,00 huur."

"In een ouwe buurt zeker," zei Inge.

"Ja, dat denk ik wel, maar het is een stuk minder dan je nu betaalt."

Inge knikte.

"Ik heb de bon uit de krant geknipt. Je zou het kunnen proberen. Het is voor mensen met een laag inkomen en minstens één kind. Nou, jij hebt er al twee."

"Wat zou zo'n oud huis aan verwarming doen?" vroeg Inge zich hardop af. "Nu zit de verwarming bij de huur in."

"Pap moet het maar eens voor je uitrekenen," zei haar moeder hartelijk. "En hoor eens Inge, als je ergens mee zit, zeg het dan."

"Ach," zuchtte Inge.

Haar moeder deed een stap in haar richting en fluisterde: "Benny krijgt van ons een nieuwe jas hoor."

"Maar mam, dat hoeft..."

"Natuurlijk wel," zei moeder beslist. "Als er iemand gaat zeuren, zeg je maar dat hij die voor zijn rapport gekregen heeft. We hebben immers geld genoeg."

Inge sloeg haar hand voor haar ogen en kreunde zacht. Er sijpelde een traan tussen haar krampachtig gebogen vingers door.

Moeder raakte voorzichtig haar schouder aan. "Kom kind, je moet flink zijn. Het is voor Benny niet leuk dat zijn moeder..."

"Het wordt me allemaal even te veel," snikte Inge.

"Logisch meisje." Ze draaide zich om en zei tegen haar man die net de deur inliep: "Ach Herman, neem jij Benny vast mee naar Inges huis? Stop 'm daar maar in bed."

"Mam, ik ben met de fiets."

"Natuurlijk, dat vergat ik even. Weet je wat, ik neem die fiets wel mee. Stap jij maar lekker bij pap in de auto."

"Ja, maar dat is toch veel te lastig voor je?"

"Welnee," lachte haar moeder, terwijl ze zichzelf een klap op haar dijen gaf. "Het is goed voor die dikke billen van me. Bovendien kan ik dan een taartje extra nemen. Herman, rij jij zo gelijk even langs de bakker? We moeten eventjes vieren dat Benny naar huis mag."

Ze trok Inge omhoog en duwde haar naar de deur.

"Kom, we gaan."

Rustig liepen ze de lange gang af naar de uitgang. De auto stond pal voor de deur.

"Stap maar gauw in," zei Inges moeder uitnodigend. "En Inge? Waar staat je fiets?"

Inge knikte naar het fietsenhok. "Daar, meteen links."

"Mooi, dan wil ik alleen je sleuteltje nog even hebben."

"Dat zou ik helemaal vergeten," zei Inge schuldbewust en ze viste het sleuteltje uit haar portemonnee.

"Daar heb je nou een moeder voor," zei haar pleegmoeder stralend.


*Hallo dagboek,*

*Ze zijn zo aardig voor me, mijn pleegouders. Ik voel me zo schuldig. Ik moet maar steeds aan mijn echte moeder denken. Ik wil toch zo graag weten, wie ze is. Raar hè?*

*We hebben zo gezellig koffie gedronken. Mam had het gezet en ze heeft het gebak uitgedeeld. Toen ze weer weg waren, zag ik opeens zes pakken koffie in de kast staan.*

*En suiker en pannenkoekmeel en een grote doos eieren!*

*Ze heeft er niks van gezegd, gewoon alles in de kast achter gelaten. Misschien denkt ze wel dat ik het niet merk. Hoewel...*

*En weet je wat ik gedaan heb, toen ik alles zag staan? Ik schaam me gewoon. Ik ben in het telefoonboek gaan kijken of er toevallig een "Bastra" in Baarn woont... Weet je dagboek, moeder wil niet dat ik mijn echte ouders ga opzoeken. Maar dat kan ze toch niet verlangen? Het is alleen een gebed zonder eind, ben ik bang. Ik heb alle plaatsen uit de regio nagezocht op die naam Bastra. Maar niks. Ja, ééntje in Scherpenzeel. Die heb ik natuurlijk meteen gebeld. Maar dat was een bejaarde heer van ver in de negentig en de naam Maria zei hem niks.*

*Ik kan moeilijk alle telefoonboeken van heel Nederland gaan uitpluizen, hoewel... als ik er echt niet uitkom, moet ik misschien wel. Ze zal toch ergens gebleven zijn, die vrouw die mijn moeder is...*

*Zodra het kan, ga ik eerst eens naar Maastricht. Ik ben nu al aan het sparen. Die Elza Naters kan mij die gegevens toch niet weigeren als ik zelf bij haar kom. Ik neem mijn paspoort mee en dat geboortebewijs. Dan kan ze zien dat ik het echt ben en dan vertelt ze me alles. Dat moet gewoon!*

*Nou ja, eerst maar wachten tot Maria van de borst is. Ze geniet er zo van, ik kan daar niet opeens mee stoppen.*


De volgende middag zat Inge Maria te voeden. Op haar vaste plekje in het hoekje van de bank.

Op de grond bouwde Benny een enorme toren van zijn blokken.

Inges ogen gingen van Maria naar Benny. Wat een geluk dat Ben zo goed opknapte. Ze hield zo veel van hem en van dit kleine wurmpje aan haar borst ook!

In de hal rinkelde de bel. Hè, het was net zo rustig.

Benny sprong overeind en spurtte de deur uit.

"Nee Benny!" riep Inge paniekerig. "Niet open doen!"

Straks was het immers die engerd weer.

Maar Benny luisterde niet naar zijn moeder. Inge hoorde de klik van het slot en het zachte piepen van de openzwaaiende voordeur. Ze deed een verwoede poging om Maria van haar borst te krijgen, maar daar was de kleine het niet mee eens. Die hield de tepel stevig vast. Het zweet brak Inge aan alle kanten uit. Ze hoorde duidelijk een mannenstem in de hal. Dadelijk kwam die Van Loon binnen en dan zat zij hier half naakt!

Nerveus duwde ze haar pink tussen haar tepel en het zuigende kindermondje.

De kamerdeur zwaaide open en Benny stormde binnen.

"Mam, kijk eens wie er is! De meester!"

Met een rood hoofd keek Inge op. Recht in twee heldere groene ogen.

"Sander!"

"Sorry, ik stoor ontzettend." Sander bleef aarzelend in de deuropening staan.

"Ze heeft het bijna op," zei Inge.

Sander draaide zich veerkrachtig om. "Ik wacht wel even buiten."

"Dat is niet nodig, hoor. Ga gerust even zitten."

Sander zakte in de achterkamer op een stoel met zijn rug naar haar toe. Inge was hem er dankbaar voor.

"Meester," vroeg Benny. "Wat vind je van mijn zusje?"

"Ik heb haar nog niet goed kunnen zien," antwoordde Sander. "Als ze straks haar eten op heeft, zal ik eens kijken."

"Ze kan helemaal niet voetballen," zei Benny minachtend.

"Dat moet jij haar over een paar jaartjes dan maar leren," lachte Sander. "Jij bent haar grote broer."

Het was duidelijk, dat Benny de zaak nog niet van die kant bekeken had, want hij keek de meester eerst nadenkend aan. Daarna klaarde zijn gezicht op. "Goed plan," knikte hij.

Intussen wurmde Inge kleine Maria van haar borst en maakte haar kleren in orde. "Ik moet haar nog even verschonen", verklaarde ze. "Maar dan heb je misschien wel zin in thee of koffie."

"Een kopje thee graag. Dat smaakt 's middags het beste."

"Oké, komt eraan."

Inge liep naar de babykamer, legde Maria op de commode en maakte haar luier los. Op dat moment ging de bel. Lang en dringend.

"Ik doe wel even open," riep Sander uit de kamer.

Inge hoorde hem naar de deur gaan. Snel deed ze Maria een schone luier om en legde haar in bed. Daarna haastte ze zich naar de hal.

Nee toch! Van Loon! Het was Van Loon!

"Zo mevrouw Dubbeldam," zei Van Loon. "Ik kwam nog even langs. Op het juiste moment, zie ik al wel."

Zijn insinuerende toon viel zelfs Sander op.

"Mijn naam is Uithof," verklaarde hij rustig. "Ik ben de onderwijzer van Benny. En ik kwam even op huisbezoek omdat het kind ziek thuis is."

"Zo..." Van Loon keek Sander lang aan. "U woont hier?"

"Wat een onzin," antwoordde Sander fel. "Ik woon op de

Veenbesstraat en dat kunt u overal controleren."

"Prima." Van Loon knikte. "Het spijt me dat ik even een verkeerde indruk kreeg. U begrijpt, wij van de sociale dienst zijn van nature erg argwanend. We moeten wel met zoveel fraudeurs." Hij kuchte en schudde vermoeid zijn hoofd.

"Is het zo erg?" vroeg Sander belangstellend.

"Ja meneer, de gevallen die wij ontdekken zijn vaak nog maar een topje van de ijsberg. Maar goed, daar zal ik u niet mee lastig vallen."

Hij streek met zijn hand over zijn kalende kruin en vervolgde: "Nog veranderingen, mevrouw Dubbeldam?"

"Nee."

"Prima. Dan groet ik u. Goedemiddag."

Hij trok zelf de voordeur weer open en werkte zijn dikke lijf de galerij op.

"Tot ziens," hoorden ze hem nog roepen.

Inge slaakte een zucht van verlichting. Hij was weg. Maar voor hoe lang? Dat 'tot ziens' betekende vast dat hij haar niet zou vergeten!

Even had ze het gevoel dat ze door het oog van de naald gekropen was, maar ze schudde het vreemde idee meteen weer van zich af. Van Loon was nu erg beleefd geweest. Of had hij alleen maar zo correct gedaan, omdat Sander...

Ze gooide haar kastanjebruine krullen met een ruk naar achter.

"Tijd voor een kopje thee," zei ze zo ontspannen mogelijk.

Sander mocht vooral niet denken dat het haar allemaal teveel werd. Stel je voor, dat hij 't op school door zou geven en dat er dan iemand van de kinderbescherming... Ze rilde onwillekeurig. Haar kinderen waren van haar! Ze liet ze niet afpakken!

"Zal ik helpen?" vroeg Sander.

"Nee hoor, het is zo klaar. Je kunt gerust naar de kamer gaan, ik kom er zo aan."

Wat later dronken ze samen thee. Benny met een beetje melk erin.

"Gezellig," vond Benny. "Je moet maar vaker komen, meester."

Als op afspraak keken Inge en Sander elkaar aan. Twee heldere groene ogen boorden zich in Inges bruine kijkers. Heel diep in haar binnenste begon het te kriebelen. Vage kleine kriebeltjes... Ze sloeg haar ogen abrupt neer en sprong gejaagd op.

"Je wilt vast nog wel een kop thee," zei ze snel en ze rende weg om de pot op te halen.

In de keuken spoelde ze wat ijskoud water over haar verhitte gezicht. Gelukkig, ze was net op tijd geweest. Hij had het vast niet gezien. Wat een ontzettende onzin ook om zo te gaan zitten blozen. Ze was geen tiener meer.

Ze wachtte tot haar gezicht weer een normale kleur had en liep met de theepot naar de kamer.

"Wil je ook nog thee, Benny?"

"Ja mam, lekker."

"Hij is gelukkig weer goed opgeknapt." Sander nam voorzichtig een slokje thee. "Dat is een pak van mijn hart."

"Nou, dat kun je wel zeggen." Inge knikte. "Ik ben me helemaal lam geschrokken."

"Anders ik wel, al dat bloed..."

Hij dronk zijn kopje leeg en zette dat op de tafel. "Hoog tijd om weer te gaan."

Inge glimlachte. "Ik vind het heel fijn dat je de moeite hebt willen nemen om langs te komen."

"Graag gedaan." Sander stond op. "Als je het goed vindt, kijk ik nog even bij de baby om het hoekje. Ik heb haar nog steeds niet gezien."

"Tuurlijk."

Op hun tenen slopen ze naar het kamertje en Sander keek vertederd in het bedje.

"Wat lief. Ze lijkt sprekend op haar moeder."

"Zou het?" vroeg Inge.

"Nou zeker weten. Dat gaaf gevormde gezichtje en die mooie ogen..." Hij stopte abrupt met praten en liep het kamertje uit.

In de hal trok hij zijn jas weer aan.

"Wanneer kan Benny weer naar school?"

"Misschien na woensdag. Dan moet hij voor controle."

"Oké. We zien je wel weer verschijnen, hè ouwe tijger?"

"Ja meester."

"Mooi zo," zei Sander. "Ik zal de groeten aan je juf doen. Dag Ben."

"Dag meester."

"Tot ziens Inge, bedankt voor de thee."

"Als je zin hebt," begon Inge zacht, maar ze durfde haar zin niet af te maken. Wat een onzin nou. Wilde ze hem echt uitnodigen voor een volgende keer? Ze kende hem niet eens. Hij was waarschijnlijk getrouwd en had zelf al kinderen.

Gelukkig, hij reageerde niet op haar onzinnige opmerking. Hij had het vast niet gehoord.

"Tot ziens," lachte hij.

"Dag," zei Inge. "Bedankt."

Ze deed de deur achter hem dicht.

Het huis leek plotseling koud en ongezellig.

"Ben?" vroeg Inge.

"Ja mam?"

"Weet jij eigenlijk of de meester ook een vrouw heeft?"

Het was eruit voor ze het in de gaten had en ze sloeg verschrikt haar hand voor haar mond. Waar was ze in vredesnaam mee bezig? Was ze haar kind aan het uithoren over een man?

"Ja hoor," knikte Benny argeloos. "Sasja mag altijd bij de meester in bed. Dat zei Herman zelf."

"Sasja," mompelde Inge en ze voelde zich opeens vreemd leeg van binnen.

# HOOFDSTUK 5

De tijd ging voorbij. De winter verloor haar grimmige karakter en het voorjaar zorgde voor een ware bloesempracht.

Maar Inge genoot er minder van dan andere jaren. Ze kreeg steeds meer het gevoel dat het leven elke dag kleurlozer en somberder werd.

Benny had een nieuwe jas gekregen van zijn grootouders en mam probeerde haar geregeld een extraatje toe te stoppen. Inge durfde er niet van te genieten. Ze had sinds zijn laatste bezoek niets meer van Van Loon gehoord en ze was doodsbang dat dit een soort stilte voor de storm zou zijn. Het was een griezel en hij had gedreigd dat hij het er niet bij zou laten zitten. Wie weet wat hij allemaal voor gemeens zat uit te denken, terwijl zij de dagen zo goed mogelijk probeerde door te komen.

Elke avond, voor ze zelf naar bed ging, stond ze even bij de kinderen te kijken. Benny, met zijn bruine beer dicht tegen zich aan. Alleen het kale plekje op zijn hoofd herinnerde nog aan het ongeluk op het schoolplein. Gelukkig maar, het had veel erger kunnen zijn. En Maria lag met haar duimpje in haar mondje te dromen. Oh, Inge hield zo zielsveel van haar kindertjes. Ze wilde ze zo graag beschermen tegen al het nare van de wereld. Maar kon ze dat? Was het boze niet veel sterker dan zij?

Maria kreeg geen nachtvoeding meer. Inge kon dus weer doorslapen. Maar dat lukte haar zelden. Meestal werd ze midden in de nacht wakker en dan spookten er allerlei nare gedachten door haar hoofd. Van Loon... Wat zou hij van plan zijn? Wat zou hij doen als ze de deur niet meer voor hem opendeed? Want dat was ze heilig van plan. Als ze alleen thuis was, dan liet ze hem ijskoud op de stoep staan, als hij weer kwam. Maar hoe reageerde hij dan? Straks stuurde hij de politie op haar af. Of de kinderbescherming.

En dan het geld... Het lukte haar gewoon niet om rond te komen. Alles was zo duur. Zelfs nu mam haar telkens iets toestopte, werd de berg onbetaalde rekeningen in het laatje hoger en hoger. Ze kon niet nog meer bezuinigen. Ze liep al alle aanbiedingen af om zo goedkoop mogelijk uit te zijn. Maar het hielp niks.

Volgende week was Benny jarig. Dan zou ze een partijtje moeten geven. Daar kon ze niet onderuit. Maar waar moest ze dat in vredesnaam van betalen? En als ze dan bedacht, hoe andere kinderen feestjes vierden... Er waren er die hamburgers gingen eten en friet. Voor zeker twaalf gulden per kind. Anderen gingen een middag naar het zwembad. Maar dat was ook niet te betalen. Het nieuwe overdekte bad aan de Dalweg was peperduur. En buiten zwemmen in het veel goedkopere Baarnse Bosbad was ook al geen alternatief. Oh, het was daar heerlijk hoor. Je kon er lekker zonnen midden in het kruidige dennenbos, een frisse duik nemen in één van de prachtige verwarmde baden, badmintonnen op de riante speelweide of een spannend partijtje midgetgolf spelen. Maar ja, dan moest het weer wel meewerken...

Inge luisterde somber naar de straaltjes water die langs het raam sijpelden. Het leek wel of het nooit meer droog werd.

Goed, zwemmen viel af en hamburgers eten ook. Wat dan?

Ze moest er maar een spelletjesmiddag van maken met

zelfgebakken cake en als het lukte wat slagroom. Benny wilde graag dat de kinderen bleven eten. Pannenkoeken natuurlijk, maar als ze daar aan begon, had ze geen geld meer voor de volgende week. Moest ze dan nog een keer naar de bank om wat extra's te halen? Maar haar spaarrekening was al zo geplunderd!

Woest draaide ze zich op haar andere zij. De goedkoopste oplossing was natuurlijk om dat hele feest maar over te slaan. Even overwoog ze die gedachte serieus, maar al snel schudde ze haar hoofd. Dat kon ze haar kind niet aan doen. Hij kwam de laatste tijd toch al zo in een uitzonderingspositie. Ze had al twee keer een uitnodiging voor een kinderfeestje met een smoesje afgezegd, omdat ze geen presentje kon betalen. En toen de juffrouw jarig was, had Benny maar één gulden kunnen bijdragen aan het gezamenlijke cadeau. Er was écht niet meer geld geweest.

Voor de vierde keer draaide Inge zich om. Ze moest nu heus proberen om nog wat slaap te krijgen. De blauwe kringen onder haar ogen werden met de dag dieper. Woelend en piekerend viel ze uiteindelijk toch in een onrustige slaap.

*Hoi Dagboek,*

*Het wordt een steeds grotere puinhoop. Arno is vanmiddag geweest. Zomaar, zonder enige aankondiging. Ik zat rustig in de kamer een beetje te doezelen. Dat overkomt me de laatste tijd wel vaker, sinds ik zo slecht slaap. Maar goed, ik schrok wakker van de voordeur. Die begint steeds erger te piepen. Ik sprong meteen overeind, want je weet immers maar nooit. Misschien* had ik de deur wel per ongeluk open laten staan en kwam er nu een inbreker binnen. Of erger nog: die Van Loon!

Maar het was dus Arno.

Arno... Mijn hart begon opeens nog wilder te kloppen, toen ik hem zo onverwacht zag. Wat kwam hij doen? Had hij misschien genoeg gekregen van die rare Aziatische trien? Of had dat mens hem de deur uitgezet?

Zou hij... zou hij bij ons terugkomen? Ik weet best, dat ik heel wat heb meegemaakt met Arno. Ik besef ook wel dat het niet altijd even leuk was in de tijd dat hij nog bij ons woonde. Maar aan de andere kant, hij blijft de vader van mijn kinderen. Die stakkertjes moeten het nu steeds zonder man in huis doen. En ik trouwens ook. Mét Arno was het nooit een vetpot, omdat er natuurlijk aardig wat geld opging aan drank. Maar mijn financiële situatie van toen was bijna riant te noemen, als ik dat vergelijk met nu.

"Wil je hem terug?" flitste het door me heen. Wilde ik Arno terug? Arno, met zijn onbeheerste buien en zijn geslijm tegen andere vrouwen? Ja, dat zou ik weer moeten verdragen, maar was dat zo erg? Er zou weer een auto zijn en geld, een vader voor mijn kinderen en een steun voor mij. 'En denk eens aan Van Loon,' prevelde een stemmetje in mijn hoofd. 'Als Arno terug komt, ben je van die Van Loon verlost.'

Ja, ik denk dat vooral 't laatste voor mij de doorslag gaf. Een sacherijnige Arno was honderd keer beter dan een grijpgrage Van Loon!

"Hoi Arno." Ik probeerde mijn stem een warme klank te geven. Als hij immers de eerste stap zette naar een verzoening, wilde

*ik niet bokkig doen. Ik lachte naar hem. Maar hij lachte niet
terug.*

*"Jij ellendige trut!" snauwde Arno kwaad. "Mij een beetje bij de
sociale dienst verlinken."*

*Ik keek hem stomverbaasd aan. "Waar heb je het over?"*

*"Jij hebt ze gezegd dat ik zwart werk." Arno klonk dreigend.*

*"Hoe kom je daar nou bij?"*

*"Zegt de naam Van Loon jou iets?" vroeg Arno.*

*Ja, die naam zei mij zeker iets. Ik knikte aarzelend. "Als je die
man van de sociale recherche bedoelt..."*

*"Ja, die." Arno snoof verachtelijk. "Die heeft me geschaduwd.
Na een tip."*

*"Een tip?"*

*"Kijk maar niet zo onnozel! Doe maar niet net of je nergens van
weet! Jij hebt hem dat gezegd. Alleen jij wist dat!"*

*"Maar Arno, dat is helemaal niet waar. Ik..." Ik stopte met praten
en ik voelde opeens hoe het bloed naar mijn wangen steeg. Ik
herinnerde me plotseling dat ik misschien wat verkeerds gezegd
had, die eerste keer bij Van Loon.*

*'Dus uw man doet wel eens een zwart klusje?' had die Van Loon
gevraagd. Ik had dat hevig ontkend, maar hij was maar door
blijven schrijven.*

*"Hoe eh... Hoe ging dat dan?" vroeg ik.*

*"Die smeerpijper heeft op de hoek staan wachten", bromde
Arno afgemeten. "En toen ik naar buiten kwam, is hij me
nagelopen. Rechtstreeks naar familie De Vries, waar ik met die
serre hielp. Hij kwam binnen, terwijl ik stond te lassen. 'Dat is*

een heterdaadje, meneer Dubbeldam,' zei die vetklep met een smerige grijns om zijn zelfingenomen smoelwerk. Ik had 'm zo wel op zijn muil willen slaan!"

Arno keek me razend aan en hij praatte ondertussen snel verder: "En weet je wat die sijsjeslijmer toen zei?"

"Nee, natuurlijk niet."

"Ik ben uw ex-vrouw erg dankbaar, meneer Dubbeldam. Gelukkig zijn er ook nog goede burgers in Nederland."

"Nee!" Ik was opeens helemaal in de war. "Nee, dat kan niet. Ik heb hem nooit wat gezegd. Ik ben toch geen verrader!"

"Oh nee?" vroeg Arno en ik hoorde de gevaarlijke klank in zijn stem. "Je wilt toch niet beweren dat die vette hansworst dat allemaal uit zijn duim gezogen heeft?"

"Ik... Ik weet toch ook niet hoe hij daar aan komt. Niet van mij. Echt niet van mij!"

Arno grijnsde woest. "En dat moet ik geloven? Van een vrouw die beweerde dat ze niet weet hoe ze zwanger is geraakt?"

"Dat is heel wat anders."

"Het is precies hetzelfde! Jij hebt me verlinkt! Rustig maar, ik zal je niet slaan. Ik raak je met geen vinger aan. Wees maar niet bang."

Hij deed drie passen in de richting van de deur en draaide zich om. "Ik los dit heel anders op. Dat zul je wel merken!"

Het klonk zo dreigend, dat ik er ontzettend bang van werd. Arno bedreigde me, maar niet met lichamelijk geweld. Wat was hij van plan?

"Het zijn ook jouw kinderen, Arno." Ik probeerde het nog rustig *te zeggen, maar ik kon niet voorkomen dat mijn stem van pure emotie raar oversloeg. "Het zijn ook jouw kinderen."*

*Hij snoof minachtend. "Waar zie je me eigenlijk voor aan? Ik moet jou hebben, die schijtlijsters van je hebben me niks misdaan. Je merkt het nog wel! Aju!"*

*En weg was hij weer.*

*Daar zat ik dan. Helemaal in de war. Ik ben toch zo bang! Wat gaat hij doen? Oh, die vreselijke onzekerheid! Ik word er bijna gek van!*

Er gingen twee weken voorbij zonder dat er iets gebeurde. Inge voelde hoe ze heel langzaam weer wat rustiger werd. Natuurlijk was Arno niks naars van plan. Hij had alleen maar gedreigd. Waarom had ze zich toch zo bang laten maken? Dat was immers niks voor haar? Zij was een zelfstandige vrouw die heel goed haar eigen boontjes kon doppen! Arno zou wel in zijn vuistje gelachen hebben. Hij had het vast leuk gevonden om te zien hoe zij in paniek raakte. Hij was immers altijd al een schoft geweest!

Het kwam natuurlijk ook een beetje door dat gedoe met Van Loon, dat ze steeds zo zenuwachtig reageerde. Van Loon had ook gedreigd dat ze nog niet van hem af was, maar hij had zijn onheilspellende opmerking nog steeds niet waar gemaakt.

Ze dacht terug aan het moment waarop Van Loon haar heel gemeen bij haar onderlijf had gepakt. Bah, het was of ze die vlezige, smerige vingers nog kon voelen. Het had haar zelfvertrouwen allemaal geen goed gedaan. Even ging er een glimlach over Inges gezicht. Wat zat ze nu eigenlijk stom te bazelen? Ze had hem toch maar mooi een schop gegeven! En toen was hij opgehoepeld. Hij had natuurlijk beseft dat hij zijn boekje vér te buiten was gegaan. Misschien zat hij nu wel in de rats dat zij hem zou aangeven...

Van die gedachte knapte Inge heel erg op. "Zie je nou wel," prevelde ze tegen zichzelf. "Er is helemaal niks om bang voor te zijn."

Ze kreeg opeens ontzettende zin om de deur uit te gaan. Karin had haar gisteren gevraagd of ze even kwam kijken op de Oude Ambachtenmarkt.

"Ik sta daar in een kraam op het hoekje van de Eemstraat," had Karin gezegd. "Kom nou gewoon. Kijken kost niks."

Inge had haar hoofd geschud, hoewel Karin dat door de telefoon heen natuurlijk niet kon zien. De Oude Ambachtenmarkt... Daar had ze totaal geen zin in. Die markt werd één keer per jaar op Hemelvaartsdag gehouden in de oude Kerkebuurt van Soest. Op dezelfde plaats was er in december altijd kerstmarkt.

Tja, die kerstmarkt. Daar dacht ze nou niet bepaald met plezier aan terug. Voor haar gevoel was het toen allemaal begonnen. Al die ellende waar ze nu in zat. Arno had dat rare mens ontmoet en zij had in haar eentje een baby moeten krijgen.

"Toe nou," drong Karin aan. "Het is toch ook leuk voor Benny."

Inge zuchtte diep. "Het zou nu wel even iets anders gaan dan vorig jaar, Karin. Toen was er Arno er nog. We hebben poffertjes gegeten en bakjes fruitsalade met slagroom..."

"Jullie kunnen toch kijken? Kijken kost niks en als Benny zin in fruit heeft... Nou ja, dan trakteer ik toch een keer?"

"Heel lief van je, Karin, maar ik kom niet."

En Inge had het gesprek bijna abrupt afgebroken.

Ja, dat was gister geweest. Toen voelde ze zich nog beroerd en naar. Maar nu... Nu ging het immers al veel beter. Er was niemand die haar iets kon maken. Ook Van Loon niet. Ze hield zich immers keurig aan alle regels? Ze verdiende niks bij, zorgde netjes voor haar kinderen... Ja, als je het zo bekeek, deed ze het helemaal nog niet zo slecht!

"Ben!" riep ze. "Benny! We gaan weg."

Uit de kinderkamer kwam een vaag geluid en een paar tellen later stond Benny voor haar neus.

"Waar gaan we heen?"

"We gaan even bij tante Karin kijken. Op de Ambachtenmarkt."

"Oh, dat is met die kraampjes, hè? Mag ik dan een dinosaurus kopen?"

Er ging even een branderige steek door Inges hart. "Nee kindje, dat kan mama niet meer betalen."

"Stom," vond Benny, maar hij was inmiddels al zo gewend aan Inges krappe financiële toestand, dat verder commentaar uitbleef.

Inge verschoonde Maria en deed haar voorzichtig in de draagzak op haar buik. Ze hielp Benny met zijn jas en stapte opgewekt de deur uit.

Hè lekker, de zon scheen en het was helemaal niet koud meer. Het beloofde een mooie dag te worden. En al had ze dan geen geld om iets te kopen, het was ook leuk om over die markt te wandelen en de kraampjes te bekijken. Karin had volkomen gelijk gehad, gister. Kijken kostte niks en je genoot er ook van.

Met Benny naast zich reed Inge naar de kerkebuurt en zette daar hun fietsen met een stevig slot aan een ouderwetse groene lantarenpaal vast.

Hoewel de klok van de eeuwenoude kerktoren net half elf sloeg, was het al behoorlijk druk op de markt.

Inge sloeg een zijstraatje in en liep op haar gemak langs de kraampjes. Er was werkelijk van alles te zien. Poppenmakers, kantklossers, leerbewerkers, pottenbakkers, een rietdekker... Heel veel oude, bijna uitgestorven beroepen, waren hier bij elkaar gekomen om de mensen nog even het gevoel te geven dat de wereld niet veranderd was.

Bij de hoefsmid bleef Benny staan. "Een paard, mam! Maar wat doet die meneer nou?"

"Ik geef het paard nieuwe schoenen," antwoordde de hoefsmid in Inges plaats. "Kijk maar. Ik heb het oude ijzer er al afgehaald en nu ga ik er een nieuwe opzetten."

Met een tang pakte hij een roodgloeiend hoefijzer uit het vuur, ging achter het paard staan en nam het pezige achterbeen losjes onder zijn arm. Benny keek ademloos toe hoe het hete ijzer op de hoef werd gezet. Er klonk een gesis en er was opeens een scherpe schroeilucht te ruiken.

"U doet 'm zeer!" riep Benny verontwaardigd en zijn gezicht werd nog veel kwader toen de man een hamer uit zijn zak pakte en het ijzer met spijkers begon vast te slaan.

De hoefsmid moest lachen om Benny's reactie. "Hij voelt er niks van hoor," verklaarde hij geruststellend. "Dit is een soort nagel van het paard. Als je moeder jouw nagels knipt, dan doet het toch ook geen pijn?"

Benny schudde aarzelend zijn hoofd, maar op zijn gezicht stond de argwaan nog duidelijk te lezen.

"Dat ijzer zorgt ervoor dat zijn hoeven niet slijten op de harde stenen," hoorde ze een stem zeggen.

Benny draaide zich met een ruk om. "Meester!" riep hij enthousiast.

"Ha Ben," kwam het antwoord. "Lekker met je moeder op stap?"

"Ja meester, het is hier gaaf."

Inge hoorde Sander lachen. Ze had nog niet op durven kijken. Raar eigenlijk, waarom werd ze opeens zo onrustig nu hij er was?

"Hoe gaat het, Inge?"

Ja, nu kon ze niet meer doen alsof de hoefsmid al haar aandacht had gevangen. Ze keek op en glimlachte naar hem.

Zijn heldere groene ogen gleden onderzoekend over haar gezicht en Inge kreeg opeens een raar kriebelig gevoel in haar knieën. Hè, waarom gebeurde dit nou? Waarom werd ze zo zenuwachtig van hem? Hoewel... zenuwachtig was misschien niet het juiste woord. Hij deed haar iets. Iets onverklaarbaars. Iets, wat ze allang niet meer had ondervonden. Oh, wat een ellende! Waarom voelde zij zich toch altijd aangetrokken tot mannen die niet geschikt voor haar waren? Aan Arno had ze een ontzettende afknapper overgehouden en deze man... Deze man had allang iemand anders. Sasja...

Inge betrapte zich erop dat ze langs Sander heenkeek om te zien of er ook een vrouw naast hem stond. Tja, er stonden er genoeg. De hoefsmid had met zijn optreden een hele oploop veroorzaakt.

"Hé," zei Sander verheugd. "Je hebt de kleine ook bij je." Hij aaide Maria heel voorzichtig over haar wang. Er ging een korte rilling door Inge heen. Hij had sterke, stoere vingers en die gleden nu zo heel teder over dat babyneusje. Even beeldde ze zich in, dat die vingers over haar wangen streelden. Zacht, teder en tegelijkertijd zo stoer en vertrouwd. Vertrouwd? Wat een onzin nou. Ze kende hem amper!

Met een ruk schudde ze haar kastanjebruine krullen naar achter. Bleef ze nu aan de gang? Ze had toch helemaal geen zin meer in een man? Mannen waren onbetrouwbaar, ze dronken teveel en je moest ze voortdurend van je af houden. Neem nou die Van Loon met zijn smerige...

"Is alles goed met je, Inge? Je bent zo stil."

"Het gaat prima, hoor," antwoordde Inge luchtig, maar daarna schraapte ze zo ongemerkt mogelijk haar keel. Hij hoefde niet te horen dat ze ineens zo schor klonk.

De hoefsmid pakte het paard bij een touw en leidde het beest naar een kar een eindje verderop. Dat was voor de omstanders het teken dat de voorstelling was afgelopen. De mensen verspreidden zich langzaam en gingen op zoek naar ander vermaak. "Hebben jullie al bij het schapenscheren gekeken?" vroeg Sander.

Inge schudde haar hoofd. "We zijn er eigenlijk nog maar net."

"Schapen scheren?" vroeg Benny. "Waar is dat nou voor?"

"Het gaat om hun wol," legde Inge uit. Er lag een afwezige klank in haar stem. "Die gebruiken ze dan voor lekkere warme truien en zo."

"Maar dan krijgt dat arme schaap het koud!" Benny klonk boos.

Sander glimlachte. "Nee hoor, zo'n schaap vindt het juist fijn. Als het straks zomer is, kan zo'n beest immers niet met zo'n dikke vacht lopen. Veel te heet."

Benny's gezicht klaarde op. "Ik wil dat scheren wel eens zien."

"Nou, dan gaan we die diertjes toch even bewonderen." Sander keek Inge vragend aan.

Maar die schudde haar hoofd. Ze had geen zin om met Sander over de markt te gaan lopen. Hij mocht dan nog zo aardig zijn, zij had geen behoefte meer aan polonaise.

Even ging er een verdrietige steek door haar heen. Wat zou het heerlijk zijn als zij, met z'n drietjes, nog bij een echt gezin hadden gehoord. Inge, Benny, Maria en Arno. Waarom nou niet? Waarom was het allemaal zo gelopen?

'*Je kunt toch opnieuw beginnen?*' fluisterde een stem in haar hoofd.

Inge snoof. Opnieuw beginnen? Ja, dat klonk erg aantrekkelijk. Maar Arno wilde haar niet meer. Dat was intussen maar al te duidelijk. De enige mogelijkheid om weer een echt gezin te worden, was een andere man zoeken. Maar dat zou niet makkelijk zijn. Welke vent had er nou zin om een bijstandsmoeder met twee kleine kinderen te gaan onderhouden? Dat was alleen maar lastig.

'*Sander is best knap*,' ging de stem verder.

Ja, Sander zag er inderdaad uitstekend uit, maar hij had al iemand.

Sasja. En die Sasja was ongetwijfeld een mooie, intelligente vrouw. Kinderen had ze vast niet.

"Ik wil de schaapjes zien," jengelde Benny.

"We gaan nou eerst even bij tante Karin kijken," verklaarde Inge. "Die weet anders niet waar we blijven."

Inge was er zich heel goed van bewust dat Karin haar helemaal niet verwachtte, maar dat wist Benny immers niet? Zo'n leugentje om bestwil was de slimste manier om van Sander af te komen.

'*Maar je wilt helemaal niet van hem af*,' prevelde de stem in haar hoofd. '*Hij is leuk.*' Inge zuchtte opeens heel diep. Wat een gezanik toch steeds met die stem in haar hoofd. Soms was het wel makkelijk, dan had ze het gevoel dat die stem haar echt raad gaf, maar meestal was het alleen maar lastig. Zoals nu.

'Hij is bezet,' dacht ze woest. 'Hij heeft al een vrouw!'

'*So what*,' prevelde de stem. '*Die relatie kan toch uitraken?*'

"Ik wil nu naar Karin," zei Inge hardop.

Sander knikte begrijpend. "Vind je het goed dat ik met Benny ga kijken? Dan breng ik hem straks weer terug."

"Ja mam!" riep Benny blij. "Dat is gaaf."

Inge aarzelde. "Nou, ik weet niet..." begon ze.

"Een half uurtje," zei Sander.

"Hè, toe nou mam," zeurde Benny.

Inge dacht na. Als ze het goed vond, dan was Sander maar even weg. Dan zag ze hem straks terug. De gedachte was opeens erg aantrekkelijk, maar Inge duwde hem uit alle macht weg.

"Is dat niet veel te lastig voor je?" vroeg ze. "Je zit elke dag al met die kleintjes opgezadeld."

"Dat doe ik toch voor mijn plezier," lachte Sander. "Ik ben dol op kinderen."

Wat was hij anders dan Arno. Arno had een hekel aan zijn eigen kroost...

"Nou vooruit dan maar," zei Inge zacht.

"Waar mag ik hem straks weer afleveren?"

"Bij de kraam van de Soester VVV."

"Die staat vlak bij de kerk, hè?"

En toen Inge knikte, vervolgde hij: "Dat weten we te vinden. Kom mee, ouwe tijger, dan gaan we eerst eens bij het draaiorgel kijken."

Na een korte groet verdween hij met Benny in de massa. Inge keek ze nog even na. Sander... Hij was zo aardig. Wat ontzettend jammer, dat hij en die Sasja...

Zuchtend ging ze op zoek naar Karin.

"Hé Inge!" riep Karin blij. "Wat ontzettend leuk dat je toch nog gekomen bent. Kom even achter de stand."

Ze trok een stoel voor Inge bij en aaide Maria even zachtjes over haar hoofdje.

"Is Benny bij zijn opa en oma?"

"Nee, ik kwam zijn onderwijzer tegen. Tenminste, een leraar die bij Ben op school werkt. Die is met hem naar de schapen."

"Dat is leuk voor hem. Zeg, nu je er toch bent, kun jij even opletten, terwijl ik een toilet opzoek? Ik moet de hele tijd al ontzettend nodig, maar ik durf de kraam niet alleen te laten."

"Best hoor. Is er nog iets bijzonders?"

"Nee, die folders daar op het hoekje zijn gratis en bij de rest staat een prijskaartje. Het wijst zich allemaal vanzelf."

Karin wurmde zich om de kraam heen en riep bij het weggaan: "Mocht er iemand een hele dringende vraag hebben, dan zeg je maar dat ik zo terug ben."

"Oké," zei Inge, hoewel ze wist dat Karin haar door het lawaai van de mensenmassa niet meer hoorde.

"Mevrouw? Heeft u ook een fietskaart van Soest?"

Inge sprong op. "Vast wel. Ik zal eens even voor u kijken."

Ze viste lukraak een paar folders uit de stapel en na een paar minuten zoeken, vond ze zowaar een fietskaart.

Ze rekende met haar klant af en gaf daarna aan een meneer wat informatie over het dierenpark in Amersfoort. Dat kon ze zonder Karin ook prima af. Vroeger was ze er zo vaak geweest.

"Er moet hier ook een luchtmachtmuseum zijn," zei de meneer. "Hoe kom ik daar?"

"Dat is in Soesterberg," begon Inge, maar toen trok opeens al het bloed uit haar wangen weg. Vanuit haar ooghoeken had ze een hele dikke man naar de kraam zien lopen.

Nee! Dat was Van Loon!

Ze dwong zichzelf om naar Van Loon te kijken, maar ze zag hem niet meer. Waar was hij opeens? Of ging haar verbeelding met haar op de loop? Ze had die man natuurlijk alleen maar in een flits gezien. Er waren veel meer dikke kerels in de wereld.

Op dat ogenblik kwam Karin terug. Ze had een tasje in haar handen en ze nam de klant onmiddellijk van Inge over. Amper een halve minuut later vertrok de man tevreden met een stapel folders in zijn hand.

"Zo," zei Karin. "Dan zijn wij nu even aan de beurt."

Ze trok het tasje naar zich toe en viste daar een enorme zak uit. Knisperend maakte ze hem open en hield de zak toen aan Inge voor. "Zoek maar uit."

Inge keek naar al het lekkers. "Maar Karin, dat is toch veel te veel?"

"Welnee. Als je de hele dag in zo'n kraam zit, lust je wel wat."

"Ik zit hier net vijf minuten."

"Maar ik niet. Vooruit, neem jij deze nou, dan zal ik me wel over dit gevalletje ontfermen." Al pratend viste Karin een koffiebroodje uit de zak en begon daar met smaak van te eten. Glimlachend zocht Inge iets lekkers uit en at dat genietend op.

"Ik heb natuurlijk ook op Benny gerekend," verklaarde Karin met haar mond vol. "Ik dacht, bij zo'n kind gaat er altijd wel iets in."

Inge knikte.

"Dat vergeet ik helemaal," zei Karin opeens. "Benny krijgt nog een cadeautje van mij. Wat wil hij hebben?"

Inge haalde haar schouders op. "Geen idee," begon ze, maar ineens klaarde haar gezicht op. "Een dinosaurus natuurlijk! Daar heeft hij het steeds maar over."

"Je bedoelt zo'n houten skelet? Er moet hier wel ergens een kraam staan met dino's. Weet je wat? Als ik jou nou een tientje geef, dan kun jij er even één gaan uitzoeken."

Ze rommelde wat onder de kraam en haar hand kwam weer te voorschijn met een tientje erin. "Alsjeblieft. En alvast bedankt."

"Ik weet niet," aarzelde Inge, zonder het briefje aan te pakken.

"Kun je niet beter zelf..."

"Welnee, wat weet ik nou van dino's? Ik kan nog geen tyrannosaurus van een pterodactylus onderscheiden."

Inge begon te lachen. "Volgens mij heb je er meer verstand van dan ik."

"Ik heb er ooit op school een werkstuk over gemaakt," grijnsde Karin. "Maar ik ben de helft alweer vergeten. Kom op meid, ga even kijken. Geef Maria maar zolang aan mij."

Ze hielp met het losmaken van de draagzak en hing Maria heel voorzichtig op haar eigen buik. "Kan ik gelijk wat oefenen," glimlachte ze vertederd.

Inge liep om de kraam heen en wilde weglopen.

"Inge!" riep Karin haar na. "Inge, je geld."

Het briefje van tien belandde over de kraam heen in Inges handen.

Inge knikte nog even naar Karin en daarna liep ze op haar gemak bij de kraam vandaan.

"Zo," klonk opeens een stem achter haar. "Lekker gewerkt, mevrouw Dubbeldam? En wat levert dat nou zoal op?"

Inge stond als verstijfd. Van Loon! Daar had je die verschrikkelijke Van Loon! Maar ze liet zich door die vent niet kisten! Absoluut niet.

"Klets toch geen onzin!" bitste ze onverwacht fel. "Ik werk helemaal niet."

Er kwam een vaag lachje op het vlezige gezicht. "Ik heb u wel bezig gezien daarnet."

"Ik viel een paar tellen voor mijn vriendin in," snauwde Inge boos. "Die moest even naar het toilet."

Ze had meteen al spijt van haar woorden. Het ging die vent geen bal aan, wat zij deed.

"Ja, ja," bromde Van Loon. "U werkt niet, maar u laat zich wel betalen."

"U bedoelt toch niet dit tientje?" vroeg Inge verontwaardigd.

"Zeker wel mevrouwtje. Dat bedoel ik precies."

"Wat een onzin! Ik heb dit tientje gekregen om een verjaardagscadeautje voor mijn zoontje te kopen."

"Ja, ja," bromde Van Loon op een zalvend toontje. "U hangt, mevrouw."

Hij draaide zich met een ruk om en liep waggelend weg.

Inge keek Van Loon een beetje beduusd na, terwijl zijn woorden in haar hoofd rondmaalden. *U hangt, mevrouw...*

Wat een gezeur nou weer. Ze had toch niks verkeerds gedaan? En zelfs als hij zou denken, dat dit geld als loon was bedoeld, dan mocht ze immers best iets bijverdienen. Toch?

Ach, die vervelende vent ook! Hij was het niet waard dat ze nog één minuut aan hem verspilde!

Ze probeerde Van Loon resoluut uit haar hoofd te zetten, maar dat lukte niet best. Wat zou hij bedoeld hebben? Straks gaf hij haar ergens aan. En zou ze dan haar geld verliezen? Oh, wat was het ontzettend vervelend om zo afhankelijk te zijn. Kon ze maar werken. Maar ze was met handen en voeten aan haar kinderen gebonden...

Kom, ze moest nu ophouden met dat gepieker. Het veranderde immers niks aan de situatie. Ze werd er alleen maar beroerd van.

Ze kwam bij de kraam met dinosaurusskeletten en ze zocht zorgvuldig een doos voor Benny uit. Wat zou hij blij zijn!

Weer een beetje opgeknapt liep ze verder over de markt. Er waren overal ontzettend leuke dingen te zien.

Tegenover de kar met bruine bonen en stroop, zat een bekende Soester schrijfster haar pennenvruchten te signeren. Inge schuifelde met de massa mee langs de gezellig ingerichte stand. Ja, daar lag het spannende boek, dat ze met zoveel plezier gelezen had. Het heette *Als een zandkorrel in de wind* en het verhaal speelde zich helemaal af in het Soest van deze tijd. Apart...

Ze lachte naar de schrijfster en liep verder naar Karins kraam, die vlakbij was.

"Gelukt?" vroeg Karin.

Inge knikte. "Ik heb een hele mooie, kijk maar."

"Een triceratops." Karin glimlachte vrolijk. "Daar zal hij..."

"Een triceratops!" riep een kinderstem achter hen. "Gaaf!"

"Daar is hij dus blij mee," constateerde Karin voldaan en ze legde de doos in Benny's handen.

"Mam!" riep Benny. "Kijk toch eens wat prachtig!" En hij begon wild aan de verpakking te peuteren.

Inge schoot onmiddellijk toe. "Nee Ben, uitpakken doen we thuis."

"Anders liggen al die botten straks over de markt verspreid," vulde Sander aan.

Benny legde zich noodgedwongen bij de situatie neer. "Gaan we dan nou naar huis?" vroeg hij.

Inge knikte. "Ja, dat lijkt me een goed idee. Maria moet zo ook eten."

"Wij krijgen pannenkoeken," zei Benny opgetogen.

"Pannenkoeken?" vroeg Inge. "Hoe kom je daar nou bij?"

"Dat zegt meester," verklaarde Benny.

Inge deed haar mond open, maar voordat ze iets kon zeggen, hoorde ze de stem van Sander uitleggen: "Ik wilde jullie uitnodigen voor een etentje en Benny zag het meeste in een pannenkoek."

"Nee," zei Inge meteen. "Daar kan niks van komen. Ik zit met Maria."

"Daar let ik wel op," bood Karin aan.

"Nee natuurlijk niet," zei Inge veel feller dan haar bedoeling was. "Jij kunt haar geen eten geven."

"Dan voed je haar toch eerst even?"

"Kom nou, hier midden op de markt zeker?"

"Nee, gewoon thuis," bemoeide Sander zich met het geval.

"Thuis?"

"Ja, ik breng je met de auto even naar huis, dan kun je Maria daar voeden en verschonen."

"Als je dan gelijk de kinderwagen mee terug neemt, kan ze hier rustig een dutje doen," vulde Karin aan.

"Het is immers heerlijk weer," deed Sander weer een duit in het zakje, "Dus dat kan absoluut geen kwaad."

"Ik ben met de fiets," protesteerde Inge.

Karin wees op een ouderwetse groen geschilderde lantarenpaal, die achter de kraam naast het muurtje stond. "Die zet je dan zolang daar maar even neer."

"Of je gaat nu met de fiets naar huis, dan pik ik je daar over een uurtje op." Dat was de stem van Sander.

"Dat is helemaal een goed idee," reageerde Karin verheugd. "Nou, zie je wel? Er is overal een oplossing voor."

"Maar ik wil helemaal niet mee uit eten," begon Inge, maar toen besefte ze hoe vreselijk onaardig dat klonk. "Ik bedoel natuurlijk... ik eh..." Ze zweeg verward.

"Ga toch gezellig mee," fluisterde Karin in haar oor. "Als hij je nou vraagt..."

Inge keek van Karin naar Sander en van Sander weer naar Karin. Het leek wel een complot. Het leek wel of ze allebei nog maar één doel hadden. Haar zo snel mogelijk in die pannenkoekboerderij te krijgen. Ach, van Karin kon ze het wel begrijpen. Die gunde haar een beetje geluk van harte. Dat had ze al veel vaker gezegd.

"Kijk toch om je heen, Inge. Er zijn zoveel leuke mannen op de wereld."

Ja, haar vriendin bedoelde het allemaal goed, maar wat wist Karin van Sander? En van Sasja had ze natuurlijk helemaal nog nooit gehoord.

"Maar ik ken Sasja wel," dacht Inge. "En ik ben echt niet van plan om met een man die al bezet is te gaan eten."

Ze deed haar mond open om te zeggen, dat ze er niks voor voelde.

Maar Karin was haar net een slag voor. "Dat is dan afgesproken. Ik pas op Maria en jullie gaan lekker genieten. En haast je vooral niet, hoor. Neem het er nou lekker van."

"Joepie!" Benny begon van pure opwinding in de rondte te

springen. "Pannenkoeken!"

"Fijn," fluisterde Sander in haar oor. "Over precies een uur sta ik voor je flat."

Inge kon niet meer tegenstribbelen, want op het zelfde moment was Sander in de massa verdwenen.

"Nou moe," mompelde ze verbijsterd. "Dit kan toch helemaal niet."

Karin gaf haar een knipoog. "Waar ben je bang voor, Inge? Het is een hartstikke leuke man en hij kan goed met Benny opschieten."

"Ja maar Karin, volgens mij heeft hij allang iemand anders."

"Dat lijkt me stug," vond Karin. "Ik heb mijn ogen niet in mijn zak."

"Wat bedoel je?"

"Zoals hij naar je kijkt... Hij mag je in elk geval heel graag."

"Dat is toch niet genoeg?" zei Inge zacht.

"Het is in elk geval een beginnetje, denk je ook niet?"

"Maar hij heeft écht een ander!"

Karin snoof. "Wie zegt dat dan?"

"Benny."

"Benny? Maar Inge, wat weet zo'n kind daar nou van?"

"Ze heet Sasja," fluisterde Inge.

"Als dat zo dik aan was met die Sasja, zou hij je heus niet mee uit eten vragen."

"Misschien doet hij dat wel uit medelijden met Benny."

"Hoezo?"

Er kwam een brok in Inges keel. "Omdat Benny geen vader meer heeft natuurlijk."

"Dan ging hij wel alleen met Benny, dacht je ook niet?" constateerde Karin nuchter. "Dan had hij jou daar niet bij nodig."

"Tja..."

"Zou je niet eens gaan? Anders komt hij straks aan een dichte deur."

"Maar ik wil helemaal niet met hem eten!"

"Hè Inge, nou moet je ophouden. Je hebt het afgesproken, dus je kunt er voor goed fatsoen niet meer onderuit. Kijk toch naar Benny, meid. Die verheugt zich enorm."

Inge schudde bijna vertwijfeld haar hoofd. Heel diep van binnen wilde ze maar al te graag met Sander gaan eten. Gewoon om bij hem te zijn. Om naar zijn vriendelijke gezicht te kunnen kijken en een beetje weg te dromen in zijn heldere groene ogen. Maar dat mocht immers niet. Sander was niet voor haar bestemd. Hij had Sasja...

"Schiet eens op, Inge. Je moet nou heus weg," hoorde ze Karin zeggen en voor Inge het besefte, had ze Maria weer warm op haar buik en fietste ze met haar kinderen terug naar huis.

*

Precies op de afgesproken tijd reed Inge met haar kinderwagen de flat uit. Er stond een rode auto op de stoep geparkeerd en toen Inge naar buiten kwam, ging het portier open en Sander stapte uit.

"Jullie zijn prachtig op tijd." Inge hoorde een blijde klank in zijn stem. Zou er dan toch nog geluk bestaan? Of deed hij het uit medelijden?

Er was maar één manier om daar snel achter te komen. Gewoon vragen. Maar hoe moest ze dat doen?

Terwijl de auto wegreed, overdacht Inge haar probleem. Ze kon gewoon zeggen: 'Sander, heb je even? Je neemt me nu wel zo leuk mee, maar volgens Benny heb je allang een relatie. Hoe zit dat precies?'

Of: 'Sander, weet Sasja eigenlijk wel dat je met mij gaat eten?'

Of: 'Waar is Sasja eigenlijk? Naar een congres? Of maakt ze net een stedentripje?'

Inge kon een diepe zucht nog juist op tijd onderdrukken. Dit was natuurlijk zinloos. Dat kon ze echt niet vragen. Maar als ze niks vroeg, dan bleef die onzekerheid.

Onzekerheid? Wat voor onzekerheid?

Sander had Sasja, dat was een feit. Iets waar ze niks aan veranderen kon. En daarom kon ze Sander maar beter zo snel mogelijk uit haar hoofd zetten. Maar waarom deed ze dat dan niet? Waarom ging ze toch met hem mee?

'*Omdat jij stiekem hoopt, dat Benny zich vergist,*' prevelde de stem in haar hoofd. Inge knikte bijna onmerkbaar. Ja, dat was waar. Heel diep van binnen verlangde ze er vurig naar dat die hele Sasja niet bestond!

Op dat moment trok opeens al het bloed uit haar wangen weg. Heel even had ze het gevoel dat ze droomde. Was dat Benny's stem? Benny's stem, die daar heel ongegeneerd precies datgene vroeg waar zij zo vreselijk over zat te piekeren?

"Hoe is het eigenlijk met Sasja, meester?"

"Goed," riep Sander boven het geluid van de motor uit. "Heel erg goed. Ze is in verwachting, weet je. Het wordt vast een tweeling."

"Gaaf!" brulde Benny.

Inge zat verstijfd op haar stoel. Het leek wel of ze in een nachtmerrie was beland. Sasja... Sasja bestond echt! Ze was zelfs in verwachting. Van een tweeling maar liefst!

Inge slikte moeilijk en hoorde toen haar eigen stem zeggen: "Gefeliciteerd, Sander."

"Dank je!" Het klonk ontzettend vrolijk en daar werd Inge nog verdrietiger van.

# HOOFDSTUK 6

*Hoi dagboek,*

*Ik weet nou nog niet hoe ik dat etentje in die pannenkoekboerderij heb kunnen overleven. Het leek wel of ik helemaal mezelf niet meer was. Ik deed vrolijk en zat genietend om me heen te kijken, maar van binnen was ik compleet kapot.*

*Sander...*

*Ik zat daar maar aan die houten tafel tegenover hem en hij was ontzettend dichtbij. Af en toe raakte mijn knie zelfs heel even die van hem aan. Maar tegelijkertijd was hij zo onbereikbaar ver weg. Door die ellendige Sasja.*

*Waarom bestaat dat stomme wicht eigenlijk? Ach, ik weet wel dat ik niet zo moet denken. Het is natuurlijk hartstikke aardig van die Sasja dat ik met haar man uit eten mocht. Tja, Sander zal het wel voor Benny gedaan hebben. Om dat kind even het gevoel te geven dat de wereld nog gewoon doordraait.*

*We zaten daar ook zo knus met ons drietjes. Benny naast Sander en ik zoals gezegd recht tegenover hem. En de serveerster noemde Sander 'meneer' en ze zei 'mevrouw' tegen mij. Voor haar was het heel gewoon. Een man die zijn vrouw en kind op een lekker hapje trakteerde. Niks bijzonders.*

*Ik kan het wel uitschreeuwen van ellende. Want na de maaltijd sloeg het noodlot pas echt toe. Ik heb bijna geen moed genoeg om het op te schrijven, maar ik moet het toch ergens kwijt. Dat afschuwelijke.*

*Het begon heel onschuldig. We hadden onze pannenkoek op en*

*Sander vroeg of ik zin had in een toetje. Ik durfde eigenlijk geen 'ja' te zeggen, want de ijsjes waren overdreven duur. "Zoek maar gerust iets uit." Er lag een warme klank in Sanders stem. "Ik trakteer."*

*Ik nam ijs met chocoladesaus, dat hier een 'blanke deerne' heette en Benny koos voor een kinderijsje. In afwachting van het toetje ging ik even naar de wc. Ik wurmde me door een nauw gangetje heen en kwam bij de toiletten.*

*"Zo mevrouw Dubbeldam," hoorde ik opeens een overbekende stem zeggen. "Lekker middagje uit?"*

*Ik schrok me rot! Daar was die ellendige Van Loon weer!*

*En toen... Toen duwde hij me met zijn vette lijf ongegeneerd tegen de muur. Zijn buik strak tegen mijn lichaam. En zijn handen.. Oh, die verschrikkelijke vent! Zijn handen zaten opeens weer overal waar ze niet hoorden. En terwijl hij venijnig in mijn tepel kneep, fluisterde hij me toe: "U kunt maar beter een beetje aardig tegen me zijn, mevrouwtje. Anders kon het nog wel eens heel slecht met u aflopen."*

*"Wat bedoelt u?" vroeg ik hijgend, want door zijn gewicht kreeg ik amper lucht.*

*Hij deed een forse stap achteruit, maar dat was niet om mij een plezier te doen. Nee, er kwam iemand aan, die ook op weg was naar het kleinste kamertje. Van Loon liet de vrouw passeren en er kwam een brede grijns op zijn gezicht.*

*"Morgen kom ik bij u voor controle," zei hij bijna vrolijk. "En dan gaat u bijzonder aardig voor mij zijn." Zijn hand maakte een obsceen gebaar en ik voelde hoe ik ijskoud werd. Hij zou toch*

*niet bedoelen, dat ik met hem...*

*"U gaat al mijn wensjes vervullen," ging Van Loon door. "En schoppen is er dit keer niet bij." Om zijn woorden kracht bij te zetten, schudde hij heftig met zijn hoofd. "En klagen ook niet natuurlijk," hoorde ik die gehate stem weer. "Want klagen kost kindertjes."*

*Ik stond inmiddels te bibberen op mijn benen, maar ik wist toch nog te mompelen: "Ik... ik heb niks verkeerds gedaan."*

*"Dat zullen we morgen uitgebreid bespreken, mevrouwtje."*

*Een paar tellen later zag ik zijn logge lijf de hoek om waggelen. Ik bleef staan alsof ze me aan de grond hadden vastgelijmd. Had ik hem verkeerd begrepen? Alsjeblieft, hij kon toch niet echt bedoelen dat hij met me naar bed wilde? Ik kan dit zinnetje haast niet opschrijven. Mijn vingers bibberen inmiddels zo erg. Die afgrijselijke vent!*

*Ik maak me zo ongerust! Want vanmorgen... Vanmorgen had ik net Benny naar school gebracht en daarna Maria gevoed. En toen ging de bel. Voor de zekerheid keek ik eerst heel stilletjes door het keukenraam naar buiten. Mijn hart stond stil, dagboek. Want waar ik zo bang voor was, werd opeens werkelijkheid. Daar stond Van Loon! Hij stond er echt.*

*"Mevrouw Dubbeldam! Opendoen! Ik weet dat u thuis bent. Al sinds negen uur."*

*Nee! Hij was me natuurlijk gevolgd! Die ellendeling!*

*Ik sloop naar de voordeur en riep: "Het spijt me erg, maar ik kan u niet binnenlaten. Het komt niet gelegen."*

*"Sociale recherche!" riep Van Loon zo hard, dat de hele buurt*

*het waarschijnlijk gehoord heeft.*

*"Ik heb geen tijd," riep ik weer.*

*"U bent wettelijk verplicht om mij binnen te laten!" riep Van Loon terug.*

*"Daar staat niks over in die folder."*

*Ik hoorde hem door de deur heen snuiven. "Mevrouw, ik heb het beste met u voor. Maar als u dwars ligt, zijn de gevolgen voor u."*

*Ik hield me muisstil en gaf geen antwoord meer.*

*"Wel aan," hoorde ik hem zeggen. "Dan maar kwaadschiks."*

*Hij draaide zich op zijn hakken om en kloste de galerij af.*

*Ik haalde eerst opgelucht adem, maar toen merkte ik dat er een vreselijk kramperig gevoel in mijn keel zat. En dat zit er nu nog. Wat gaat hij doen? Oh, ik hoop toch zo dat hij me alleen maar bang wilde maken. Anders...*


Met een schok schoot Inges hoofd van het papier omhoog. In een snel gebaar legde ze haar pen weg en schoof het dagboek onder het tafelkleed. Er werd gebeld. En weer gebeld. En nog eens. Wat overdreven hard! Wie kon dat zijn?

Ze liep op haar tenen in de richting van de keuken, want ze wilde eerst weer even achter het gordijn gluren wie daar stond. Terwijl ze de gang inliep, klonken er keiharde slagen op haar voordeur.

"Opendoen!" schreeuwde een harde stem. "Politie!"

Inge schrok. Politie? Wat moest de politie hier? Ze rende naar het raam en rukte het gordijn opzij. Duizelig keek ze naar de mannen op de galerij. Twee agenten in uniform en daarachter... Nee! Dit was niet echt. Dit kon niet. Alweer Van Loon.

Maar waarom had hij de politie erbij gehaald? Dat...

De agenten zagen Inges witte gezicht achter het raam en riepen haar toe: "Wilt u opendoen, mevrouw?"

Inge deed een stap in de richting van de deur, maar haar knieën bibberden zo erg, dat ze bijna viel. Krampachtig greep ze zich aan het kozijn vast en werkte zich zo naar de gang.

Hevig trillend draaide ze de sleutel om en zonder dat ze iets deed, zwaaide de deur open.

Ze keek recht in het pafferige gezicht van Van Loon.

"Ik heb geen prettig nieuws voor u, mevrouw," verklaarde Van Loon zalvend. "U wordt ervan verdacht samen te wonen met een man en aangezien u het onderzoek ernstig hebt belemmerd, moet ik u vriendelijk verzoeken mee te gaan naar het bureau."

Inge deed haar best om kalm te blijven.

"Ik woon helemaal niet samen!"

Van Loon knikte bijna begrijpend. "Helaas zijn de bewijzen tegen u." Hij glimlachte vals. "Wilt u even uw jas aantrekken? Dan kunt u ons volgen."

"Ik pieker er niet over. Ik heb niks verkeerds gedaan!"

Van Loon schonk haar een minzaam grijnsje. "Dat zoeken ze op het bureau wel uit, mevrouw."

Inge werd ontzettend kwaad. Wat dacht die debiel wel niet? Dat hij de baas over haar kon spelen?

"Ik heb niks gedaan," herhaalde ze woest. "Ik ben een vrij mens."

Van Loon schudde meewarig zijn hoofd. "Mevrouwtje,

mevrouwtje..." mompelde hij. Daarna draaide hij zijn logge gestalte in de richting van de grootste agent. "Mevrouw werkt niet erg mee, brigadier. Ik vrees, dat u uw plicht moet doen."

Tot Inges afgrijzen haalde de agent een paar handboeien uit zijn zak en deed een stap naar haar toe.

"Wat gebeurt hier?" Inge raakte helemaal in de war. "Dit kan niet. Dit is niet echt."

"Als u belooft om rustig mee te lopen, stop ik die boeien weer weg," verklaarde de agent en het klonk bijna vriendelijk. Toen greep hij Inge onverwacht bij haar pols en trok haar de deur uit.

"Nee," gilde Inge. "Nee!"

Maar het hielp haar weinig. Ze werd meegetrokken naar de lift en even later zat ze achterin een politiewagen, die met hoge snelheid wegreed.

"Maria!" gilde Inge opeens helemaal overstuur. "Maria ligt alleen!"

"Niets mee te maken," snauwde Van Loon bars.

"Maar mijn kind! Mijn baby! Straks komt er brand!"

"Dat zal zo'n vaart niet lopen," bromde Van Loon en hij vervolgde hatelijk: "Ik zie trouwens niet in waarom u zich nu opeens zo'n zorgen maakt. Ik heb u vanmorgen nog gewaarschuwd."

Hij snoof een keer en keek de politieman aan. "Tja, bij die fraudeurs komt het berouw altijd na de zonde."

De agent knikte zwijgend.

Hij had dit ongetwijfeld al eerder meegemaakt, dacht Inge. Maar zij niet! Dit was ontzettend onrechtvaardig. Ze had immers niks gedaan!

"Rustig nou maar," mompelde ze in zichzelf. "Hij kan je helemaal niks maken. Je hebt je altijd keurig aan de regels gehouden."

Ze stopten bij het politiebureau en Inge werd rechtstreeks naar een kleine, kale cel gebracht.

Half huilend zakte ze op de harde houten bank onder het raam.

In gedachten hoorde ze een stem zeggen: 'De matras komt er pas 's avonds op. We gaan ze niet verwennen, dat gajes.'

Met een schok herinnerde ze zich, waar ze die stem eerder had gehoord. Dat was in deze zelfde cel geweest, een paar jaar geleden op een open dag ter gelegenheid van de opening van dit politiebureau. Ze was met Arno en Benny een kijkje gaan nemen. Een buitenkansje had ze toen gedacht. Anders zou ze toch nooit weten hoe een cel er in het echt uitzag?

Ze streek nerveus over haar ogen. Als ze zich nou maar rustig en kalm gedroeg, dan moest het allemaal weer goed komen.

Even bleef ze doodstil zitten.

En toen sloeg de paniek weer toe. "Maria!" zei ze hardop.

Dat kleine mensje lag daar helemaal alleen in die flat. Vol vertrouwen dat haar moeder voor haar zorgde...

Er ging een steek van ellende door Inge heen. Dit deed die schoft haar ook nog aan. Er kon van alles met haar kindje gebeuren. Ze had de deur eens niet op slot kunnen doen! En Benny. Benny stond straks helemaal in zijn eentje bij het hek van de school. Te wachten op mama die niet zou komen...

Ze sprong paniekerig overeind en rende naar de metalen deur.

Wanhopig gaf ze er een paar flinke klappen op en riep zo hard als ze maar kon: "Is daar iemand?"

Er kwam geen antwoord.

"Hallo! Is daar iemand?"

Weer geen enkel geluid.

"Help!" gilde Inge. "Ik wil eruit! Mijn kinderen!" En ze sloeg als een bezetene op de keiharde deur. "Help! Help dan toch!"

Na een eeuwigheid ging opeens het luikje open.

"Wat maakt u een herrie?" baste een stem.

"Maria!" gilde Inge bijna hysterisch. "Benny!"

"Hans, haal Marcella even!" riep de barse stem. "Hier is iemand door het lint."

Inge stond verdwaasd naar het dichtklappende luikje te kijken. Wat had ze nu weer gedaan? Met haar gegil maakte ze de toestand er niet beter op. Straks kwam er nog een psychiater met een dwangbuis en dan werd zij naar een gekkengesticht afgevoerd. Daar schoot Maria niks mee op!

Ze dwong zichzelf om terug te lopen naar het bankje en daar te gaan zitten. Die stem had iemand geroepen. Er moest zo meteen iemand komen. Dat moest!

Na een hele poos ging het luikje onverwacht weer open.

"Ze lijkt nu rustig," zei een vrouwenstem.

Inge keek hulpeloos op. Vaag zag ze twee donkerblauwe ogen, die haar onderzoekend bekeken.

"Wilt u mij alstublieft helpen?" vroeg Inge smekend. "Mijn baby ligt alleen in huis. Ik ben zo bang."

"Uw baby?" vroeg de vrouwenstem. "Maakt u daar al die drukte over?"

"Ze is helemaal alleen," snikte Inge. "Straks komt er brand of ze stikt in haar dekentje."

Het luikje ging dicht, maar voor Inge besefte dat 't gebeurde, zwaaide de deur open.

Er kwam een agente binnen, die een vriendelijke glans op haar gezicht had. Ze ging naast Inge zitten en keek haar aan. "Ik kan me voorstellen, dat u daar helemaal naar van wordt. Waarom heeft u dat niet eerder gezegd? Wij zijn geen onmensen."

Inge wilde haar mond opendoen om te vertellen dat Van Loon het allang wist, maar dat leek haar bij nader inzien niet verstandig. Het had geen zin om Van Loon af te gaan kammen. Voor hem zou het niks uitmaken, maar van haar kregen ze misschien een hele rare indruk. Ze was gearresteerd. Die agenten wisten niet dat zij onschuldig was.

"Als ik mijn ouders zou mogen bellen," fluisterde Inge. "Die hebben een sleutel."

"Dat gaat helaas niet," verklaarde de agente. "U moet hier echt blijven zitten tot na het verhoor."

"Benny staat straks ook alleen bij school."

"U heeft twee kinderen?"

"Ja, Maria en Benny."

"Dus als ik het goed begrijp, ligt uw baby alleen thuis en uw andere kind is op school."

"Ja."

"Wat is het telefoonnummer van uw ouders? Dan zal ik kijken wat ik doen kan."

Inge legde even haar hand op de arm in het blauwe uniform. "Oh, als u dat wilt doen. Wat vind ik dat fijn! Ze heten Vreeswijk en hun nummer is..."

De agente had een bloknootje uit haar zak gevist en schreef de cijfers op.

"Maakt u zich maar geen zorgen," troostte ze. "Het komt wel goed."

"Dank u," fluisterde Inge. "Dank u wel."

De agente verdween en Inge zakte terug op de bank.

Als mam nu maar thuis was! Stel je voor dat ze net boodschappen deed. Hoewel, op dinsdagochtend was dat niet erg waarschijnlijk. Zou die agente nog terug komen om te vertellen of het haar gelukt was? Gejaagd keek Inge op haar horloge. Maar dat zat er niet meer. Ze hadden al haar persoonlijke spullen afgepakt. Hoe laat zou het zijn? Er was vast al heel wat tijd voorbij. Straks was Benny allang uit school en stond hij nu eenzaam bij het hek te huilen! Als hij maar geen gekke dingen deed! Als hij nou maar naar zijn juf ging, dan...

Er klonk een hevig gerinkel van sleutels bij de deur. Inge sprong op. Het was de agente weer.

"Er neemt niemand op," verklaarde ze rustig. "Heeft u misschien nog iemand anders die uw kinderen op kan vangen?"

"Karin," zei Inge meteen. "Mijn vriendin Karin Bongers. Die werkt bij de VVV."

"En daar is ze nu te bereiken?"

"Ja, dat denk ik wel. Er moet toch iemand zijn?" De wanhopige ondertoon in haar stem viel zelfs de agente op.

"Mocht dit ook niet lukken, dan ga ik zelf bij uw baby kijken. U heeft een sleutel bij u?"

"Ja, die had ik vast wel ergens. Ik bedoel... Hij zal me daarstraks wel afgepakt zijn, denk ik."

"Ik kijk wel even. Tot straks."

Inge ging weer zitten. Dit was om gek van te worden. Deze verschrikkelijke afhankelijkheid. Stel je voor, dat die agente minder aardig was geweest. Je hoorde immers wel eens verhalen over hoe het toeging op politiebureaus. Arrestanten die zich uit moesten kleden en heel vernederend werden behandeld... Gelukkig maar dat er hier echte ménsen in die uniformen zaten. Het was zo immers al ellendig genoeg.

"Het is gelukt," hoorde ze opeens een stem bij het luikje zeggen. "Uw vriendin gaat naar de flat en ze vangt ook uw zoontje op."

"Hoe laat is het nu?" vroeg Inge gejaagd.

"Bijna half twaalf."

Inge begon te huilen van pure opluchting. Er was nog tijd genoeg!

"Ik ben toch zo blij," snikte ze. "Zo blij."

"Het is anders niet slim van u om te gaan samenwonen zonder dat te melden. De sociale recherche komt daar meestal wel achter." Al pratend kwam de agente de cel in lopen.

"Maar ik woon helemaal niet samen," verklaarde Inge fel. "Dat is een grove leugen. Die vreselijke vent wil alleen maar met me..."

Ze stopte abrupt met praten. Het had geen zin om die agente te vertellen, waar het Van Loon om ging. Ze kon immers niks bewijzen? Straks pakte die smeerlap haar ook nog voor lasterpraat.

"Ik heb uw dossier ingekeken, mevrouw Dubbeldam. En dat ziet er niet best uit. De sociale recherche heeft een tip gekregen, dat u samenwoont."

"Een tip?"

"Iemand uit uw flat heeft het gemeld."

"Wie was dat?"

"Ja, namen noemen we natuurlijk niet. U kunt maar beter meewerken, dan kunt u het snelste weer naar huis."

"Hoezo meewerken?"

"Als u een bekentenis tekent, bent u overal van af."

"Bekentenis? Wat moet ik dan bekennen?"

"Dat u gefraudeerd heeft."

"Ik heb helemaal niks gedaan. Ik woon niet samen."

"Ik ben bang dat de sociale recherche alle bewijzen in handen heeft. Allereerst is daar natuurlijk het getuigenis van uw buren en dan heeft de rechercheur met eigen ogen ook diverse strafbare feiten geconstateerd."

"Wat dan?"

"Bij een huisbezoek werd er bewijsmateriaal aangetroffen."

"Toch niet mijn scheerkrabber weer?"

De agente reageerde niet op Inges opmerking, maar praatte rustig verder. "Bij een volgend bezoek was er een man aanwezig en tenslotte bent u ook nog betrapt, terwijl u werkte."

"Nou ja zeg..." prevelde Inge verontwaardigd.

De agente stond op. "Eerlijkgezegd, staat u er niet best voor."

Inge zuchtte diep. "Mag ik naar huis als ik een bekentenis teken?"

"Ja, dat denk ik wel, maar daar zitten voor u natuurlijk wel wat vervelende haken en ogen aan."

"Wat dan?"

"Uw uitkering wordt ingehouden."

"Mijn uitkering ingehouden? Maar dat kan niet. We hebben nu al niks."

"Denk er maar eens rustig over na."

De agente ging weg en Inge bleef alleen achter.

De tijd ging voorbij. Minuten, uren. Zonder dat er iemand kwam. Opeens voelde Inge een bekende kramp in haar borst en het volgende moment druppelde er tot haar ontzetting een warm straaltje over haar huid.

Inge schrok. "Nee toch. Nou krijg ik dat er ook nog bij."

Maar wat kon ze eraan doen? Niets. Zij zat hier met overlopende borsten en Maria lag waarschijnlijk van de honger te huilen. Als Karin nou maar begreep dat ze moest eten. Ach natuurlijk begreep Karin dat wel. Ze was dol op Benny en Maria.

Karin kon net zo goed voor ze zorgen als haar ouders. Ze had vast al een bus poedermelk gehaald om Maria wat te geven. Karin was echt een fantastische vriendin. Op haar kon Inge altijd terugvallen.

En het was misschien ook maar beter dat Karin voor de kinderen zorgde. Mam was een hele lieve vrouw, maar af en toe deed ze wat overdreven. Ze zou zich waarschijnlijk half dood schrikken als ze hoorde dat haar dochter in de cel zat.

'*Je bent haar dochter niet,*' zei de stem in haar hoofd vals. '*Jouw moeder heeft je weggedaan.*'

"Hou toch op," reageerde Inge kwaad. "Begin je nou alweer?"

"Problemen?" vroeg een mannenstem.

Inge keek verschrikt op. Ze had helemaal niet gemerkt dat het luikje open was en dat er iemand belangstellend naar haar stond te kijken.

"Ik eh..." begon Inge verward, maar toen raapte ze al haar moed bij elkaar. "Het is tijd om mijn kind te voeden. Kan dat hier?"

"Waar heeft u het over?"

"Ik geef mijn baby borstvoeding. Kan ze niet hier gebracht worden? Ik zit vreselijk vol."

"U wilt uw kind hier voeden?"

"Ja."

"Och mevrouw, daar is toch geen sprake van."

"Waarom niet? Ik dacht dat iedere moeder de gelegenheid moest hebben om haar kind eten te geven?"

"Een werkende moeder wel, daar heeft u gelijk in. Maar dat geldt natuurlijk niet voor u. Het zou wat moois worden."

Het luikje ging weer dicht.

Het werden vervelende uren voor Inge. Haar borsten begonnen steeds meer pijn te doen en er liepen steeds vaker straaltjes melk in haar blouse.

"Ik ben bijna doorweekt," zuchtte Inge hardop. "Hoe moet ik dit nog volhouden?"

Op dat moment waggelde Van Loon welgemoed naar binnen, op de voet gevolgd door de agente.

"Wat een natte boel hier," zei Van Loon met een blik op Inges doorweekte voorkant. "Daar heeft u zeker wel last van?"

Inge gaf geen antwoord. Wat ging die griezel dat aan!

"U kunt ons wel even alleen laten, juffrouw De Groot," zei Van Loon met een vriendelijke glimlach tegen de agente.

"Prima hoor," antwoordde de agente. "U klopt maar als u er weer uit wilt."

Ze trok de deur met een klap achter zich dicht.

"Zo," zei Van Loon gnuivend. "Ik hoef alleen maar te kloppen als ik eruit wil. Heerlijk idee."

"Barst toch vent," mompelde Inge.

"Wat nu, mevrouw? Zo boos? En ik heb nog wel het beste met u voor."

"Rotzak."

Van Loon stroopte zijn mouw wat omhoog en keek langdurig op zijn horloge. "Het is inmiddels vijf uur en u kunt, als u wilt natuurlijk, de avondmaaltijd al weer bij uw gezinnetje doorbrengen."

"Ja, ja," zei Inge zo verveeld mogelijk, maar diep binnen in haar begon het opeens te stormen. Als ze naar huis mocht... Gewoon vannacht weer lekker bij haar kindertjes...

"Het is heel simpel." Van Loon ging met een plof op de bank zitten.

Inge stond meteen op en ging zover mogelijk bij hem vandaan staan.

"Tut, tut, mevrouwtje. Zo komen we er niet." Hij keek even wat meewarig voor zich uit en vervolgde zakelijk: "Twee mogelijkheden. Nummer één: u loopt hier dadelijk zo vrij als een vogel de deur weer uit. Gezellig naar uw gezinnetje terug. Baby'tje voeden. Enfin, u kent dat wel."

Inge keek hem zwijgend aan.

"Mogelijkheid twee is wat minder aantrekkelijk," vervolgde Van Loon zalvend. "Dat wil ik eerlijk toegeven." Hij zweeg een ogenblik om de spanning wat op te voeren en pakte ondertussen zijn bril uit zijn jaszak. Terwijl hij die nauwgezet begon op te wrijven, zei hij hard: "U wordt veroordeeld wegens bijstandsfraude. U zit daarvoor nog minstens een week in deze gezellige ruimte en als ik het voor elkaar krijg nog langer, als u begrijpt wat ik bedoel. En daar komen dan nog wat onaangenaamheden bij." Hij hield het linkerglas van zijn bril voor zijn ogen en blies er zachtjes op. Terwijl hij hevig verder poetste, hoorde Inge hem zeggen: "U begrijpt dat u na een veroordeling tot de criminelen behoort en criminelen kunnen helaas niet meer zelf voor hun kinderen zorgen." Hij snoof en besloot met de woorden: "Bovendien bent u uw uitkering kwijt en het teveel betaalde moet tot op de laatste cent worden teruggestort."

"U weet heel goed dat ik niks verkeerds heb gedaan," protesteerde Inge fel.

"Kom, kom, mevrouw, u trekt al zeker vier maanden illegaal bijstand en wij zijn vanzelfsprekend Sinterklaas niet."

"Het is niet waar!" schreeuwde Inge wanhopig. "Dat weet u best!"

"Ik heb een erg lieve vriendin bij de kinderbescherming," verklaarde Van Loon en Inge hoorde de sarcastische ondertoon in zijn stem. "Zij zal bijzonder goed voor uw kindertjes zorgen."

"Ik ben hun moeder! U kunt me mijn kinderen niet zomaar afnemen!"

Er kwam een ijskoude trek om Van Loons mond: "U bent erg onverstandig bezig, mevrouw. Ik zou toch zeggen dat u inmiddels aan den lijve ondervindt hoe ver mijn arm reikt. Als ik het zeg, zitten uw bloedjes vanavond nog in een tehuis. Dan laat ik ze afhalen met een politieauto."

"Schoft!"

"Kijk mevrouw." Van Loon klonk zakelijk. "Dat bedoel ik nu. Terwijl we het allemaal zo prettig zouden kunnen regelen." Hij schudde meewarig zijn hoofd.

"U chanteert me," zei Inge kwaad.

Er kwam een brede grijns op zijn gezicht en hij begon wat hanig te lachen. "U moet het zelf weten, mevrouw. Het is erg lastig om kinderen weer onder de vleugels van de kinderbescherming uit te krijgen. Dat kan ik u verzekeren."

Hij stond op en wreef in zijn handen. "Ik geef u tien minuten. Dan kunt u even rustig nadenken."

Hij klopte ontspannen op de deur en wandelde wat hijgerig naar buiten.

"Och juffrouw De Groot," hoorde Inge hem op de gang nog zeggen. "Misschien wilt u mevrouw even een dweiltje brengen. Die lekkage is een wat gênante vertoning."

Zijn voetstappen stierven weg in de gang.

Inge kon niet langer blijven staan. Haar knieën bibberden verschrikkelijk. Dit leek wel een nachtmerrie. Ze was helemaal koud van binnen. Van Loon chanteerde haar op een verschrikkelijke manier. Als zij z'n zin niet deed, pakte hij haar kinderen af!

Maria en Benny. Ze waren hun vader al kwijt. Moesten ze nu ook hun moeder nog verliezen?

Ze wist opeens heel zeker dat Van Loon het niet zou toestaan, dat zij ze ooit nog terugzag. Hij was machtig, dat had ze nu wel gemerkt. Hij kon mensen maken en breken, zonder dat er een haan naar kraaide. Zou hij dit vaker doen? Al die onschuldige vrouwen die hij misschien al voor deze zelfde keus had gesteld... En als ze nu een klacht indiende? Of nog beter, als ze die agente vertelde, wat voor een schoft hij was?

Moeizaam streek ze een springerige krul van haar voorhoofd. Het had geen zin. Ze wist nu immers al hoe dat af zou lopen. Ze zouden haar niet geloven. Die keurige rechercheur van de sociale dienst... Hij was immers het toonbeeld van vriendelijke beleefdheid tegenover al zijn cliënten.

En zij was de fraudeur, die stiekem samenwoonde en er ook nog zwart bijwerkte. Haar woord tegenover zijn 'bewijzen'. Ze had geen poot om op te staan.

Paniekerig dacht ze aan zijn vette handen die gretig over haar lichaam dwaalden. Ze moest bijna braken van pure afschuw. Maar haar kinderen dan? Die konden toch niet zonder haar? Er zou niets meer van ze terecht komen.

Kon ze niet iets verzinnen? Zeggen dat ze zijn zin zou doen en hem dan beduvelen? De gedachte was erg aantrekkelijk, maar ze besefte heel goed, dat het een valse hoop zou zijn. Hij zou haar niet met rust laten. Hij was blijkbaar gewend om altijd zijn zin door te drijven. En dat kon hij immers ook. Hij had de macht en zij had niks.

"En mevrouw Dubbeldam? Hebt u al een besluit genomen?"

"Ja," zei Inge en ze had zelf het gevoel dat haar stem van een andere planeet kwam. "Ik wil naar huis."

"Heel verstandig, mevrouw. Als u nog een momentje geduld heeft, zal ik wat formaliteiten regelen."

Een paar minuten later was hij al weer terug. "Als u dit nog even wilt tekenen," zei hij gladjes.

"Ik teken geen schuldbekentenis," prevelde Inge toonloos. "Ik heb niks gedaan."

"Welnee mevrouw, dit is alleen een verklaring dat u mijn onderzoek niet zult storen. Leest u het gerust even door en daarna kunt u hier..." Van Loon legde zijn dikke vinger op een stippellijntje onderaan het blad en vervolgde: "Uw handtekening zetten."

Hij deed een stapje achteruit en bestudeerde Inges gezicht, terwijl ze het briefje doorlas. Er stond niks verkeerds in. Niets waarop ze hem zou kunnen pakken. Het was alleen maar een verklaring dat zij de sociale recherche alle medewerking zou verlenen bij het onderzoek naar 'eventuele onrechtmatigheden in haar handelen'.

Een vrijbrief in duplo... Zij vrij om naar haar kinderen te gaan en hij vrij om haar te misbruiken...

Ze zuchtte nog een keer heel diep en zette met een woest gebaar haar handtekening.

"Uitstekend mevrouw. Mag ik u voorgaan?"

Hij hield de deur van haar cel uitnodigend voor haar open. Inge liep met gemengde gevoelens achter hem aan. Ze was dolblij dat ze weg kon uit deze naargeestige omgeving, maar aan de andere kant... Zou hij zijn rechten meteen gaan opeisen? Ze moest er niet aan denken!

"Zo, hier zijn al uw spullen terug." Met een correct lachje overhandige Van Loon Inge een plastic zakje met haar eigendommen. Ze stopte het zonder te kijken in haar zak.

"Komt u maar, mevrouw. Ik breng u even naar huis."

"Nee, dat is niet nodig. Ik... ik kan wel een taxi nemen."

"Met uw inkomen? Dat is absoluut onverantwoord. Dat zult u moeten toegeven."

"Ik kan mijn ouders bellen. Die halen me wel op."

"Ik breng u even naar huis, mevrouw. Dat lijkt me correct na deze misser van onze kant."

Hij zei het extra hard en Inge besefte dat die opmerking vooral voor de dienstdoende agent achter de balie bedoeld was. Hij was zo geslepen, die Van Loon! Wat had zij nog voor kans?

Als een geslagen hond liep ze achter hem aan naar zijn auto en stapte in.

Eenmaal in de auto schoof ze zo ver mogelijk bij hem vandaan, hoewel ze wist dat het haar niet zou helpen. Hij kon immers direct al met haar het bos inrijden. En dan zou ze het moeten opbrengen om maar te blijven zitten en hem zijn gang te laten gaan. Of had hij ergens een huis, waar hij de vrouwtjes pakte? Misschien gebruikte hij wel gewoon zijn eigen woning. Ze had er geen idee van of Van Loon getrouwd was.

Vanuit haar ooghoeken keek ze voorzichtig opzij. Hij was één brok vet, die smeerlap! Hij deed waarschijnlijk alleen maar zo, omdat hij op een gewone manier geen vrouw kon krijgen.

De auto stopte. "We zijn er, mevrouw."

Verbaasd keek Inge om zich heen. Dit was de parkeerplaats van haar eigen flatgebouw. Het was dus de bedoeling dat hij háár huis als liefdesnestje ging gebruiken. Met de kinderen als getuige...

Bijna misselijk stapte ze uit en ging met stevige stappen op weg naar de lift. Ze kon veel harder lopen dan hij. Als ze nou gewoon even een sprintje trok en hem hier voor joker liet staan met zijn vette kwabbenlijf. Dan zou hij...

"Wat hebt u er een tempo in, mevrouw," hoorde ze zijn stem achter haar zeggen.

Nee hè? Hij was sneller dan ze dacht. Nou zat ze met hem alleen in de lift. Een kleine moeite om die tussen twee verdiepingen vast te zetten en...

Maar ze bereikten ongestoord de vierde verdieping en Van Loon hield zelfs galant de deur voor haar open. Voor de buitenwereld speelde hij de keurige, correcte vent.

De vuile toneelspeler! Hoeveel vrouwen zou hij er al ingeluisd hebben?

Ze stopte abrupt voor haar flat en wilde de sleutel in het slot steken. Maar de deur zwaaide vanzelf al open.

"Mama!" riep Benny. "Mama, je bent er weer!" Inge voelde twee kinderarmpjes om haar nek en er stroomde een enorm gevoel van blijdschap door haar heen. Wat er ook mocht gebeuren, zij zou voor haar kinderen zorgen. Nooit liet ze zich haar kindertjes afpakken. Door niemand!

"Inge!" riep Karin verrast. "Wat fijn, dat je er weer bent."

"Roerend, roerend, dit weerzien," mompelde Van Loon zo zacht, dat alleen Inge het kon horen. En daarna praatte hij op een gewone toon door: "Mevrouw Dubbeldam, ik wens u namens de sociale dienst nog een heel prettige avond."

"Oh eh..." aarzelde Inge. "Wilde u niet nog even binnen komen?" Want dan had ze het onderzoek immers gehad, terwijl Karin als veilige getuige in de buurt was.

"Welnee mevrouw. Deze avond is voor u en uw gezinnetje. Ik zie u morgen."

Het klonk zo gewoon, dat laatste zinnetje. Zo netjes en behulpzaam. Maar Inge wist heel goed wat hij bedoelde. 'Geniet vanavond nog maar even van je kroost,' wilde hij haar zeggen, 'Morgen zul je me de rekening dubbel en dwars betalen.'

En als ze morgen nou eens zorgde dat ze visite had?

Ja, dat was een wereldidee! Zo kwam ze misschien toch nog van hem af.

Ze draaide zich naar hem om en zei poeslief: "Morgen zal ik u graag te woord staan, meneer Van Loon."

"Heel verstandig, mevrouw," knikte Van Loon met een beleefde glimlach op zijn pafferige gezicht. Vriendelijk groetend waggelde hij weg.

"Wat was dat voor een rare snuiter?" vroeg Karin argwanend.

Inge wachtte met antwoord geven tot ze de deur stevig achter zich dicht getrokken had. "Dat was meneer Van Loon van de sociale dienst."

"Een pure engerd," vond Karin. "Die man heeft iets akeligs over zich. Hij is me net iets te gladjes."

"Ik ben het helemaal met je eens," zei Inge en dat kwam uit de grond van haar hart.

Ze liep naar de kamer en bleef verbaasd staan. Alles was keurig opgeruimd en de tafel was voor drie personen gedekt.

"We gaan zo eten," legde Karin uit. "Ik had tegen beter weten in ook op jou gerekend."

"Wat verschrikkelijk lief van je, Karin. Je weet niet half hoe dankbaar ik je ben."

"Ik kan me voorstellen dat je goed in de rats zat. Waar was het nou voor nodig om je zo maar uit huis te slepen?" Ze stopte geschrokken met praten, omdat ze nu pas zag in wat voor toestand Inges kleren waren. "Je moet eerst Maria maar even gaan voeden en daarna is een douche geen overbodige luxe."

"Heeft Maria nog niks gehad dan?" vroeg Inge hoopvol, want het laatste waar ze nu zin in had, was wel haar borsten afkolven.

"Vanmiddag wel, maar ik wilde vanavond zo lang mogelijk wachten. Meid, je bent compleet doorweekt!"

"Geeft niks, ik ben weer thuis en dat is het voornaamste."

*

Het werd een rustige avond na al die akelige ervaringen van de afgelopen dag.

Na het eten bracht Inge de kinderen naar bed en daarna ging ze bij Karin zitten om te vertellen hoe alles zo gekomen was.

"Wat zeg je nou?" riep Karin verschrikt, toen Inge bij het onderwerp 'zwart werken' was aangeland. "Die vent beweert dat jij stiekem werkt? Hoe komt hij erbij?"

"Geen idee." Inge durfde niet te zeggen dat ze bang was voor Van Loons attenties op seksueel gebied. Karin was nogal een felle. Als die naar de politie ging om Van Loon aan te geven, dan raakte ze misschien toch nog haar kinderen kwijt! Want zij, Inge, had immers geen enkel bewijs tegen die kwal.

"Hij moet je gevolgd zijn," bromde Karin nadenkend. "Wat een eng idee."

"Ja, dat vind ik ook. Straks beweert hij nog dat jij hier op kamers woont."

"Wat een onzin!"

"Nou, hij meent ook al dat ik met die onderwijzer van Benny samenleef. Die is nota bene één keer op bezoek geweest. Oh, nou snap ik het ineens!"

"Wat?"

"Ik bedenk me opeens dat hij het over een tip had."

"Een tip?"

"Ja, iemand heeft anoniem gemeld dat ik hier samenwoon."

"Wat een rotstreek. Je denkt toch niet..."

"Ja, dat denk ik wel. Arno natuurlijk. Hij heeft me bedreigd, weet je. Hij riep dat hij 't mij betaald zou zetten dat ik hem bij de sociale dienst had aangegeven."

"Aangegeven?"

"Ja, als zwartwerker. Hij was razend."

"Dat is toch de grootste flauwekul?"

"Ja, dat heb ik ook nooit gedaan. Maar Arno dreigde dat hij me terug zou pakken. Nou, dat is hem goed gelukt."

"Zal ik morgen naar de sociale dienst gaan?" vroeg Karin. "Om te zeggen dat 't allemaal leugens zijn?"

"Maar wie geloven ze dan? Het is jouw woord tegen het zijne."

"Ik kan je in elk geval helpen met die andere valse beschuldiging."

"Welke dan?"

"Dat jij stiekem werkte op de Ambachtenmarkt. Ik kan ze precies uitleggen, hoe dat zat. Compleet met bewijsmateriaal. Dan kunnen ze je daar tenminste niet meer over aanvallen."

"Ik hoop het maar," prevelde Inge kleintjes. "Het is zo'n rotvent."

"Arno?"

"Ja, Arno ook, maar ik bedoelde eigenlijk die Van Loon."

"Hij kan je niks maken," zei Karin beslist. "Hij moest je nu toch ook weer vrij laten?"

Inge gaf geen antwoord. Zou ze Karin zeggen, hoe ze gechanteerd was? Dat Van Loon gedreigd had om haar kinderen af te pakken, als ze niet aan zijn wensen voldeed? Maar er was nog niks ergs gebeurd en ze kon niks bewijzen. Nee, ze had geen poot om op te staan.

"Komt die vent morgen hier controleren?" vroeg Karin.

"Ja." Inge zuchtte diep. Ik zie er een beetje tegenop. Hij deed de vorige keer zo raar."

"Over die scheerkrabber?"

"Ja en over die vieze ouwe tandenborstel, die in de keukenla ligt. Dat waren zogenaamd de bewijzen dat ik illegaal samenwoon. Nou vraag ik je!"

"Als het niet zo ernstig was, moest ik erom lachen," antwoordde Karin.

"Ja, ik eigenlijk ook, maar hij was heel serieus. Wat denk je? Zal ik de boel weggooien?"

"Dat lijkt me niet. Laat maar gewoon liggen. Weet je wat? Ik neem morgen wel vrij. Dan kan ik je een beetje bijstaan."

"Oh Karin, als je dat wilt doen."

"Tuurlijk meid," lachte Karin, maar diep van binnen vond ze dat haar vriendin overdreven opgelucht reageerde. Er was iets met Inge. Iets vreemds. Inge had haar vast niet het hele verhaal verteld. En Karin besloot om haar oren en ogen goed open te houden. Inge was het waard, dat er iemand voor haar zorgde!

## HOOFDSTUK 7

De volgende morgen bracht Inge op de gewone tijd Benny naar school. Ze had Maria eerst thuis willen laten, maar bij nader inzien leek haar dat toch minder verstandig. Van Loon stond vast ergens om een hoekje te kijken. Ze moest vanmorgen net zo doen als al die andere ochtenden. En dus ging Maria mee. Warm ondergestopt in haar kinderwagen.

Inge vond het geen prettig idee, dat Van Loon haar waarschijnlijk ergens in de gaten stond te houden. Ze kreeg er de koude kriebels van. Bij ieder bosje verwachtte ze half en half dat hij te voorschijn zou springen om haar weg te slepen.

"Toe nou Inge," mompelde ze in zichzelf. "Je kletst onzin." Want Van Loon gedroeg zich in het openbaar immers altijd keurig netjes. Nee, hier buiten op de straat, met al die voorbijgangers als getuigen, had zij niks te vrezen. En straks thuis ook niet, want dan zou Karin bij haar zijn.

Ze wandelde zo ontspannen mogelijk het schoolplein op, reed haar wagen naar binnen en zette hem voor Benny's klaslokaal op de rem.

"Inge?" hoorde ze een donkere mannenstem zeggen. "Hoe is het?"

Sander!

"Hoi, Sander." Inge probeerde een vrolijk lachje op haar gezicht te toveren, maar dat lukte niet erg.

"Heb je zin om binnenkort eens samen uit te gaan?" vroeg Sander. "Ik dacht zelf bij voorbeeld aan een etentje en daarna naar de bios. Of een theatervoorstelling, als je dat leuker vindt."

Inge keek hem sprakeloos aan. Hoe kwam hij er nou bij om haar mee uit te vragen? Zijn vrouw was nota bene in verwachting!

Ze schudde energiek haar hoofd. "Dat lukt me niet, Sander. Sorry."

"Als je... als je financieel moeilijk zit, wil ik je oppas wel betalen."

"Dat is heel aardig van je, maar ik heb gewoon geen tijd."

"Ik begrijp best, dat je het in je eentje beestachtig druk hebt met twee kinderen. Daarom moet je jezelf ook wat ontspanning gunnen."

Waarom drong hij nou zo aan? Wat dacht hij eigenlijk wel niet? Zo'n eenzaam vrouwtje vindt een beetje aandacht heerlijk? Verdraaid! Al die mannen waren toch écht allemaal hetzelfde! Arno had haar ook bedrogen toen ze met die dikke buik liep en nu wilde Sander hetzelfde doen bij zijn zwangere vrouw. Bah!

"Inge? Denk er nog eens over. Ik zou het gezellig vinden."

Ja, dat kon Inge zich levendig voorstellen! Ze haalde diep adem om hem eens goed de waarheid te zeggen, maar op dat moment tikte er een vrouw op Sanders rug.

"Meester Uithof? Marretje heeft vannacht nogal overgegeven, maar ze wilde toch naar school. Mocht ze nou weer ziek worden, wilt u dan..."

Inge zag haar kans schoon. Ze knikte vriendelijk tegen Sander en draafde achter Benny aan de klas in. Daar begon ze een gesprekje met Benny's juf, terwijl ze vanuit haar ooghoeken Sander op de gang kon zien staan. De bezorgde moeder was blijkbaar uitgesproken, want die draaide zich om en liep weg. Sander keek zoekend om zich heen en Inge voelde dat zijn ogen even op haar bleven rusten. Toen ze weer keek, stond hij over de kinderwagen gebogen en een paar tellen later was hij verdwenen.

'Opgeruimd staat netjes,' dacht Inge voldaan. Ze nam hartelijk afscheid van de juf, gaf Benny een kus en liep de klas uit. Zie je wel, Sander was weg. Mooi zo.

Even snoof ze verontwaardigd. Ze had nog wel gedacht dat hij echt aardig was. Zo leuk met Benny en zo hartelijk voor haar. Ja, ja, hij had alleen maar zijn eigen lolletje op het oog! Terwijl zijn vrouw van niks wist.

Even kreeg ze de neiging om zijn adres in het schoolboekje op te zoeken en naar zijn huis te bellen. Dan kon ze die Sasja eens vertellen wat haar lieve echtgenoot allemaal uitvrat! Maar aan de andere kant, dat wist Sasja waarschijnlijk maar al te goed. Vrouwen merkten zoiets meestal vrij vlug.

Ze liep haastig terug naar huis, want ze voelde zich nog steeds niet erg op haar gemak. Maar er gebeurde niks bijzonders onderweg en Inge stapte opgelucht haar voordeur binnen.

"Hè," zei ze tegen Karin. "Wil je wel geloven, dat ik gewoon blij ben om weer veilig binnen te zijn?"

Karin keek haar nadenkend aan, maar ze gaf geen antwoord.

"Wil jij Maria voeden?" vroeg Inge. "Ik ga de borstvoeding afbouwen."

"Hoe kom je daar ineens bij? Door dat gedoe van gisteren?"

Inge knikte. "Het was een ramp. Ik voelde me diep ongelukkig."

"Maar dat gebeurt nou toch niet meer?"

"Nee alsjeblieft, dat hoop ik niet!"

"Nou dan, dan is er toch geen reden om te stoppen? Je vindt het zo leuk."

"Dat is wel zo, maar ik liep er al een tijdje over te denken." Inge zuchtte diep. "Ik wil eigenlijk ook zo dolgraag weten wie mijn echte moeder is."

"Dat kan ik me voorstellen. Ja, dan is het wel makkelijker als Maria een fles krijgt. Zal ik haar maar gelijk in bad doen?"

Voor Inge iets kon terug zeggen, ging de bel. Snerpend door de stille flat.

Inge trok wit weg. "Dat zal hem zijn," fluisterde ze kleintjes.

Karin trok haar wenkbrauwen op. "Het lijkt wel of je bang voor hem bent."

"Ja, dat ben ik ook wel een beetje. Hij..."

"Tring! Tring! Tring!" ging het weer.

"Ik doe wel open." Karin stapte kordaat naar de deur.

"Goedemorgen meneer," hoorde Inge haar zeggen. "U komt voor mevrouw Dubbeldam?"

"Wel zeker mevrouw. Mijn naam is Van Loon. Sociale dienst."

"Komt u verder."

Inge hield haar adem in. Nog heel even, dan zou hij de kamer binnenkomen. Zou hij erg kwaad zijn, dat Karin er was?

"Goedemorgen mevrouw Dubbeldam. Alles in orde met u?"

"Dag meneer Van Loon," groette Inge. Haar stem klonk akelig schor.

Van Loon snoof luidruchtig. "Heel prettig voor u mevrouw, dat uw vriendin op bezoek is," antwoordde hij hartelijk, maar Inge hoorde duidelijk de dreigende ondertoon in zijn stem.

Kon hij haar iets doen? Had hij de macht om haar weer te laten wegslepen?

"Goed," praatte Van Loon door. "Ons onderzoekje."

"Daar wil ik graag iets over zeggen, meneer Van Loon," mengde Karin zich in het gesprek.

Van Loon keek haar lang en taxerend aan. "Oh ja?"

"U heeft mijn vriendin van zwart werken beschuldigd, maar ik kan u bewijzen dat 't niet zo is."

"Zo..." knikte Van Loon.

"Ze heeft alleen maar even op mijn kraam gelet, terwijl ik naar het toilet moest."

"Zo..." Van Loon pakte zijn bril uit zijn borstzakje en viste met zijn andere hand een zakdoek te voorschijn. Ontspannen begon hij de glazen op te wrijven.

"U heeft gezien dat ik mevrouw Dubbeldam een tientje gaf," ging Karin verder. "Maar dat was bedoeld als verjaardagscadeau voor Benny."

"Ach," bromde Van Loon op een toon alsof dit de grootste ontdekking van de eeuw was. Hij zette zijn bril op zijn neus, nam een vulpen en een kladblok uit zijn koffertje en begon ijverig te schrijven.

Inge zat versteend toe te kijken. Zou het allemaal goed komen? Had ze zich voor niks al die zorgen gemaakt?

Van Loon stopte met schrijven en keek Karin aan. "Heeft u verder nog iets?"

"Ja, mevrouw Dubbeldam woont absoluut niet samen. Dat kan

ik getuigen."

"Ik heb hier anders verschillende keren een man naar binnen zien gaan."

"Dat kan niet," zei Inge.

Van Loon draaide zijn gezicht naar haar toe en keek haar even zwijgend aan. Toen bladerde hij in zijn kladblok en begon de data van het mannenbezoek op te sommen.

"Dat is Sander geweest," verklaarde Inge. "Die is onderwijzer bij Benny op school en de meteropnemer is een keer geweest en Arno..."

"Arno?"

"Meneer Dubbeldam."

"Zo... en met wie zat u te dineren?"

"Met meneer Uithof, die onderwijzer."

"Mooi." Van Loon klonk voldaan. "Dan is dat uit de wereld, mevrouw Dubbeldam."

Hij keek Karin aan. "Mag ik uw naam en adres? Voor uw getuigenverklaring."

"Natuurlijk, ik ben Karin Bongers en ik woon op Klaarwaterweg 458."

"Prachtig." Van Loon stond op. "Dan wens ik u nog een prettige ochtend samen. Goedemorgen dames."

Hij waggelde de kamer uit en even later sloeg de voordeur achter hem dicht.

Inge zat verbijsterd voor zich uit te staren. Had ze hier zo tegen op gezien? Wat was dit verschrikkelijk meegevallen!

"Zo, dat viel best mee," vond Karin. "Het leek me eigenlijk wel een redelijke vent."

"Ik hoop maar dat het zo goed is," mompelde Inge zacht voor zich heen. "Dat hij nou niet weer komt."

"Ik kan me voorstellen dat je een hekel aan hem hebt. Hij heeft je gisteren in de cel gegooid. Helemaal onterecht. Kun je daar niet een klacht over indienen? Voor smartengeld of zo?"

"Nee, daar begin ik niet aan. Ik kan Van Loon maar beter te vriend houden."

"Oké, je moet het zelf weten. En Inge?"

"Ja?"

"Als je nou weer ergens mee zit, kun je me altijd bellen, hoor."

"Fijn, ik kan wel wat steun gebruiken."

"Dan ga ik nou een fles voor Maria maken en haar eindelijk eens in bad doen." Karin liep met energieke passen de kamer uit.

Inge keek peinzend uit het raam. Ze voelde zich ineens weer een heel stuk beter. Ze had Van Loon gisteren natuurlijk helemaal verkeerd begrepen. Hij was gewoon zo boos geworden, omdat zij hem voor de deur had laten staan. Daarom was hij met de politie teruggekomen en had ze al dat gezeur gehad. Wat beeldde ze zich ook voor rare dingen in. Waarom zou een ambtenaar van de sociale dienst zijn vrouwelijke cliënten willen misbruiken?

'*Ben je vergeten hoe handtastelijk hij was?*' zei de stem in haar hoofd. '*Het blijft een onbetrouwbare viezerik!*'

"Misschien viel het wel mee," zei Inge hardop. "Misschien heb ik me dat wel allemaal ingebeeld."

'*Kom nou,*' antwoordde de stem. '*Hij heeft duidelijk in je kruis zitten graaien, die keer in de badkamer. Je hebt hem niet voor niks geschopt.'*

"Dat heb ik misschien wel gedroomd."

*'En in dat pannenkoekhuis kneep hij je tepel er bijna af.'*

"Dat kwam vast door dat nauwe gangetje. Er was gewoon geen plaats voor ons tweeën."

*'Toe maar. Steek je kop maar in het zand.'*

"Ach, barst toch met je gezeur," viel Inge heftig uit.

"Wat is er, Inge? Ik kon je niet helemaal verstaan," vroeg Karin in de deuropening.

Inge grinnikte. Dat was maar goed ook!

"Ik zei net tegen mezelf, dat ik die Elza Naters een brief ga schrijven," jokte ze. "Ik laat me door haar niet afschepen."

"Lijkt me een goed plan, maar je moet je er niet teveel van voorstellen. Ik denk dat je de meeste kans maakt als je persoonlijk met haar gaat praten."

"Dat kan pas als ik helemaal van die voeding af ben. Dat duurt wel een paar weekjes."

"Nou, dan zou ik haar toch maar alvast een brief sturen." Karin nam Maria op schoot, pakte de fles en duwde de speen voorzichtig in het mondje. Het kleintje begon hartstochtelijk te zuigen.

Inge keek er even heel vertederd naar. Wat was het toch een schatje, haar kleine Maria.

Maar nu wilde ze graag weten, wie grote Maria was. Haar mysterieuze moeder, die haar meteen na de geboorte had afgestaan.

Ze liep rustig naar het tafeltje en pakte haar schrijfblok:

*Geachte juffrouw Naters,*

*Een tijdje geleden heb ik u opgebeld, omdat ik graag wil weten waar mijn echte moeder woont. U heeft me toen gezegd dat u door de telefoon geen inlichtingen kon geven.*

*Daar heb ik alle begrip voor, want het gaat natuurlijk om privé-informatie.*

*Daarom schrijf ik u deze brief.*

*Mijn naam is Inge Maria Bastra, tenminste zo staat het op mijn geboortebewijs. Ik ben op 3 juli 1966 geboren in Huize Zilverschoon. U heeft die aangifte verzorgd.*

*Mijn moeder heet Maria Bastra en ik ben later geadopteerd door mevrouw Sofie Vreeswijk en haar echtgenoot Herman.*

*Ik heb al die jaren niet geweten dat ik een geadopteerd kind ben. Pas toen ik ging trouwen, kwam het uit.*

*Vooral sinds ik zelf kinderen heb, ben ik razend benieuwd naar mijn biologische moeder. Wat is zij voor een vrouw? En waarom heeft ze me weggedaan?*

*Ik zou het heel fijn vinden, wanneer u me haar adres wilt toesturen. Dan kan ik contact met haar opnemen en eindelijk kennis maken.*

*Ik dank u alvast voor de moeite die u voor me doet.*

*Met vriendelijke groeten,*

*Inge Dubbeldam-Vreeswijk, (geboren Inge Maria Bastra).*


Tevreden las Inge het blad nog eens over en gaf het papier daarna aan Karin.

"Dat ziet er goed uit," vond Karin. "Maar eh..."

"Ja?"

"Het is misschien een domme vraag, maar waarom noem jij jezelf nog steeds Dubbeldam?"

"Gewoonte, denk ik. Ik heb er eigenlijk nog niet eens over nagedacht."

"Als straks je scheiding definitief is, zul je toch iets anders moeten."

"Waarom? Benny en Maria heten ook Dubbeldam. Ik zie me al aankomen op school."

"Hoe bedoel je?"

"Nou, dan moet ik zeggen: Ik ben mevrouw Vreeswijk, de moeder van Benny Dubbeldam. Erg omslachtig." Inge keek even nadenkend voor zich uit. "Misschien wil ik in het vervolg wel mevrouw Bastra heten."

"Dat zou ik niet doen," was Karins reactie. "Dat is een klap voor je ouders. Je pleegouders, bedoel ik."

"Ach, daar heb je gelijk in. Het maakt me eigenlijk ook niet uit, hoe ik heet."

Inge viste een envelop uit de la, vouwde de brief zorgvuldig dubbel en stopte het epistel daar voorzichtig in. Daarna schreef ze het adres op de voorkant en plakte tenslotte een postzegel in de rechter bovenhoek.

"Klaar." Ze lachte voldaan. "Ik ga 'm gelijk even posten."


*Hoi dagboek,*

*Ik dacht nog wel dat ik van hem af was. Van die Van Loon, bedoel ik. Ik was er eigenlijk heilig van overtuigd, dat alles na dat onderzoekje helemaal in orde was. Vooral omdat ik al bijna twee weken niks meer van hem gehoord had.*

*Toen de bel vanmorgen ging, stapte ik opgewekt naar de deur. Ik verwachtte eigenlijk dat mijn ouders op de stoep zouden staan, maar dat was niet zo. Het was Van Loon. Ik schrok me bijna dood.*

*"Goedemorgen, mevrouw Dubbeldam. Hebt u even tijd?"*

*Al pratend liep hij met zware stappen naar binnen. De deur ging achter hem dicht en hij waggelde opgewekt naar de kamer.*

*"Alleen thuis?" vroeg hij monter.*

*Ik knikte aarzelend.*

*"Mooi. Baby'tje ook weg?"*

*"Nee, Maria ligt in bed."*

*"Prachtig, prachtig. Ja, dat komt heel goed uit."*

*Hij greep zijn onvermijdelijke bril en begon de glazen alweer zorgvuldig op te poetsen.*

*"Mooi," herhaalde hij opgeruimd. "Waar wilt u het doen, mevrouw? Hier in de kamer? Of liever op bed?"*

*Ik keek hem verbijsterd aan. Was hij gek geworden?*

*"Wat... wat..." stamelde ik.*

*"Kom mevrouw, u weet heel goed wat er van u verwacht wordt."*

*Hij was met twee stappen bij me en greep me opgewekt bij mijn borsten.*

*"Blijf van me af, viezerik!" gilde ik woest.*

*Hij deed een stap achteruit. "Mevrouwtje, mevrouwtje toch," zei hij afkeurend. "U bent erg kort van memorie. Moet ik uw geheugen even wat opvijzelen?"*

Ik staarde hem vol afgrijzen aan.

"Vier woorden," zei hij tergend langzaam. "Politie... kinder-bescherming... bijstandsfraude... celstraf."

"U kunt me niks maken. Ik heb niks gedaan! Dat is nou toch bewezen?"

Hij lachte schamper. "Jammer van uw bloedjes van kinderen, mevrouw. Mag ik even bellen?"

"Hoezo?"

"Ik bel het politiebureau om een overvalwagen."

"Maar..."

"In de cel kunt u uw zonden uitgebreid overdenken. Maar ik verzeker u, u komt er dit keer niet zo makkelijk af. En uw kinderen... Nou ja, de jongste mag u nog een kusje gaan brengen, maar voor de oudste spijt het me."

Het was overduidelijk. Als ik hem schopte of wegstuurde, dan was hij binnen de kortste keren terug. Met de politie!

Had ik nog tijd? Tijd om Maria te pakken, Benny van school te halen en ergens onder te duiken?

Het was alsof hij mijn gedachten raadde. "Ik laat u niet meer alleen mevrouw. We blijven gezellig samen wachten tot de politie komt." Hij deed een stap in de richting van de telefoon en vervolgde: "Onnodig te zeggen, dat u de kinderen nooit meer terug ziet."

Hij greep de hoorn vast.

"Nee." Mijn stem had nog nooit zo raar geklonken. "Nee!"

"Wat nee?"

"Niet bellen."

*Er kwam een ontzettend smerige grijns op zijn gezicht. Oh, ik kon hem wel wurgen!*

*"Breekt het verstand eindelijk een beetje door?"*

*Ik gaf geen antwoord, maar zakte zwijgend op de bank.*

*"Hier dan maar?" vroeg Van Loon en met een snelheid die ik niet voor mogelijk had gehouden, zat hij opeens naast me.*

*Ik sloot me geestelijk volkomen af. Al mijn gevoelens gingen op nul. Het leek me de enige manier om dit afschuwelijke nog een beetje te overleven.*

*Terwijl hij de rits van mijn broek lostrok, vroeg ik kleintjes: "Mag ik dan nu mijn kinderen houden?"*

*"Mevrouw," hijgde hij, "U hebt van mij niks te vrezen, zolang u maar aardig voor me bent."*

*Mevrouw. Zelfs op het moment suprème noemde hij me nog 'mevrouw'. Ontegenzeggelijk een keurig beleefde man...*

*Tja dagboek, hij had amper een kwartier nodig, maar voor mij leken het uren. En toen hij eindelijk was opgehoepeld, ben ik onder de douche gaan staan. Net zolang tot het tijd was om Benny weer van school te halen. Het enige positieve van de hele gebeurtenis was, dat hij tenminste het fatsoen had gehad om een condoom te gebruiken. Maar verder... Zijn afscheidswoorden dreunen nog steeds na in mijn hoofd. "Tot ziens," zei de kwal. "Tot ziens, mevrouw Dubbeldam."*

*Ik wou dat ze hem doodschoten!*

"Inge?" vroeg Karin een paar dagen later. "Heeft die Elza Naters je al terug geschreven?"

"Nee," antwoordde Inge. "Het duurt wel erg lang, hè?"

"Als je niks hoort, moet je er maar gewoon heen gaan."

"Dat ben ik toch al van plan. Behalve als ze me alle gegevens alsnog toestuurt." Inge zuchtte diep. "Dat is wel het goedkoopste."

"Anders krijg je wat geld van mij."

"Karin, ik vind 't hartstikke lief aangeboden, maar dat kan toch niet? Dan voel ik me zo afhankelijk. Ik wil graag mijn eigen boontjes doppen."

"Ik kan het je ook lenen."

Inge schudde haar hoofd. "Je ziet er geen cent meer van terug."

"Geen punt."

"Dat weet ik wel Karin, maar ik wil toch graag... Nou ja, dat heb ik net al gezegd."

In het halletje klepperde de brievenbus. Inge ging er haastig naar toe. Er lag een witte envelop op de mat. Nieuwsgierig keek ze naar de afzender. "Dat is ook toevallig. Een brief van dat mens van Naters." Ze stoof naar de keuken, griste het aardappelschilmesje uit de la en riste de envelop razendsnel open. Het was maar een kort episteltje:

*Geachte mevrouw Dubbeldam,*
*Helaas moet ik u teleurstellen inzake uw vraag betreffende de verblijfplaats van Maria Bastra.*
*Onze dossiers zijn vertrouwelijk en vanzelfsprekend geheim.*
*Hoogachtend, Elza Naters.*

Er golfde een enorme teleurstelling door Inge heen. "Hè, wat een rotbrief."

Karin pakte het velletje aan en liet haar ogen over de regels glijden. "Dat kun je wel zeggen," knikte ze even later. "Die werkt niet bepaald mee."

"Dan moet ik dus toch naar Maastricht," zuchtte Inge. "Maria kan het nu wel zonder mij af. Ik zit alleen..."

"Met oppas," vulde Karin aan.

"Eigenlijk wel. Ik weet niet hoeveel tijd me dit gaat kosten."

"Veel, denk ik. En ik vraag me zelfs af of het je zal lukken."

"Natuurlijk lukt het me! Als ik persoonlijk met haar ga praten, dan kan ze toch niet weigeren?"

"Onze dossiers zijn vertrouwelijk en vanzelfsprekend geheim," las Karin hardop voor. "In gewoon Nederlands betekent die fraaie zin dat je het wel op je buik kunt schrijven."

"Meen je dat nou?"

"Ja, ze is behoorlijk resoluut."

"Maar het is mijn moeder! Ik heb er toch recht op om te weten wie mijn moeder is?"

"Ja, ík ben het helemaal met je eens. Maar daar schiet je niks mee op. Het gaat om dat mens. En als die de deur voor je dicht houdt, ben je gauw uitgepraat."

"Maar wat raad je me dan aan?"

"Je moet het in elk geval proberen. Ik pas wel op de kinderen."

"Als je dat wilt doen! Ik durf mam eigenlijk niet te vragen. Die wil natuurlijk meteen weten, wat ik allemaal van plan ben."

Karin stond op. "Mijn dienst begint zo. Ik hoor wel wanneer je gaat."

*Hoi dagboek,*

*Hij is alweer geweest! Die afstotelijke vent. En ik kan niks tegen*
*hem doen. Toen ik riep dat ik niet nóg een keer... toen begon hij*
*vuil te grijnzen en zei treiterig: "Mijn aanbod geldt nog steeds,*
*mevrouw. Van de kinderbescherming... en de politie... en het*
*uitkerinkje waar u zonder komt te zitten...*
*Dit keer deed hij er wel een half uur over. Ik kan er niet meer*
*tegen! Straks gaat dit nog jaren zo door!*

Inge legde haar dagboek weg en keek verdrietig uit het raam. Kon
ze maar even met iemand over die Van Loon praten. Het was toch
niet gewoon wat hij deed? Hij maakte op een verschrikkelijke
manier misbruik van zijn macht. Dat ging toch niet zomaar?
Ze snoof verachtelijk. Van Loon deed gewoon waar hij zin in had
en zij kon niks tegen hem beginnen.
Wie zou haar verhaal geloven?
Ja, Karin natuurlijk. Maar wat kon Karin doen? Niks...
Mannen! Ze haatte ze. Allemaal!
Op dat moment ging de telefoon. Aarzelend nam Inge de hoorn
van de haak.
"Hallo Inge," hoorde ze Sanders stem in haar oor zeggen. "Hoe
gaat het?"
Nee hè? Daar had je de volgende eikel die met haar naar bed
wilde!
"Goed hoor," antwoordde ze stroef.
"Ik wilde toch nog maar eens vragen of je zin hebt om..."
"Nee!"

"Wat klink je boos?"

"Boos? Natuurlijk ben ik boos! Dat gezanik van jou moet nou maar eens afgelopen zijn!"

"Maar Inge, wat heb ik..."

"Ik wil niet uit! Moet ik het soms voor je spellen?"

"Is er iets gebeurd, Inge?"

Of er iets gebeurd was? Ging hij nou alweer de belangstellende, aardige vent uithangen? Terwijl hij alleen maar van plan was om met haar zijn vrouw te bedriegen?

"Ik ben dat schijnheilige gedoe spuugzat!" schreeuwde ze woest.

"Ik moet jou niet!" En in een razend machteloos gebaar kwakte ze de hoorn op de haak.

Nog natrillend liep ze naar de keuken en schonk bibberig een kop koffie in. Nou, ze had misschien wel wat al te heftig tegen hem gedaan, maar dat was gewoon nodig geweest. Het leek wel of hij een bord voor zijn kop had, met zijn zogenaamde belangstelling. Wanneer zou die Sasja eigenlijk moeten bevallen? Toch Benny maar eens vragen vanmiddag.

Maar Benny reageerde amper op haar voorzichtige vraag. "Die rotzak!" mopperde hij boos. "Maar ik heb hem een flinke klap gegeven."

"Waar heb je het over, Benny?"

"Over Kareltje natuurlijk. Die zit mij steeds maar te pesten!" Hij keek even heel boos voor zich uit en voegde er toen voldaan aan toe: "Hij had lekker een bloedneus!"

"Nee toch." Inge wilde een heel verhaal beginnen over aardig zijn voor elkaar, maar de telefoon gooide luid rinkelend roet in het eten.

Ze liep naar het toestel en nam op.

"Hoi Inge, met Karin. Ik heb wat leuks voor je geregeld."

"Wat dan?"

"Er is vanmorgen een echtpaar aan de balie geweest en die mensen hebben een tripje naar Maastricht geboekt. Ze gaan maandag weg en jij kunt meerijden. Gratis."

"Wat?" vroeg Inge verbaasd.

"Als je maandag naar Maastricht vertrekt, kost de heenreis je in elk geval geen cent."

"Oh Karin, wat fijn."

"Ze gaan vrijdag terug, dus als je er dan nog bent, kun je weer mee."

"Dat verwacht ik niet, Karin. Overnachten kost ook geld."

"Ik heb een leuk pensionnetje voor je opgezocht. Die rekenen voor volledig pension $f$ 50,00 per dag."

"Nee toch?"

"Dat is hartstikke goedkoop, meid. Maar ik ben nog niet uitgesproken. Die eigenaresse kan wel wat hulp gebruiken."

"Hulp?"

"Ja, als jij daar de middag... Oh! Misschien worden we wel afgeluisterd. Ik kom zo naar je toe." Ze hing op.

Inge keek verbaasd in de hoorn. Karin was een echte schat! Ze had er in elk geval al voor gezorgd, dat ze voor niks in Maastricht terecht kwam. Dat was eigenlijk een hele zorg minder. Want stel je voor, dat die Elza Naters heel erg moeilijk deed. Ze was echt niet van plan om zonder gegevens terug te gaan. Dus als het niet anders kon, bleef ze langer. Maar het treinkaartje was een fiks probleem geweest. Ze wist immers van te voren niet hoe het zou lopen? Moest ze dan een enkeltje bestellen of een retour? Nou, die keus was haar gelukkig uit handen genomen. Ze hoefde alleen nog maar voor de kosten van de terugreis op te draaien. Behalve als ze vrijdag terugging.

Zou ze zo lang nodig hebben? Het was niet te hopen. Vijftig gulden per dag... Dat kon ze nooit betalen.

De bel ging en Inge haastte zich naar de hal.

Met de deurknop al in haar hand aarzelde ze opeens. Straks was het Van Loon! Dan...

"Inge? Ik ben het hoor!" riep Karins stem van buiten.

Gelukkig.

Ze trok de deur open en liet haar vriendin binnen.

"Hoi," groette Karin. "Ik was al thuis, vandaar dat ik er zo snel ben."

"Wil je koffie?"

"Graag. Hé Ben! Hoe is het met jou?"

Benny slaakte een vreugdekreetje en vloog Karin om de hals. "Nou kun je eindelijk mijn triceratops zien!" riep hij blij en hij trok Karin mee naar zijn kamertje.

Inge hoorde de vrolijke geluiden en ze glimlachte. Ze was eigenlijk een hartstikke gelukkige vrouw. Twee lieve gezonde kinderen en een schat van een vriendin!

Er kwam een schaduw over haar blijde lach.

Van Loon! Als die schoft niet zou bestaan, dan zag de wereld er heel anders uit.

Ze onderdrukte een diepe zucht en schonk koffie in.

Even later kwam Karin de kamer weer in.

"Zo, nou ga ik even met je mama praten." Ze gaf Benny een aai over zijn blonde haartjes en draaide zich naar Inge. "Het was gewoon een buitenkansje, meid. Een reuze aardig stel. Allebei in de zeventig. Toen ze vanmorgen binnenkwamen en begonnen over een tripje naar Maastricht, heb ik het maar gelijk gevraagd. Ze vonden het meteen goed."

"Heb je nog iets bijzonders over mij gezegd?"

"Nee hoor, alleen dat je financieel wat krap zit met je kindertjes. Ik heb nog voorgesteld dat je een vergoeding zou betalen, maar dat is absoluut niet nodig. Ze zitten er warmpjes bij."

"Wat fijn." Inge keek haar vriendin dankbaar aan. "Maar hoe zat dat met het pension?"

"Als jij daar 's middags wat huishoudelijk werk doet, kun je in feite gratis."

"Echt waar?" vroeg Inge helemaal blij.

Karin knikte. "Je vertrekt 's ochtends om negen uur. Dan zijn jullie tegen enen wel in Maastricht. Eerder kan makkelijk, maar die mensen maken geen haast. Is dit mijn koffie?"

Inge knikte en schoof het kopje wat dichter naar Karin toe.

"Ik heb met die pensionhoudster afgesproken dat je haar van twee tot vijf helpt," praatte Karin door.

"Wat moet ik dan precies doen?"

"Ramen lappen, stofzuigen, dat soort dingen. Ze zit heel krap in haar personeel en iemand die even bijspringt is van harte welkom."

"En dan is het verder gratis?"

"Ja, dan heb je, zeg maar, betaald tot dinsdagochtend na het ontbijt. En ik vergeet nog te zeggen, dat je ook met de afwas moet helpen."

"Dus van twee tot vijf huishoudelijk werk en na iedere maaltijd afwassen."

"Ze heeft het alleen over het avondeten gehad."

"Is het een groot pension?"

Karin schoot in de lach. "Jij ziet jezelf al staan tussen de stapels vaat? Maak je maar niet ongerust. Ze kan hooguit dertig mensen hebben."

"Nou, die kunnen anders aardig wat vuile borden opleveren."

"Daarom wil ze graag wat hulp."

Inge knikte. "Ik snap het. Zo zijn we alle twee uit de brand."

"Ja. En je kunt in principe zolang blijven als je wilt. Volgens dit systeem natuurlijk."

"Het is best mogelijk dat ik dezelfde dag al terug kan."

"Nee, dat moet je niet doen. Als je meteen naar die mevrouw Naters gaat, dan kun je die pensionhoudster niet helpen en dat kost je vijftig gulden."

"Maar als ik gelijk terug ga, heb ik geen pension nodig."

"Dat is waar. Maar hoe wil je dat met je bagage doen? Je moet voor de zekerheid toch een koffer meenemen en dan zit je ook nog met het eten."

Na een poosje denken, knikte Inge instemmend. "Je hebt gelijk. Ik kan bij die Naters niet met een koffer op de stoep gaan staan. Het is beter dat ik in elk geval één nacht blijf slapen. Anders wordt het erg ingewikkeld. En..."

"Ja?"

"Als dat mens er niet is, kan ik nog een keertje terugkomen," peinsde Inge hardop. "Wat denk je trouwens, zal ik een afspraak maken?"

"Ik weet het niet. Ik heb geen idee. Maar het zal moeilijk worden, Inge. Besef je dat wel?"

"Als ik bel om een afspraak te maken, kan ze me makkelijk afschepen," dacht Inge hardop. "Maar aan de andere kant, als ik zomaar kom aanzetten, doet ze misschien de deur niet eens open."

"Het is een probleem," knikte Karin. "Maar in elk geval kost het je niet zoveel op deze manier. Dat scheelt."

"Nou! Ik vind het hartstikke tof van je."

"Het was niet zoveel moeite," lachte Karin. "Dit is mijn werk, weet je?"

"Het is al half twee!" schrok Inge opeens. "Ik vergeet helemaal om Benny naar school te brengen!"

"Ik moet toch weg. Ik zet hem wel even af."

"Wil je hem dan naar binnen brengen?" stelde Inge aarzelend voor. "Anders geven ze hem misschien op zijn kop."

"Tuurlijk, daar had ik niet aan gedacht. Ik zal alle schuld wel op me nemen. Per slot van rekening heb ik je zo lang aan de praat gehouden."

Ze nam de laatste slok koffie en riep: "Ben! Naar school!"

"Joe!" riep een kinderstem uit de hal.

Inge keek ze na, de vrolijke jonge vrouw en het kleine blonde jongetje. Ze stapten in Karins auto en Inge zag hoe het raampje werd opengedraaid. Terwijl de wagen wegreed, stak er een kinderarm naar buiten die hevig zwaaide. Inge glimlachte vertederd. "Dag Ben," prevelde ze in zichzelf. "Veel plezier op school."

Met een dampende mok koffie in haar hand liep ze terug naar de kamer. Zo, nu ging het beginnen! Over een paar dagen vertrok ze naar Maastricht. Misschien zou ze volgende week al weten wie haar moeder was. Nou ja, ze wist natuurlijk dat haar moeder Maria Bastra heette, maar wat er van die vrouw geworden was... Waar zou ze nu wonen? Dacht ze nog wel eens aan dat baby'tje van toen? Of was ze misschien allang dood en begraven? Dat kon natuurlijk heel best. Een ongehuwd meisje dat een ongewenst kind kreeg en dan tijdens de bevalling overleed.

Die Elza Naters had haar geboorte-aangifte geregeld. Er was verder blijkbaar niemand geweest. Geen vader, geen opa of oma...

Maar zij, Inge, hing toch niet in het luchtledige? Er moesten ergens mensen zijn die familie van haar waren. Misschien had ze wel zusters of broers, neefjes en nichtjes, een oma...

Oh, nu het bijna zover was, kreeg Inge het gevoel dat ze uit elkaar barstte van pure nieuwsgierigheid. Ze wilde het zó graag weten! Ze móest het weten. Niks geen gezeur over geheime informatie. Het was háár dossier. Zij had er alle recht op om dat in te zien.

*'En als dat mens je nu niet binnenlaat?'* treiterde de stem in haar hoofd. *'Als ze je gewoon op de stoep laat staan met al je verlangens?'*

"Dat kan niet," prevelde Inge hardop. "Dat mág niet! Niet, nu ik er zo dichtbij ben."

'*Het lukt je nooit,*' pestte de stem. '*Geheim, geheim, groot geheim!*'

"Ik krijg het wel gedaan. Al moet ik er voor inbreken!"

'*Hoor haar,*' jende de stem. '*Jij hebt zo'n hekel aan gevangenissen, dat je je zelfs door die vette Van Loon laat...*'

"Hou op!" riep Inge kwaad.

'*Het lukt je lekker nooit!*'

"Dát zullen we nog wel eens zien!" zei Inge strijdlustig.

Ze greep haar lege kopje van de tafel en begon als een bezetene de boel op te ruimen.

# HOOFDSTUK 8

De reis naar Maastricht verliep heel vlot, op die zonnige maandagochtend aan het begin van juni. Inge kon het heel goed vinden met het bejaarde echtpaar, dat haar zomaar gratis meenam. Zoals Karin al had gezegd, waren het reuze aardige mensen.

Om precies twaalf uur zetten ze Inge af bij het pension.

"Fijne dagen, mevrouw Dubbeldam."

"Dank u wel." Inge glimlachte. "Ik wens u ook een hele prettige vakantie. En ontzettend bedankt voor de lift."

"Graag gedaan," antwoordde de oude dame. "En u weet het, hè? Als u vrijdag mee terug wilt, dan belt u even."

"Dat doe ik graag," lachte Inge.

Ze zwaaide de beide mensen na tot de auto om de hoek was verdwenen. Daarna pakte ze haar koffer op en liep naar de ingang van de ouderwetse villa. Alles zag er heel verzorgd en schoon uit. Alleen het naambordje hing scheef aan de gevel.

"Het Eksternest", stond er met kromme letters.

Grappige naam.

Inge belde aan en wachtte ontspannen tot de deur openzwaaide.

Er stond een struise vrouw van een jaar of vijftig in de deuropening. Ze had een rood gezicht en springerig grijs haar, dat ze in een paardenstaart op haar rug droeg.

"Mevrouw Groen?" begon Inge. "Ik ben Inge Dubbeldam. Ik kom..."

"Ah, u bent die mevrouw uit Soest. Kom gauw binnen. Na zo'n reis zult u wel zin hebben in een kopje thee."

"Ja, graag!"

Mevrouw Groen stapte opzij om Inge er langs te laten en daarna liep ze met stevige stappen de hal door naar een grote wenteltrap.

"Ik laat u eerst uw kamer zien, dan kunt u zich wat opfrissen en die koffer neerzetten."

Ze klom hijgerig de trap op en ging Inge voor naar een kleine, gezellig ingerichte kamer.

Inge zette haar koffer neer en keek om zich heen.

"Wat leuk, ik heb uitzicht op de tuin."

"Ja, 's morgens wordt u wakker van de vogeltjes. En dat midden in Maastricht."

Inge glimlachte. "Ik zal het hier wel uithouden."

"Nou, dat hoop ik van harte." Mevrouw Groen knikte. "Ik heb erg naar uw komst uitgezien. Ik heb deze week een vol huis, maar personeel, ho maar."

"Is het zo moeilijk hier?"

"Vreselijk. Ik heb het arbeidsbureau al zo vaak gebeld, maar het wil maar niet lukken." Ze streek met haar hand een weerbarstige lok van haar voorhoofd en vervolgde: "Heeft u eigenlijk al gegeten?"

Inge schudde haar hoofd. "Nee."

"Dan schuift u zo meteen maar aan. Half één luid ik de etensbel."

"Graag."

"En dan wilt u thee, hè? Of liever koffie?"

"Als het u hetzelfde is, vind ik koffie ook heerlijk."

"Dan doen we dat." De vrouw glimlachte. "Ik denk dat wij er wel uitkomen met zijn tweeën. En als u straks de trap afloopt, moet u de derde deur aan uw linkerkant hebben."

"Dat vind ik vast wel," lachte Inge.

"Mooi," zei mevrouw Groen, terwijl ze wegliep. "Dan laat ik u nu alleen." Ze trok de deur achter zich dicht en Inge bleef alleen achter. Met een plof zakte ze op het bed en keek om zich heen. Gezellig was het hier. Niet overdreven luxe natuurlijk, maar voor een paar dagen was het prima geschikt.

Ze kwam weer overeind en zocht in haar koffer naar een washandje en een handdoek. Bij de wastafel friste ze zich wat op en trok daarna andere kleren aan.

Beneden ging een gong.

Inge haalde nog snel een kam door haar kastanjebruine krullen en daarna liep ze de kamer uit.

Wat had mevrouw Groen ook al weer gezegd? Als ze beneden was iets van de derde deur links of zo.

Ontspannen wandelde Inge de trap af.

"Ah, daar bent u al," zei de stem van mevrouw Groen. "Is het heel erg veel gevraagd als u even helpt met opdienen? Mijn meisje is net ziek naar huis gegaan."

"Natuurlijk. Als u maar wel even zegt waar alles staat."

"Hier in de keuken, maar ik help ook mee, hoor. Het wijst zich vanzelf."

Inge ging achter haar aan en even later liep ze met borden en schalen te jongleren alsof ze nog nooit anders had gedaan.

"Dat is klaar." Mevrouw Groen knikte voldaan. "Ik heb hier voor u gedekt, bij mij aan tafel. Ga maar gauw zitten."

Het werd een gezellige maaltijd. Mevrouw Groen praatte honderduit en Inge genoot van het eten. Een kop soep, brood met salade en kroketjes.

"Het is heerlijk," zei Inge.

"Dat moet ook," vond mevrouw Groen. "Ik wil dat mijn gasten het naar hun zin hebben." En zonder overgang liet ze erop volgen: "We eten altijd 's avonds warm, dan hebben de logées de hele dag voor zichzelf."

Inge keek de eetkamer rond. "Het is anders aardig vol."

"Vanavond is het pas echt druk. Let maar op."

Inge knikte begrijpend. "Wat wordt er straks eigenlijk van me verwacht?"

"Nou, dadelijk graag helpen afruimen en dan wat kamers stofzuigen en ramen lappen."

"Prima." Inge knikte.

"Als u met uw uren niet uitkomt, betaal ik wel bij," vulde mevrouw Groen aan.

Inge keek haar verbaasd aan. "Het zal wel lukken."

"Nou, u bent net ook al aan het werk geweest. U hoeft maar drie uur en de afwas vanavond."

Inge glimlachte. "Zo precies kan ik niet rekenen, hoor. Ik ben allang blij dat dit allemaal mogelijk is. Anders had ik mijn kamer niet eens kunnen betalen."

"Ik maak het wel goed met u." Mevrouw Groen stond op om nog een keer met de koffie rond te gaan.

Inge hielp afruimen en afwassen. Daarna haalde ze welgemoed een stofzuiger uit de werkkast en begon vrolijk aan de schoonmaak. Ze had geen hekel aan huishoudelijk werk en de middag vloog om zonder dat ze het in de gaten had.

"Nog steeds bezig?" vroeg mevrouw Groen om half zes. "U moet nou maar stoppen, hoor."

Inge ruimde alle schoonmaakspullen op en zakte in de conversatiekamer op een stoel.

"U hebt zo hard gewerkt, ik denk, die heeft vast wel zin in een lekkere kop chocolademelk," hoorde ze mevrouw Groen achter haar zeggen.

"Graag! Ik lust eigenlijk altijd wel wat."

"Dan moet je het zeggen, hoor kind. Ik heb nog nooit zo'n vlotte hulp gehad."

Inge lachte. "Dat zal wel meevallen, mevrouw Groen."

Mevrouw Groen schudde heftig haar hoofd. "Kunt u niet voor vast komen?" vroeg ze hoopvol.

Inge schoot in de lach. "Ik heb in Soest twee kleine kindertjes die op me wachten."

"Dan moet u maar verhuizen."

Inge schudde haar hoofd. "Zo'n grote stad is niks voor mij. Ik hou van Soest. Van de bossen daar en de zandverstuivingen en de weilanden bij de Eem..."

"Jammer," mompelde mevrouw Groen en ze draafde terug naar de keuken.

Inge nam voorzichtig een slokje van haar chocola. Hmmm... heerlijk. Er zat zelfs slagroom op.

Mevrouw Groen zorgde hartstikke goed voor haar, maar ze was

hier natuurlijk niet gekomen om chocolademelk te drinken.

Haar hart begon vreemd te kloppen. Huize Zilverschoon was hier vlakbij... Daar was het allemaal begonnen. Wat zou ze doen? Er zo meteen nog langs gaan? Of wachten tot morgen?

In de gang sloeg de grote staartklok zes uur. Zo dadelijk zouden ze gaan eten en daarna had ze nog een vaatje op het programma staan. Nee, het werd te laat. Morgen... Morgen ging ze van start!

*

De volgende morgen was Inge al vroeg op. Ze kleedde zich met zorg aan en ging beneden ontbijten.

"Gaat u uit?" vroeg mevrouw Groen.

"Ja, misschien kunt u me zeggen hoe ik bij de Oude Molenweg kom?"

"Dat is heel eenvoudig. Ik heb in mijn kantoortje een kaart van Maastricht liggen. Ik pak hem wel even."

Ze liep met stevige stappen weg en kwam wat later terug met een kaart. "Zo," zei ze, terwijl ze met haar vinger de straten aanwees. "We zitten nu hier en de Oude Molenweg is daar."

"Kan ik dat lopen?"

"Ja, maar dan bent u wel een half uurtje zoet."

"Geen punt, dat lukt me wel."

"Veel plezier."

"Bedankt."

"Oh ja," vervolgde mevrouw Groen na een korte stilte. "Komt u even mee naar mijn kantoortje? Ik wil nog wat zeggen."

Een beetje verbaasd liep Inge mee.

Wat kon er voor bijzonders zijn?

Mevrouw Groen deed de deur van het kantoortje zorgvuldig achter zich dicht. "Mooi, dan zijn we nu even privé."

Ze rommelde wat in haar schortzak en viste daar een briefje van vijfentwintig uit. "Dat is voor u."

"Voor mij?"

"Ja, u mag de uren dan niet rekenen, maar ik wel."

"Maar..."

"Hoor eens," zei mevrouw Groen. "Ik zal u dit vertellen. Die mevrouw van de VVV uit Soest heeft me gezegd dat u het financieel niet breed hebt. En ze heeft ook verteld, dat u niks mag bijverdienen. Maar hier..." Ze wees op het bankbiljet en vervolgde: "Hier kraait geen haan naar."

"Nou..." begon Inge, maar mevrouw Groen wapperde haar bezwaren weg.

"Ik weet niet hoe u heet en u staat niet in mijn boeken."

Inge keek haar zwijgend aan.

"Er komt nooit controle hier, maar mocht dat toevallig gebeuren, dan bent u mijn nichtje Margit Groen."

"Ik ben uw nichtje?"

"Ja, dat is toch het mooiste geregeld?"

Inge wist niet meer wat ze zeggen moest. "Ik... eh..." stotterde ze.

"Stop dat geld maar gauw in uw zak," zei mevrouw Groen hartelijk. "U hebt het eerlijk verdiend. Zoals u gister als een tornado door mijn huis denderde! Het is jammer dat u niet voor vast wilt komen." Ze schudde met een triest gezicht haar hoofd.

Inge schoot in de lach. "Als ik uw nichtje ben, dan kunt maar beter geen 'u' meer tegen me zeggen. Anders vallen we zo door de mand."

"Dan noem ik je wel Margit, dat is makkelijk te onthouden voor mij."

Inge glimlachte. "Prima hoor, tante."

Nu moest mevrouw Groen ook lachen. "Het is maar goed dat wij het slechte pad niet opgaan," verklaarde ze met een brede grijns. "Ze zouden het moeilijk met ons hebben. En nu wil ik je niet langer ophouden."

"Ik ben met etenstijd wel weer terug. Maar helemaal zeker weet ik het niet."

"Neem alle tijd die je nodig hebt, kind. Ik hou wel wat lekkers voor je warm. We krijgen een broodschoteltje vanmiddag."

"U bent ontzettend aardig voor me," zei Inge dankbaar.

De stem van mevrouw Groen werd toonloos. "Je lijkt erg op mijn overleden dochter."

Inge wist niet meer wat ze zeggen moest. "Ach," prevelde ze. "Ze was achttien." Mevrouw Groen zuchtte diep. "En... nou ja, wat doet het ertoe. Het is al zolang geleden."

"Zoiets vergeet je nooit." Inge legde haar hand even troostend op de arm van de oudere vrouw.

Mevrouw Groen zuchtte alweer. "Ga nou maar, kind. Het is al half tien."

En ze duwde Inge met zachte hand haar kantoortje uit.

Met een warm gevoel in haar hart ging Inge boven haar wandelschoenen aantrekken. Mevrouw Groen was heel lief voor haar. En Karin had alles zo fantastisch geregeld! Niemand zou er ooit achter komen dat zij, Inge, hier dingen deed die eigenlijk niet door de beugel konden. Maar hoe had ze het anders ooit moeten doen? Ze had haar verblijf hier nooit kunnen betalen.

Ze stopte het briefje van vijfentwintig dankbaar in haar portemonnee. Nu had ze in elk geval alvast wat geld om haar terugreis naar Soest te kunnen betalen. Die trein was peperduur.

Maar kom, het werd hoog tijd om Elza Naters een bezoekje te gaan brengen. Nu het zover was, kreeg Inge een wee gevoel in haar maag. Zou het haar lukken? Zou ze straks eindelijk weten, waar ze haar echte moeder kon vinden? Of zou alles op een verschrikkelijke teleurstelling uitdraaien?

Vooruit, er was maar één manier om daar achter te komen!

Ze sprong energiek overeind, liep het pension uit en sloeg met stevige stappen de weg naar Huize Zilverschoon in.

Het was prachtig weer en Inge genoot van de wandeling. Maar heel diep in haar binnenste voelde ze de onrust door haar bloed kolken. Het was best eng. Die Elza Naters was door de telefoon al zo onaardig tegen haar geweest en dat rare briefje dat ze gestuurd had... Daar zat ook geen greintje gevoel in.

Inge liep een kwartier... en nog een kwartier... en ze kreeg steeds sterker het idee dat ze iets fout had gedaan.

Ze had die kaart mee moeten nemen. Dan had ze onderweg nog eens kunnen kijken of ze goed liep. Nou ja, 'als hadden komt, is hebben te laat'. Dat riep haar moeder altijd. Haar pleegmoeder.

Raar eigenlijk. Nog maar een paar jaar geleden had ze niet eens geweten, dat Sofie Vreeswijk haar echte moeder niet was. En nu? Nu ging ze steeds vaker aan haar denken als 'pleegmoeder'. Het was maar goed dat mam geen gedachten kon lezen. Ze zou het vreselijk vinden!

Aan de overkant van de weg, kwam een jonge vrouw in Inges richting lopen. Inge besloot dat het geen kwaad kon om de weg te gaan vragen. Ze stak de straat over en liep glimlachend op de vrouw af. "Ik ben een beetje verdwaald, geloof ik. Bent u hier bekend?"

De jonge vrouw knikte. "Redelijk. Waar moet u heen?"

"Naar Huize Zilverschoon aan de Oude Molenweg."

De vrouw snoof verachtelijk. "Puh, dat zou ik niet doen. Het is vergeefse moeite."

"Hoe dat zo?" vroeg Inge verbaasd.

"Die rare ouwe vrijster betaalt veel te weinig. En het moet nog allemaal zwart ook."

"Eh..."

"Of gaat u niet voor de advertentie?"

"Tja... eh... welke advertentie ook weer?"

"Die voor huishoudelijke hulp. Stond gister in de krant. Huize Zilverschoon zoekt werkster voor vijf ochtenden per week. Te bevragen tussen 10 en 12."

"En u bent daar al wezen solliciteren?"

"Ja." De vrouw trok een verontwaardigd gezicht. "Ze biedt maar acht gulden per uur. Nou vraag ik je. Nog zwart ook! Geen geld als je ziek bent, geen extra met Kerst. Nee, waardeloos."

"Dat klinkt niet best," antwoordde Inge meelevend. "Maar luister eens, er moet toch over dat salaris te praten zijn?"

"Met dat mens?" snoof de vrouw. "Kom nou, een draak is het! Met d'r stomme knotje uit de vorige eeuw."

"Is het nog ver?"

"Nee hoor, daarginds bij die telefooncel de hoek om. U bent niet eens zo verkeerd. Maar ik zou het niet doen, als ik u was."

De vrouw liep heftig in zichzelf mopperend verder en Inge keek haar peinzend na. Het klonk allemaal niet erg bemoedigend. Elza Naters was een draak, iemand waar niet mee te praten viel...

Inge besefte opeens dat een vriendelijke vraag naar het adres van haar echte moeder vergeefse moeite zou zijn.

*Onze archieven zijn vertrouwelijk en vanzelfsprekend geheim.*

Maar een werkster kon zonder argwaan te wekken overal lopen. Als ze maar een dweil en een emmer sop bij zich had... Juffrouw Naters zocht een hulp voor vijf ochtenden per week. En als Inge het daarnet goed begrepen had, was er in die vacature nog niet voorzien...

Heftig piekerend liep Inge naar de telefooncel op de hoek, viste een paar kwartjes uit de zak van haar rok en draaide het nummer van Karin.

Er werd niet opgenomen. Hè, wat vervelend nou. Net nu ze Karin zo nodig had. In een impuls draaide ze het nummer van de Soester VVV.

"Goedemorgen. VVV Soest, met Karin Bongers."

"Karin, met mij."

"Hoi, het gaat hier perfect. Ben zit op school en Maria heb ik hier. Wil je haar even zelf aan de lijn?"

Het volgende moment hoorde Inge een bekend babygebrabbel in haar oor. "Tata...ta... ta..." ging het.

Och, die lieverd. Die ontzettende lieverd!

"Mijn collega had nog een oude box op zolder staan," legde Karin uit. "We hebben allemaal lol met haar."

"Hartstikke fijn, Karin! Maar hoor eens, ik heb maar weinig geld. Kun je wat voor me doen?"

"Tuurlijk, zeg het maar."

"Ik... eh... ik leg het je thuis wel allemaal uit, maar ik heb een referentie nodig. Voor een sollicitatie."

Karin was razendsnel van begrip. "Bij Naters?"

"Ja, ik heet Irene Geel en ik ben net verhuisd naar Maastricht. Het gaat om een baantje als werkster. Als jij nou Sanders heet. Juffrouw Sanders. Schrijf het anders even op."

"Dat onthoud ik wel."

"Best kans dat ze niet belt, maar ik geef die naam aan haar op met dit nummer. Ja?"

"Uitstekend juffrouw Geel. Of is het mevrouw?"

"Doe maar juffrouw."

"Dat wordt geregeld. Ik hoor nog van je."

"Dag juffrouw Sanders," zei Inge.

"Tot uw dienst, juffrouw Geel."

"Geef je de kinderen een kusje van mij?"

"Tuurlijk! Sterkte meid."

Inge legde de hoorn met een opgelucht gevoel neer. Oh, als dit toch zou lukken!

Ze liep de cel uit, sloeg de Oude Molenweg in en stond even later voor een enorm wit huis. Het was overduidelijk in de vorige eeuw gebouwd. Er stonden neptorentjes op de hoeken van het dak en op de gevel prijkten allerlei versieringen. Het pand zat keurig in de verf en op het verdere onderhoud was ook niks aan te merken. Maar de sfeer die het gebouw uitstraalde was koud en dreigend. Er ging een rilling door Inge heen. Was ze hier geboren? Hier, in dit afschuwelijke oord?

Het gietijzeren hek piepte, toen Inge het open deed. Een keurig grindpaadje liep kronkelig door een perfect onderhouden gazon. Aan de randen van het grasveld waren verhoogde borders aangelegd. Daar stonden groene struiken in, met hier en daar een verdwaalde bloem.

Aarzelend liep Inge naar de voordeur en daar bleef ze verward staan. Waar zat de bel? Hadden ze hier eigenlijk wel een bel? Net toen ze besloten had om dan in vredesnaam maar aan te kloppen, zag ze de koperen knop links boven haar hoofd. Ze trok eraan en heel in de verte weergalmde een vaag geschel.

Nou, even afwachten dan maar.

Ergens in het huis ging een deur open en nu werd het geluid van afgemeten passen hoorbaar. Ze kwamen steeds dichterbij. Inge slikte moeilijk. Nu kwam het er op aan! Nu mocht ze geen fouten maken!

Er ging een luikje open in de grote groene deur.

Een paar blauwe ogen keken haar onvriendelijk aan. "Ja?" vroeg een korzelige stem. Inge herkende het geluid meteen. Dit maffe mens was Elza Naters!

"Dag juffrouw," groette Inge beleefd. "Ik kom voor de advertentie."

"Voor de werkster?" vroeg Elza Naters en er lag opeens belangstelling in de bitse stem.

"Ja juffrouw."

De deur zwaaide knarsend open. "Kom verder."

Elza Naters zag er helemaal uit zoals Inge zich had voorgesteld. Ze leek precies een kostschooljuf uit de negentiende eeuw. Haar haren waren in een keurig knotje bij elkaar gedraaid en op haar gezicht was geen spoor van make-up te bekennen. En geen warmte ook. Het was een koud en leeg gezicht. Net zo sfeerloos en onsympathiek als het huis waar ze in woonde.

Ze droeg een fantasieloze, lange Schotse ruitrok met een enorme veiligheidsspeld als versiering. Daarboven een hagelwitte blouse met strookjes kant.

Een beetje nerveus liep Inge achter Elza Naters aan door een lange, hoge gang naar een ruime kamer aan de achterzijde van het huis. Hier was het plafond ook al zo hoog en versierd met witte bladerkransjes van kalk.

Elza Naters had Inges blik gevolgd, want ze bitste afgemeten: "Daar heb ik een ladder voor en een luiwagen."

Even vroeg Inge zich af, wat ze in vredesnaam kon bedoelen, maar toen knikte ze begrijpend. Dat mens maakte zich nu al druk over de schoonmaak van het plafond.

Elza Naters ging in een enorme bureaustoel zitten en keek Inge taxerend aan. "Naam?"

Inge ging wat ongemakkelijk van haar ene been op haar andere staan. Ze had best een eind gelopen en ze zou het heerlijk vinden om ook even te gaan zitten. Maar aan haar kant van het bureau was geen stoel te bekennen. In de rest van de kamer trouwens ook niet.

"Dit is mijn kantoor," verklaarde Elza Naters op een afgemeten toontje. "Ik heb voor mijn gasten een ontvangkamer."

Inge begreep dat een werkster niet bij de gasten hoorde. Voor gasten waren er stoelen, voor werksters niet. Huishoudelijk personeel kwam hier om te werken, niet om te zitten.

Inge onderdrukte een verontwaardigde snuif. Als ze hier echt een baantje had gezocht, was ze alweer gillend de kamer uitgerend! Maar zij kwam niet voor een baan. Zij zocht iets heel anders. Het adres van haar moeder. En om dat te krijgen, moest ze dat rare mens maar even verdragen.

Haar ogen gleden over de stalen kasten aan de wand van de kamer. Zou daar het archief in zitten?

De stem van Elza Naters bracht haar met een schok weer naar de werkelijkheid terug. "Naam?"

"Ik ben eh... Irene Geel."

"Juffrouw Geel?"

"Ja."

"Ik ben juffrouw Naters."

"Aangenaam kennis met u te maken," antwoordde Inge netjes.

"Het gaat om vijf ochtenden per week," ging Elza Naters verder. "Van acht tot half een."

Inge knikte.

"Kunt u gelijk beginnen?"

"Als het nodig is wel."

"Mooi, heeft u referenties?"

"Ja, ik heb bij juffrouw Sanders gewerkt."

"En daar bent u weggegaan?"

"Dat kon helaas niet anders, want ik ben verhuisd," legde Inge uit.

"Zo..." prevelde Elza Naters. "Kunt u mij een telefoonnummer geven?"

"Zeker juffrouw." Inge noemde het nummer.

Elza Naters schreef de cijfers op een kladblok en draaide zonder enige overgang het nummer.

"Goedemorgen, met juffrouw Naters. Is juffrouw Sanders aanwezig?"

Ze was even stil en begon toen weer te praten: "Juffrouw Sanders? Elza Naters hier. Er solliciteert momenteel een juffrouw Geel bij mij, die uw naam als referentie heeft opgegeven. Wat zegt u? Betrouwbare hulp... Kan goed zelfstandig werken... Jammer, dat ze verhuisd is... Ja... Ja, ik begrijp het. Heel hartelijk dank, juffrouw Sanders. Dag juffrouw Sanders."

Elza Naters legde de telefoon op de haak en keek heel even peinzend voor zich uit. "Dat lijkt me in orde. Dan kunt u wat mij betreft beginnen. Akkoord?"

Inge knikte. "Graag, juffrouw Naters. Maar mag ik u nog iets vragen?"

Elza Naters keek verstoord op. Er stond onmiskenbaar op haar gezicht te lezen dat Inge nu wel erg ver ging. Iets vragen! Hoe kwam ze erbij! Met duidelijke tegenzin knikte ze: "Ja?"

"Wat ga ik verdienen?" vroeg Inge.

"Verdienen? Oh natuurlijk. Dat wordt vijfentwintig gulden."

"Per uur?"

"Per... Nee, natuurlijk niet! Dat is voor de hele ochtend."

"Dat is wel erg veel minder dan juffrouw Sanders mij betaalde," reageerde Inge met een somber gezicht. "Ik denk, dat ik er dan maar vanaf moet zien."

"Zo, denkt u dat," bitste Elza Naters zuinig. "Wat heeft u dan voor bedrag in uw hoofd?"

"Minstens vijfendertig gulden, juffrouw," verklaarde Inge langzaam. Dat kon ze rustig zeggen, want het was nog een schijntje voor zoveel uren werk.

"Goed, akkoord, akkoord."

"Ik wil het geld wel graag elke ochtend na het werk contant mee naar huis," ging Inge verder.

"Zo..." klonk het zuinig.

"Ik was dat bij juffrouw Sanders ook zo gewend. Het bespaart immers een hoop administratiekosten."

"Dat is waar," mompelde Elza Naters, terwijl ze een vluchtige blik op haar horloge wierp. "Eens kijken, het is nu bijna half elf. Als u dadelijk aan de slag gaat, dan krijgt u voor deze ochtend vijftien gulden. Akkoord?"

"Graag juffrouw."

"Mooi, dan zal ik u even de werkkast wijzen."

Ze ging Inge voor naar een soort washok zonder ramen en wees haar waar de schoonmaakspullen stonden.

"U begint boven op de zolderverdieping. Het gebruikelijke werk.

Zuigen, dweilen, soppen... en vergeet u vooral de hoekjes achter de lamp en de plinten niet."

"Goed juffrouw," antwoordde Inge gedwee. "Hoe vaak wilt u de ramen gedaan hebben?"

"Eén keer per week."

"Prima, waar kan ik u vinden, als er iets nog niet helemaal duidelijk is?"

"Ik ben in mijn kantoor."

"Wel bedankt," zei Inge.

Onder het toeziend oog van juffrouw Naters liet ze een emmer vol lopen met heet water en daar deed ze een flinke scheut schoonmaakmiddel bij. Ze greep een sopdoek en draaide zich naar Elza Naters om. "Als u het goed vindt juffrouw, maak ik 't eerst hier een beetje schoon." Ze wees op de spinnenwebben, die vettig tegen de muren zaten geplakt. "U bent ongetwijfeld met me eens dat 't hard nodig is."

Elza Naters knikte vaag en schreed weg. Een ander woord was er niet voor.

'Nou,' dacht Inge bij zichzelf, 'Ik heb inderdaad nog nooit zo'n draak ontmoet! Met d'r gejuffrouw en die stomme knot.'

Ze doopte de sopdoek in de emmer en begon de kale ruimte een flinke beurt te geven. Daarna stapte ze met haar hebben en houden naar boven, liep op goed geluk een kamer in en zette de stofzuiger aan. Het was maar weinig werk, want de kleine ruimte was amper gemeubileerd. Er stond een bed tegen de muur, dat zo te zien al jaren niet meer in gebruik was geweest. Verder een tafel met een nagemaakt Perzisch kleedje er overheen en een kale houten stoel. In het hoekje bij het raam een ouderwetse wastafel met een ronde schaal van wit porselein en een bijpassende waterkan. Inge werkte hoofdschuddend verder. Het leek wel of ze in de negentiende eeuw was beland. Alleen de radiator van de centrale verwarming en het stopcontact pasten niet in dat beeld.

De tijd vloog om. Inge had behalve de keuken al zes kamertjes schoongemaakt, toen Elza Naters opeens achter haar stond.

"Is dat sop nog wel warm genoeg?" vroeg ze afgemeten en ze stak tegelijkertijd haar hand stevig in de emmer. Met een luide schreeuw trok ze haar arm terug en rende naar een kraan. Inge moest alle mogelijke moeite doen om niet in lachen uit te barsten. Ze trok haar gezicht in een nette plooi en verklaarde zo beleefd mogelijk: "Ik heb net vers water genomen, juffrouw."

"Dat merk ik." Elza Naters klonk een beetje beteuterd. "Kunt u wel werken, zo?"

"Ik draag handschoenen, juffrouw, dan heb ik geen last van de hitte."

"Heel verstandig. Wat hebt u zoal gedaan?"

Inge wees het haar.

"Niet gek voor zo'n eerste ochtend," prevelde Naters en ze struinde weer naar beneden.

Inge keek haar even na en liep naar de volgende kamer. In de deuropening bleef ze ademloos staan. Dit moest het zijn. Hier had ze naar gezocht! Al die kaartenbakken naast elkaar... Dit kon alleen maar het archief zijn. Het archief met onder de 'b' een kaart met Bastra...

"Oh, juffrouw Geel, dat heb ik vergeten te zeggen," hoorde ze opeens een bekende stem achter haar.

Inge dwong zichzelf om zo onbekommerd mogelijk om te kijken.

"Wat is er van uw dienst, juffrouw Naters?"

"Dit is mijn archief. Daar heeft u niets te zoeken."

Wat jammer! Dat was een lelijke tegenvaller.

Gelukkig wist Inge haar gezicht nog net in de juiste plooi te houden. "Dat spijt me, juffrouw. Er zit allerlei spinrag tegen de muur. Zal ik dat niet even wegzuigen?"

"Niet nodig."

"Zoals u wilt, juffrouw. Het zal niet weer voorkomen. De kamer hiernaast kan ik wel doen?"

"Zeker."

"Dank u, dan ga ik gauw weer verder."

Het was al snel half een. Inge ruimde haar spullen op en klopte aan bij het kantoor.

"Binnen."

"Mijn werk zit er op, juffrouw. Morgen ben ik om acht uur weer bij u."

"Goed. Dan heb ik hier uw loon."

Ze gaf Inge een witte envelop.

"Dank u wel. Tot morgen, juffrouw Naters."

"Tot morgen, juffrouw Geel."

Rustig liep Inge het grindpaadje af naar het grote gietijzeren hek. Wat was het eigenlijk een afgrijselijk mens. Ze had niet eens gevraagd of Inge koffie wilde. De hele ochtend had ze haar zonder pauze laten doorwerken voor een rottig bedragje. Als je het omrekende, kreeg ze nog niet eens acht gulden per uur.

Belachelijk toch!

Inge liep het hek door en wandelde terug naar het pension. Wat een enorm verschil met mevrouw Groen. Die was tenminste wél aardig en ze betaalde ook heel wat beter!

Maar het werd wel een zwaar weekje zo! Want ze was eigenlijk best moe van het werk bij die Naters en nu moest haar taak in pension "Het Eksternest" nog beginnen.

Nou ja, die paar dagen moest ze het maar zien vol te houden. Ze had vanochtend ƒ 15,00 verdiend. Zwart. Dat maakte een heleboel goed. En bovendien had ze het archief ontdekt. Jammer, dat 't mens daar zo moeilijk over deed. Het was een stuk handiger geweest als ze er quasi soppend had kunnen rond snuffelen. Maar ze kwam er wel uit. Dat moest immers?

Al peinzend kwam Inge terug bij het pension en daar kon ze meteen aan tafel schuiven. Nou, ze was best toe aan een hapje eten!

Best vreemd trouwens, dat Huize Zilverschoon zo leeg was geweest. Behalve dat mens van Naters had ze helemaal niemand gezien. En ook niets geroken van etensgeuren of koffie. Maar ze was vanmorgen eigenlijk alleen maar op de zolderverdieping geweest. Misschien was er een verdieping lager wel meer te beleven. Nou ja, dat zou ze morgen wel zien.

Ze hielp mevrouw Groen met afruimen, haalde de stofzuiger uit de kast en ging weer flink aan het werk. Poeh, je moest er wel wat voor over hebben om achter het adres van je echte moeder te komen! Maar Inge was er vast van overtuigd, dat ze het op de goede manier deed. Met die Naters was écht niet te praten. Als ze vanmorgen simpelweg had aangebeld en verteld dat ze Inge Bastra heette, dan had dat mens niet eens de moeite genomen om de deur open te doen. Zeker weten!

"Kind?" klonk de stem van mevrouw Groen achter haar. "Ik heb een lekker kopje thee voor je. Ga nou eerst even een half uurtje zitten."

"U zorgt maar goed voor me," lachte Inge.

"Dat mag ook wel. Je ziet er erg moe uit."

"Dan ga ik vanavond maar een beetje bijtijds naar bed."

Mevrouw Groen keek haar even peinzend aan, maar ze vroeg niet verder.

Inge zakte op een bankje en dronk met kleine slokjes haar thee. Ze had heel even de neiging gevoeld om mevrouw Groen alles te vertellen, maar ze besefte dat het niet verstandig zou zijn. Hoe minder mensen van haar snode plannen wisten, hoe beter! Want vandaag of morgen, zou ze toch iets heel onwettigs gaan doen. Inbreken in het zorgvuldig bewaakte, geheime archief van Elza Naters. En hoe het af zou lopen, dat moest de toekomst nog leren...

*

De volgende morgen zat Inge al vroeg aan het ontbijt.

"Is het goed dat ik een paar boterhammen klaarmaak voor onderweg?" vroeg ze.

"Ja natuurlijk, kind. Maar je eet toch wel hier, vanmiddag?"

"Ja hoor, dat ben ik wel van plan. Het is gewoon... tegen half elf krijg ik meestal honger."

"Neem maar zoveel als je wilt en eh... Ik kan je ook wel koffie meegeven. In een thermoskan."

Inge dacht even na. Dat was helemaal niet zo'n gek idee. Het zat er dik in dat Elza Naters haar vanmorgen weer op een droogje zou laten zitten. Die was zo op de centen dat er zelfs geen drinken af kon voor het personeel!

"Graag," knikte Inge. "Als het niet teveel moeite is."

Mevrouw Groen lachte hartelijk. "Kom nou, zo'n beetje koffie?"

Ze liep weg en kwam al snel weer terug met een thermoskan in een stevige tas. "Doe hier je brood ook maar bij, dan heb je alles bij elkaar."

Een minuut of tien later stapte Inge opgewekt de deur van het pension uit en wandelde een half uur naar Huize Zilverschoon. In de telefooncel op de hoek van de Oude Molenweg belde ze naar Karin en vroeg hoe het met de kinderen ging.

"Heel goed," antwoordde Karin. "Wil je Benny zelf even aan de lijn? Hij heeft een nieuwtje."

"Ja, graag."

"Ha die mam! Meester Sander was heel blij, mam. Sasja heeft een drieling gekregen!"

Er ging een pijnlijke steek door Inges hart. Sander was vader geworden... Van een drieling maar liefst. Ze zuchtte diep.

"Leuk, hè mam?" riep Benny in haar oor. "Vandaag krijgen we beschuit met muisjes."

"Wat fijn voor je, joh." Inge zuchtte diep. "Vertel eens, heb je lekker geslapen?"

"Heerlijk," riep Benny. "Ik mocht opblijven van tante Karin tot wel negen uur en ik heb de Thunderbirds gezien."

"Dat is leuk, zeg. Je boft maar."

"En Maria heeft een boer gedaan en toen was het hele bed nat en toen vroeg tante Karin 'waar liggen de lakens' en toen heb ik geholpen."

"Jij bent een flinke vent," prees Inge.

"En nou komt tante Karin weer. Dag mam!"

"Dag Benny, veel plezier op school."

"Oh ja," zei Ben opeens. "Ik moest de groeten doen."

"Van wie?"

"Van meester Sander."

"Oh..." mompelde Inge.

"Dag mama!"

"Dag Ben."

"Nou, je bent weer helemaal bijgepraat," hoorde ze Karin zeggen. "Het gaat allemaal perfect hier. En Ben lag om negen uur natuurlijk allang in bed."

"Dat snap ik best," lachte Inge. "Maar verder moet je maar doen wat jou het beste lijkt, hoor. Is Maria in orde?"

"Ja, ze eet prima en ze heeft heerlijk geslapen. Het is een zonnetje, dat kind."

"Gelukkig."

"Al enig idee wanneer u terugkomt, juffrouw Geel?" vroeg Karin en er klonk duidelijk een lach door in haar stem.

"Helaas, juffrouw Sanders." Inge zuchtte diep. "Die draak

bewaakt haar archief heel secuur."

"Dus je hebt het al gevonden?"

"Ja, maar het wordt nog een hele toer om er ongezien in te komen. Dat mens houdt me steeds in de gaten. Het is een vreselijk type."

"Sterkte meid."

"Bedankt, Karin. Je bent een super vriendin." Inge hing de hoorn aan de haak en stapte de cel uit.

Langzaam liep ze verder naar Huize Zilverschoon. Bah, waarom voelde ze zich ineens zo verdrietig? Kwam dat door Sander? Omdat hij vader was geworden en ook nog het lef had om haar de groeten te doen? Waarom bleef hij nou aan de gang? Was ze laatst niet duidelijk genoeg geweest? Ze had hem behoorlijk afgepoeierd. Hij moest wel een ontzettend groot bord voor zijn kop hebben om haar dan doodleuk de groeten te doen, terwijl zijn vrouw net een drieling had gekregen!

Sander... Hij was zo leuk. Zo knap... Wat moest hij toch van haar?

Met een woeste zwaai slingerde ze haar kastanjebruine krullen naar achter en liep het tuinpaadje van Huize Zilverschoon op.

Om precies tien voor acht trok ze aan de bel en wachtte tot de deur voor haar open ging.

"Goedemorgen, juffrouw Naters."

"Ah juffrouw Geel, kom binnen."

Het werd een drukke ochtend voor Inge. Dit keer stond de hele tweede verdieping op het programma en er bleef haar weinig anders over dan stevig aan het werk te gaan.

Na een uurtje sloop ze stilletjes de trap op naar de zolderverdieping. Maar ze was nog maar amper op de bovenste tree beland of er klonk een stem achter haar.

"Juffrouw Geel? Waar bent u?"

Nee toch, daar had je dat mens weer! Wat een geluk dat ze er aan had gedacht om de stofzuiger mee naar boven te sjouwen!

"Ik ben hier, juffrouw Naters," riep Inge. "Wat kan ik voor u doen?"

"Wat moet u daar boven?" vroeg Elza Naters argwanend.

"Ik wil de traploper even zuigen, juffrouw."

"Prima, doet u dat maar," kwam het antwoord.

Onder het toeziend oog van Elza Naters maakte ze de trap netjes schoon.

Daarna ging ze beneden rustig verder met het volgende kamertje. Maar diep van binnen maalden haar hersenen op volle toeren. Dat mens hield haar werkelijk voortdurend in de gaten! Hoe kon ze dan ooit stiekem dat archief gaan bekijken?

Als dit zo doorging, was ze hier nog weken mee zoet!

"Rustig Inge," mompelde ze in zichzelf. "Jouw kans komt wel, wacht maar af."

Maar heel diep in haar hart begon ze zich steeds meer af te vragen of het haar ooit zou lukken...

# HOOFDSTUK 9

Donderdagmorgen was Inge alweer vroeg present in Huize Zilverschoon. Natuurlijk had ze, voor ze naar binnen ging, nog even naar Karin gebeld. Het was allemaal goed met haar kindertjes.

Ze pakte de stofzuiger uit de werkkast en liep langzaam de trap op. Er moest toch een mogelijkheid zijn om ongezien in dat archief te komen? Als ze nou de stofzuiger eens aanzette in een kamer en dan stiekem naar boven sloop. Dan zou dat maffe mens denken, dat ze druk bezig was.

"Wilt u niet eerst koffie?" hoorde ze opeens een onbekende stem zeggen. Inge zette de stofzuiger neer en keek verbaasd om.

Er stond een jonge vrouw achter haar. Ze had een groot wit schort aan. "Ik ben de kokkin hier." De vrouw lachte vrolijk. "Ik heet Nathalie."

"Hallo, ik ben I... eh..." Inges hersenen waren ineens koortsachtig aan het werk. Daar had ze nota bene bijna gezegd dat ze Inge heette! Maar ze was hier natuurlijk juffrouw Geel. Welke voornaam had ze er ook alweer bij verzonnen? Ze sloeg haar hand voor haar mond en begon heftig te kuchen. "Neem me niet kwalijk. Ik kreeg opeens een kikker in mijn keel."

Ze stak haar hand naar de vrouw uit, schraapte haar keel nog een keer uitgebreid en vervolgde: "Ik ben Irene Geel."

"Zet dat ding maar even neer." Nathalie wees naar de stofzuiger.

"Ik weet niet of ik dat wel doen kan," fluisterde Inge. "Juffrouw

Naters is nogal..."

"Kom nou, je hebt recht op koffie."

"Daar heb ik anders nog weinig van gemerkt, de afgelopen dagen."

De kokkin knikte. "Ik was een poosje naar mijn zuster in Breda. Die heeft een baby gekregen."

"Gefeliciteerd," zei Inge automatisch.

"Heeft ze helemaal niet voor drinken gezorgd?"

"Nee. Gisteren had ik een thermoskan en brood meegenomen, maar vanmorgen heb ik mijn tasje in de haast op tafel laten staan."

"Dan is het maar goed dat ik weer terug ben," zei Nathalie hartelijk.

Ze liep voor Inge uit de trap af, sloeg een hoek om en wandelde een smal gangetje door, tot ze aan het eind bij een deur kwam.

"Waar zijn we in vredesnaam?" vroeg Inge.

"We gaan naar de keuken," verklaarde Nathalie, terwijl ze de deur opendeed. "Die is in dit soort oude huizen namelijk altijd in de kelder."

"Oh, dat wist ik niet."

"Die rijke lui van vroeger konden natuurlijk niet zonder personeel, maar ze wilden er eigenlijk niks van merken. Het gebeurde wel dat de werkmeid zich in een kast moest zien te verstoppen als mevrouw eraan kwam."

"Mooie boel," bromde Inge verontwaardigd.

"Ja, zo ging dat vroeger nou eenmaal." Nathalie glimlachte wat verontschuldigend. "Kijk uit, hier is nog een opstapje."

In de keuken heerste een hele andere sfeer dan in de rest van het huis. Het was er warm en gezellig.

"Dit is mijn domein." Nathalie pakte een kopje uit de kast en schonk in. "Alsjeblieft. Wil je er een lekkere plak koek bij?"

"Ik weet gewoon niet wat me overkomt," antwoordde Inge. "Al die dagen heeft niemand zich om mij bekommerd."

Nathalie sneed een flinke plak koek af. "Ze is een beetje gestoord," verklaarde ze met een luchtig knikje naar boven. "Je moet gewoon je eigen gang gaan."

"Ze loopt me de hele ochtend achterna."

"Niks van aantrekken. Ze mag blij wezen dat ze nog personeel heeft. Het vorige meisje is zo ongeveer gillend weggerend."

"Dat kan ik me levendig voorstellen."

"Ze bedoelt het niet kwaad."

"Juffrouw Geel?" riep een stem in de verte.

"Daar heb je het al," zei Inge gelaten en ze wilde opspringen.

"Rustig blijven zitten," adviseerde Nathalie. Ze liep naar de deur en riep: "Ze is hier, juffrouw Naters."

Nijdige hoge hakken kwamen haastig de keuken in. "Ah, u heeft pauze, zie ik. Ik vond de stofzuiger bovenaan de trap en ik vroeg me al af... Enfin, in orde."

Juffrouw Naters draaide zich om en wilde weglopen, maar ze bedacht zich op het laatste moment. "Nathalie, ik heb om tien uur een bespreking. Breng dan even wat koffie en koek."

"Komt in orde, juffrouw."

"Mooi." Elza Naters verdween weer naar boven.

"Nou," zei Inge wat aarzelend. "Ze noemt jou bij de voornaam.

Maar ik ben en blijf juffrouw Geel."

"Ik werk hier alweer negen jaar," verklaarde Nathalie.

"Hoe hou je het uit," mompelde Inge. Ze nam een flinke slok koffie en vervolgde: "Vroeger was dit een tehuis voor ongehuwde moeders, hè?"

Nathalie haalde haar schouders op. "Dat is van voor mijn tijd."

"Wat is hier nu dan te doen?"

"Ze geeft cursussen. Aan hele rijke meisjes. Allemaal onzindingen. Tafelschikken, conversatieles en dat soort flauwekul."

"Zijn daar die vergaderzaaltjes op de benedenverdieping voor bedoeld?"

"Ja. Morgen wordt er weer een groep verwacht en vanavond is er hier een diner van de Zakenkring."

Inge knikte en sprong op. "Ik ga nou eindelijk eens aan de slag."

"Best hoor. Half elf heb ik weer koffie voor je. Lust je dan een tosti?"

"Nou graag," zei Inge verheugd.

"Ik heb tegen die tijd ook al soep."

"Heerlijk."

"Oké, tot straks dan."

"Tot straks."

Voorzichtig liep Inge het smalle gangetje door en ging op zoek naar haar stofzuiger, die ze in het midden van de centrale hal weer terugvond.

Tien uur had Elza Naters gezegd. Om tien uur had ze een bespreking! Dan zou ze er eindelijk even niet op letten wat 'juffrouw Geel' zoal uitvoerde. Dat was haar kans!

Inge ging hard aan het werk, maar ze hield ondertussen steeds haar horloge in de gaten. Om half tien besloot ze dat het trappenhuis aan een flinke beurt toe was. Dat was immers de beste plaats om de bel in de gaten te houden. Ze begon beneden met soppen en werkte rustig door naar boven.

Na een eeuwigheid ging eindelijk de bel. Inge spitste haar oren. Ja, dat waren de schoenen van Elza Naters, die daar zo heftig naar de deur klakten. Een piepende voordeur en stemmen in de hal, deuren die open en weer dicht gingen. Langzaam stierven de geluiden weg.

Inge legde haar sopdoek met een resoluut gebaar in de emmer en klom zachtjes naar de tweede verdieping. Daar was de deur, waar ze al een paar keer smachtend langs gelopen was, zonder er naar binnen te durven. Haar vingers omklemden het hengsel van de emmer nog steviger. Die kon ze maar beter mee naar binnen nemen. Als alibi.

Ze draaide de deurknop om en liep met wild kloppend hart naar binnen. Voorzichtig zette ze de emmer neer en keek om zich heen.

Allemaal bakken met kaarten en afgesloten kasten. Waar moest ze in vredesnaam beginnen? Had dat mens alles op alfabet gerangschikt of stonden de dossiers onder de geboortejaren?

Inge trok op goed geluk een la open en las een opschrift.

Een jaartal. 1946. Dat was te oud.

Deze dan maar proberen. Hier stond 1950. Nou, het was nu bijna wel zeker dat alles op geboortejaar gerangschikt was. Peinzend keek Inge de eindeloze rij bakken langs. Zij was in 1966 geboren. Dat zou zo ongeveer in het midden kunnen zijn. Ze stapte kordaat op een bak af en keek.

1960. Ze begon warm te worden!

Drie bakken verder vond ze eindelijk wat ze zocht. Het jaar 1966. Nu de naam nog. Haar vingers trilden ondertussen ontzettend, terwijl ze onhandig door de dossiers spitte. Aartendijk, Asterman, Baaldershof, Bakkema, Basteren, Bastra... Bastra! Dat moest het zijn!

Helemaal opgewonden haalde Inge de map uit de bak, trok de paperclip los en sloeg het dossier open.

"Bastra, Inge Maria. Moeder: Bastra, Maria. Vader: anonymus."

Anonymus? Wat mocht dat zijn? Toch geen naam?

Hè, nou wist ze nog niks! Had ze daar al die moeite voor gedaan?

Met een teleurgesteld gevoel draaide Inge de kaart om. Toen sloeg haar hart een tel over. Zag ze dat goed? Stonden hier adressen? Haar ogen vlogen over de regels:

1966: Amersfoort, Bisschopsweg 300

1970: idem, Kortenaerstraat 93 A

1985: Soest, Klaarwaterweg 389

Klaarwaterweg 389. Dat was het laatste adres op de kaart. Zou haar moeder daar wonen? Maar dat was heel dicht bij Karin in de buurt!

Duizelig keek Inge de rest van het dossier door, maar er stond verder niets bijzonders meer in. Met bibberende vingers schoof ze de map weer terug in de bak. Maar op het moment dat ze de la dichtschoof, verstijfde ze.

"Ik wist wel dat je niet te vertrouwen was," bitste een ijzige stem achter haar.

Elza Naters!

Heel langzaam draaide Inge zich om. "Ik begrijp niet wat u bedoelt, juffrouw Naters," antwoordde ze brutaal. "Ik sta alleen die bakken maar te soppen."

"Zonder doekje zeker," bitste Elza Naters sarcastisch en ze wees op de volle emmer, waar het gele vaatdoekje beschuldigend in ronddobberde.

Inge volgde haar blik. De emmer! Haar enige kans om hier nog met goed fatsoen vandaan te komen!

Alsof het de gewoonste zaak van de wereld was, pakte ze de emmer losjes op.

"Jij gaat met mij mee naar beneden," zei Elza Naters vinnig. "En dan wachten wij gezellig samen op de politie."

"Prima, juffrouw Naters." Inge glimlachte vriendelijk en toen smeet ze de inhoud van de emmer met een fikse zwaai midden in dat venijnig kijkende ouwe vrijstersgezicht. Elza Naters begon te gillen en veegde heftig het sop uit haar ogen. Maar voor dat ze daar mee klaar was, dook Inge onder haar graaiende handen door naar de gang. Ze rende de trap af en stormde naar de hal.

"Wat is er aan de hand?" hoorde ze Nathalie verbaasd vragen.

"Ik heb ontslag genomen," hijgde Inge in het voorbijgaan. "Nog bedankt voor je koffie."

Ze greep de grendel van de voordeur en stormde haar vrijheid tegemoet.

Pas drie straten verder durfde Inge te stoppen met rennen. Achter haar hoorde ze opeens een geronk en met piepende remmen stopte er een bus naast haar.

"Stap maar gauw in, meid," zei de chauffeur hartelijk.

Inge bleef een tel stomverbaasd staan. Waar had die man het over? Maar ze besefte nog net op tijd, dat chauffeur meende dat zij de bus nog had willen halen en ze stapte snel in.

Nog heftig nahijgend zakte ze op een bank en keek uit het raam. Ze had er geen flauw idee van waar de bus heen reed. Ach, wat deed het ertoe? Elke meter ging ze verder bij dat rare mens van Naters vandaan. Wat een geluk, dat die niks van haar wist! Of zou ze gezien hebben in welk dossier ze had staan zoeken? Nee, dat kon haast niet. Zij, Inge, had al die tijd met haar rug naar de deur gestaan, terwijl ze over die la gebogen stond. Het mens had waarschijnlijk wél kunnen zien bij welke bak ze bezig was, maar ze kon niet door Inge heenkijken. Nee, dat was wel safe. Ze zat alleen in de problemen, als die Naters alle paperclips op een bepaalde manier had vastgezet. Dan zou het haar meteen opvallen, dat er eentje anders zat. Maar wat dan nog? Ze had niks gestolen!

Nee, het was hartstikke prettig dat Naters dacht, dat zij juffrouw Geel was. Verder wist ze niks. Geen adres, geen telefoonnummer. Gisteren had ze er nog wel naar gevraagd. "Bent u eigenlijk telefonisch bereikbaar, juffrouw Geel?"

Inge grinnikte bij de herinnering. Wat had zij een keurig antwoord gegeven: "De aansluiting wordt volgende week geregeld, juffrouw Naters."

Ja, dat mens kon heel Maastricht gaan afzoeken, maar ze zou haar nooit vinden. Want zij pakte de eerste de beste trein naar Soest!

Hoewel... Dat ging haar bijna veertig gulden kosten. Zonde eigenlijk. Als ze het tot morgen uithield, kon ze weer gratis met dat echtpaar meerijden.

Zou het erg veel kwaad kunnen als ze bleef? Ze dacht daar even over na. Nee, in pension "Het Eksternest" speelde ze het nichtje van mevrouw Groen. Er was niets wat haar in verband bracht met Irene Geel. Bovendien rekende mevrouw Groen vanmiddag ook op haar. Als ze zo hals over kop wegging, was dat niet erg netjes. En tenslotte stond haar koffer ook nog in het pension. Nee, ze kon maar beter rustig haar midweekje volmaken. Om zo min mogelijk argwaan te wekken.

"Eindpunt," riep de buschauffeur in de microfoon.

Inge kwam overeind. Ze had er geen flauw idee van waar ze was, maar ze kon maar beter uitstappen. Het was niet nodig dat ze opviel bij die man. Je wist immers maar nooit wat voor pijlen dat rare mens van Naters nog op haar boog had. Stel je voor, dat ze een zoektocht naar haar organiseerde!

Met een vriendelijke groet stapte ze uit en zette er stevig de pas in. Al lopend keek ze om zich heen. Ze was midden in de drukke binnenstad van Maastricht beland. Nou, er zou best wel iemand zijn, die haar de weg naar pension "Het Eksternest" kon wijzen. Ze wandelde een snackbar in, bestelde een kaassoufflé en liet zich intussen de weg uitleggen.

"Hier aan de overkant kun je op de bus stappen," verklaarde de man achter de toonbank en hij legde uit bij welke halte Inge er het beste weer uit kon.

Inge ging met haar kaassoufflé aan een tafeltje bij het raam zitten en beet er voorzichtig een hapje af. Oeh, heet!

"De bus komt zo meteen," waarschuwde de snackbarhouder. "Dus als je haast hebt..."

Inge schudde haar hoofd. "Ik zit wel even lekker, maar toch bedankt."

"Over een kwartier gaat de volgende," verklaarde de man.

"Dat is vroeg genoeg," knikte Inge met een glimlach.

In alle rust werkte ze haar snack naar binnen. Het was heerlijk om hier gewoon te kunnen genieten zonder dat ze meteen in geldnood raakte. Ze had al vijfenzeventig gulden verdiend deze week! Ze stak het laatste hapje in haar mond, veegde haar vingers aan een servetje af en daarna wandelde ze ontspannen naar de overkant.

Zonder problemen liep ze een half uur later pension "Het Eksternest" weer in.

"Wat ben je vroeg?" zei mevrouw Groen.

Inge knikte. "Ja en ik heb niet zo'n leuk bericht voor u."

"Je gaat toch niet weg?"

"Morgen."

"Heel jammer."

"Het is hoog tijd dat ik weer ga," vond Inge. "Ik verlang vreselijk naar mijn kindertjes."

"Dat snap ik wel, maar ik zal je missen."

De rest van de dag hielp Inge mevrouw Groen met het werk.

Helemaal rustig voelde ze zich niet. Stel je voor, dat de politie zo meteen kwam binnen rennen en haar mee zou nemen?

Hè, toe nou, wat een onzin! Zij wist ook altijd van een mug een olifant te maken. Ze had bij dat mens niks gestolen en niks vernield. En de politie had wel iets anders te doen dan weggelopen werksters op te sporen. Elza Naters had haar trouwens 'zwart' in dienst. Die durfde waarschijnlijk de politie niet eens in te schakelen. Ze had zelf immers kilo's boter op haar hoofd!

Na de afwas belde Inge het bejaarde echtpaar en vroeg of ze weer mee kon naar Soest.

"Natuurlijk," antwoordde de oude vrouw hartelijk. "We hadden al een beetje op je gerekend."

*

De volgende morgen moffelde mevrouw Groen bij het afscheid nog stiekem een opgerold bankbiljet in Inges hand.

"Ik zal je missen, kind," fluisterde ze. "En mocht je nog eens terug willen naar Maastricht, je bent hier altijd welkom."

"Heel erg bedankt, tante. U bent ontzettend lief voor me geweest."

Inge zwaaide nog een keer en stapte bij het echtpaar in de auto. Terwijl de wagen met een sukkelgangetje wegreed, rolde Inge het bankbiljet open. Het waren er twee.

Die mevrouw Groen. Vijftig gulden! Maar dat was toch veel te veel? Zo hard had ze nou ook weer niet gewerkt.

Er dwarrelde een piepklein papiertje op haar schoot, dat blijkbaar tussen het geld gezeten had.

'Niet protesteren hoor,' stond er in het fijne handschrift van mevrouw Groen. 'Je hebt elke cent meer dan verdiend!'

Er kwam een warm gevoel in Inges hart. Wat waren er veel écht aardige mensen op de wereld. Nou, dat was maar goed ook. Er waren ook zoveel vervelende types!

Automatisch gingen haar gedachten naar Elza Naters. Bah, wat een naar mens. En dan die Van Loon... Ze had de afgelopen week helemaal niet meer aan Van Loon gedacht. Maar hij was háár vast niet vergeten! De laatste tijd kwam hij wel vaak op dinsdag. Nou, de afgelopen keer had hij dan mooi voor een dichte deur gestaan! Lekker net goed voor die kwal!

"Leuke vakantie gehad, mevrouw?" vroeg de oude dame vanaf de voorbank.

"Nou en of. We boften ook erg met het weer."

"Ja, zegt u dat wel."

Al pratend over koetjes en kalfjes reden ze na een paar uur Soest weer binnen. Inge voelde zich opgelucht en blij. Haar reis was vast niet voor niks geweest. En ze had maar liefst honderdvijfentwintig gulden in haar portemonnee! Helemaal zelf verdiend. Het had nog meer kunnen zijn als ze niet zo onverwacht bij Elza Naters was weggelopen. Inge grinnikte in zichzelf. Dit geld was helemaal voor haar. Ze zou weer wat rekeningen kunnen betalen en er schoot voor de kinderen ook wel een extraatje over.

Natuurlijk, het was zwart geld, maar daar kon ze nou even niks aan doen. De sociale dienst behandelde haar immers ook als een stuk vuil? Met die vreselijke Van Loon voorop!

Bah, thuis zijn betekende ook, dat ze weer overgeleverd was aan de smeerlapperij van Van Loon. Nou, maar even niet aan denken nog... Er waren veel leukere dingen om je druk over te maken. Haar moeder bijvoorbeeld. Als de gegevens in dat dossier klopten, woonde haar moeder vlak bij Karin. Het was dus helemaal niet ondenkbaar dat ze haar misschien al wel kende! Ze zag immers elke dag allerlei mensen in de winkels en op straat. Het was in haar buurt. Misschien was het die oude vrouw wel, die altijd dat witte keeshondje uitliet. Of dat aardige mensje dat in de supermarkt steevast kilo's suiker kocht. Of...

Ze moest zo gauw mogelijk naar dat adres! Klaarwaterweg 389. Als haar moeder daar nu maar écht woonde...


*Hoi dagboek,*

*Wat was het heerlijk om de kindertjes weer terug te zien! Benny stond gewoon te springen toen hij me zag en Maria zwaaide heftig met haar armpjes en brabbelde dat het een lust was. Zo heerlijk! Ik zou mijn lieverds nooit willen missen!*

*Tja... ik was nog maar amper weer thuis of daar was hij alweer. Alsof hij op de hoek van de straat had staan wachten. Van Loon. Die ellendige vent!*

*Hij zette Benny voor de televisie en nam mij ongegeneerd mee naar de slaapkamer.*

*"Zo mevrouwtje," zei hij. "Ik heb u gemist."*

*"Dat zal best."*

*"U bent weggeweest."*

"Ja, dat klopt wel aardig." Ik had ineens ontzettende zin om hem uit te dagen. Ik weet niet wat het was. Ik voelde me opeens zo sterk. Alsof ik mijlenver boven die vent stond. Wat kon hij me immers doen? Alleen maar aanranden en dat was ik inmiddels al gewend. Tja, het klinkt gek, hè dagboek, maar ik begon er gewoon aan te wennen dat die kwijl steeds kwam. Wat moest ik anders? Voor mijn kinderen moest ik immers zien te overleven?

"Waar bent u geweest?" vroeg hij verder.

Moet je nagaan. Nu was hij al heel wat keertjes met me naar bed geweest en hij bleef maar 'u' zeggen. Stomme eikel!

"Ik was op Texel," jokte ik.

"Op Texel?"

"Ja, ik heb lekker een paar dagen vakantie genomen. Ik dacht, bij meneer Van Loon kan ik wel een potje breken."

Hij wist niet meer hoe hij het had. Hij zat me in elk geval stom verbaasd aan te kijken. En op dat moment ging de bel.

Nou heb ik Benny al vaak verteld dat hij niet zomaar de deur open mag doen, maar ik geloof niet dat die boodschap erg overgekomen is. Ik hoorde snelle voetjes naar de gang rennen en daar had ik goed schik van. Van Loon niet. Die zag ik eerst van kleur verschieten en daarna met haastige stappen de slaapkamer uitwaggelen.

Ik liep hem rustig achterna.

Uit de hal hoorde ik de opgewonden stem van Benny. "Nee tante Karin, mama heeft bezoek."

Van Loon was inmiddels ook in de hal aangekomen en ik liep, zoals gezegd, vlak achter hem.

"Hartelijk dank, mevrouw Dubbeldam," zei Van Loon meer tegen Karin dan tegen mij. "Het was allemaal weer in orde. Ik groet u hartelijk."

Ik snoof. "Dag meneer Van Loon."

"Dag wethouder Van Loon," groette Karin en ze deed de deur achter hem dicht.

"Wat zei je daar?" vroeg ik verbaasd. "Noemde je die eikel wethouder?"

"Oh, dat weet je natuurlijk nog niet," verklaarde Karin. "Het college is eergister rondgekomen en Van Loon wordt wethouder."

"Wat voor college?" vroeg ik een beetje onnozel, want als je geen abonnement op de krant meer hebt, is het lastig om op de hoogte te blijven.

"Van Loon stond bij de Gemeenteraadsverkiezingen immers op de lijst voor die nieuwe partij."

"Oh ja. Heet die niet 'Soest Vooruit' of zoiets?"

"Klopt." Karin knikte. "Nou, dan moet je ook weten dat ze acht zetels gehaald hebben. Het is een heel gebakkelei geweest, maar hij is de nieuwe wethouder van ruimtelijke ordening en zo."

"Zo," mompelde ik. "Is dat eigenlijk een hele baan?"

"Wethouder? Ja, daar is hij al zijn tijd wel aan kwijt."

"Maar dan werkt hij straks dus niet meer bij de sociale dienst?"

"Nee, dat lijkt mij niet. Zodra hij beëdigd is, moet je van hem af zijn."

"Als dat zou kunnen!"

Ik klonk misschien iets te opgelucht, want Karin keek me scherp aan. "Wat moest hij hier eigenlijk?" vroeg ze.

Ik haalde diep adem. Er waren twee mogelijkheden. Of ik vertelde Karin een smoesje of... Ik besloot opeens dat het laatste het meest verstandige was. Ik keek om me heen om te zien of Benny er nog stond, maar die zat alweer lang en breed voor de televisie.

"Hij misbruikt me," flapte ik er plompverloren uit.

"Wat?"

"Van Loon dwingt me om met hem naar bed te gaan."

"Dat meen je niet." Karin staarde me ademloos aan.

"Helaas wel. Als ik niet doe wat hij zegt, stopt hij de kinderen in een tehuis."

"Maar dat kan toch zomaar niet? Zoveel macht heeft hij immers niet?"

"Oh jawel," schamperde ik. "Hij heeft me in de cel gesmeten en ik mocht daar alleen maar uit als ik aan al zijn wensjes tegemoet kwam."

"Zei hij dat zo?"

"Ja, letterlijk."

Karin keek me verbijsterd aan. "Ik dacht al dat er iets niet klopte. De manier waarop je af en toe keek... Nou snap ik het tenminste. Zeg, ik ben even heel erg toe aan koffie."

Ze draaide zich met een ruk om, greep de waterketel en de volgende vijf minuten was ze druk in de weer. Ik liet haar rustig haar gang gaan. Ik kende Karin al zolang. Als ze zo deed, wilde ze nadenken.

"Is hij eh... heeft hij je daarnet ook... eh...?" vroeg ze na een *tijdje.*

*"Nee, dankzij jou niet."*

*"Ik stoorde hem dus bij de nobele uitoefening van zijn plicht,"
zei Karin hatelijk. "Maar zonder gekheid Inge, hij heeft nou niks
meer over je te zeggen. Als wethouder, bedoel ik."*

*"Nee, dat zal wel niet. Maar ik moet het nog zien."*

*"Je moet aangifte doen!" Karin werd opeens fel. "De schoft!"*

*Ik haalde mijn schouders op. "Ik heb geen bewijs. Hij wel. Hij
heeft die dossiers nog met dat verzinsel over die scheerkrabber
en al die mannen die ik hier zogenaamd over de vloer krijg."*

*"Het is toch belachelijk," zei Karin verontwaardigd.*

*"Ja, ik ben het helemaal met je eens. Ik zou hem het liefste van
de galerij afgooien, maar ja... Hij is veel te dik."*

*"Je maakt er een lolletje van."*

*"Dat moet ik wel. Anders was ik allang gek geworden."*

*"Je had het me eerder moeten zeggen. Ik kan je toch helpen?"*

*"Hoe dan?"*

*"Dat weet ik even niet, maar er schiet me vast wat te binnen. Dit
mag niet zo doorgaan! Wat denkt die vent wel niet?"*

*Met woeste gebaren schonk Karin koffie in en maakte ook een
beker sap voor Benny.*

*"Maria ook iets?" vroeg ze, terwijl ik duidelijk op haar gezicht
kon lezen, dat ze met haar gedachten bij hele andere dingen
was.*

*"Nee, die heeft daarstraks al een fles gehad."*

*"Mooi. Het beste is om hem op heterdaad te betrappen. Ik
zou haast onder het bed gaan liggen en dan kom ik opeens te*

*voorschijn springen."*

Ik schoot in de lach. *"Als hij er in ligt, pas jij er niet meer onder."*

*"Wees nou even serieus, Inge. Ik probeer te helpen."*

Ik snoof. *"Het is een gladde rakker, Karin. Dat wordt nog een hele klus."*

*"Er moeten er meer zijn,"* peinsde Karin hardop. *"Misbruikte vrouwen, bedoel ik. Als we nou eens een ingezonden stuk in de Soester zetten. Daar komen vast wel reacties op."*

Ik schudde mijn hoofd. *"Daar geloof ik niks van. Die vrouwen zijn natuurlijk ook allemaal bang voor hun uitkering of de kinderen. Wie weet wat hij allemaal voor vuile streken heeft uitgedacht."*

*"Je moet het niet op je laten zitten, Inge!"*

*"En wat kan ik dan doen? Moet ik mijn kinderen het huis uit laten slepen? Hij kent een hele lieve mevrouw bij de kinderbescherming."*

*"Wat een rotzak! Wat een ontzettende rotzak!"*

*"Ik ben het helemaal met je eens. Maar daar schieten we niks mee op. Ik zou bewijzen moeten hebben, maar ja..."*

*"Daar zeg je zo wat,"* mompelde Karin. *"Bewijzen... Als we nou eens..."*

*"Wat?"*

*"Ik zit te denken aan een cassetterecorder onder je bed. Of een fototoestel ergens in de kast."*

*"Je hebt teveel spionagefilms gezien,"* reageerde ik bitter. *"Zo gaat dat in het echt niet. Waar moet het ding staan?"*

*"Of een videocamera,"* prevelde Karin, die helemaal niet naar

226

me luisterde. "We zouden video-opnames moeten maken. Beter bewijs is er niet."

"Ja, ja. Een pornofilm met Inge Dubbeldam in de hoofdrol. Weet je niks leukers?"

"Op het ogenblik niet," zei Karin serieus. "Maar dat kan nog komen."

"Wat kan ik nou tegen die vent doen? Hij heeft me aan alle kanten in de tang."

"We wachten het even af. Er is een klein kansje dat hij je nu verder met rust laat vanwege zijn nieuwe baan. Maar als hij weer komt, wil ik dat je me belt. En dan gaan we kijken of we hem op kunnen nemen. Al was het alleen maar om hem daarmee te chanteren. Nu hij wethouder is, kan hij geen negatieve publiciteit gebruiken."

"Je zegt het weer prachtig."

"Het is toch zo? Reken maar dat de kranten belangstelling hebben voor een schandaalverhaal! Dat gaat er altijd in als koek. Die nieuwe partij ligt niet lekker in de pers."

"Daar weet ik weinig van. Ik lees geen..."

"Ik weet het. Wil je nog koffie?"

"Graag."

We gingen naar de kamer en praatten verder over koetjes en kalfjes. Geleidelijk aan kwam het gesprek op mijn echte moeder.

"Als Benny weer naar school is, bel ik daar gewoon aan de deur. En dan merk ik het wel," zei ik, toch wel wat opgewonden.

"Ik heb nu best even tijd om op te passen," bood Karin aan. "Je kunt wat mij betreft nu gelijk gaan."

*"Nu? Nu meteen?"*

*"Ja. Ga maar."*

*Ik zat haar nog heel even aan te staren en toen sprong ik energiek overeind. "Waarom ook niet?"*

*Ik greep mijn blazer van de kapstok en vertrok.*


Met trillende knieën liep Inge de Klaarwaterweg in. Nog maar een klein stukje, dan was ze bij nummer 389. Zou ze daar eindelijk haar echte moeder vinden?

Bijna onbewust vertraagde ze haar pas.

*'Ze moet jou niet!'* gilde de stem in haar hoofd opeens. *'Ze heeft je weggedaan!'*

"Begin je weer?" bromde Inge.

*'Bij het vuilnis met jou!'* treiterde de stem.

"Hou toch je mond!" snauwde Inge. "Waar bemoei je je eigenlijk mee?" Om de stem te onderdrukken, zette ze er flink de pas in.

*'Ze gooit de deur voor je neus dicht,'* sarde stem opnieuw. *'Ze moet jou niet.'*

Haastig deed Inge het tuinhekje van nummer 389 open. Als ze nu niet meteen aanbelde, zou ze nooit meer durven.

Op een holletje draafde ze naar de deur en drukte in dezelfde beweging op de bel. Toen haalde ze diep adem.

*'In de vuilnisbak! In de vuilnisbak!'* hoorde ze pesterig in haar hoofd.

Met wild kloppend hart keek Inge naar het naambordje.

*I. Breuking* stond er te lezen.

Dat leek zelfs niet een heel klein beetje op *Bastra*. Straks klopte er helemaal niks van dit adres. Dadelijk stond er een wildvreemde voor haar neus! Hoewel, erg veel haast had de bewoner niet. Ze hoorde niks in het huis. Er was vast niemand thuis.

Met trillende handen drukte ze nog een keer op de bel. Ondertussen probeerde de stem in haar hoofd haar nog verder op stang te jagen. *'Ze heeft je allang gezien, maar ze laat je mooi staan. Ze moet jou niet!'*

"Ja, dat weet ik nou wel," zei Inge geërgerd en toen hield ze zich opeens muisstil. Hoorde ze dat goed? Kwamen er echt voetstappen naar de deur?

Er knarste iets vlak voor haar neus. Een tel later ging er een piepklein raampje open en ze zag het gezicht van een vrouw. Een oudere vrouw met dun grijs haar, dat bij elkaar gehouden werd door een ouderwets netje. In haar rimpelige gezicht schitterden een paar levendige felbruine ogen.

Dezelfde bruine ogen als zij...

Inge voelde hoe ze opeens helemaal duizelig werd. Moeder... Zou dit haar moeder zijn?

"Dag mevrouw," zei zo rustig mogelijk, maar ze kon er niks aan doen dat haar stem ineens verschrikkelijk schor was. "Ik... Bent u... bent u misschien Maria Bastra?"

Er kwam een verbaasde blik in de bruine ogen.

"Nee," zei de vrouw. "Ik heet Inge."

"Inge?" prevelde Inge verbijsterd.

De vrouw knikte amper merkbaar. "Komt u voor een enquête?"

Inge schudde heftig haar hoofd. "Nee, ik... Ik heb uw adres gevonden in Huize Zilverschoon. Zegt die naam u iets?"

"Huize Zilverschoon?" aarzelde de vrouw. "U bedoelt... in Maastricht."

"Ja, ik... ik ben als kind geadopteerd en nu... ik..." Inges ogen brandden verschrikkelijk en tot haar ontzetting voelde ze opeens de tranen over haar wangen glijden.

Ze veegde ze haastig weg, maar het hielp niet veel. Er kwamen er steeds meer. Oh help, nou stond ze hier ook nog op de stoep te huilen bij een wildvreemde vrouw. Of was ze geen vreemde?

*'Zie je nou wel?'* riep de stem in haar hoofd. *'Ze moet jou niet! Ik heb het je wel gezegd!'*

"Mijn moeder heet Maria Bastra," snufte Inge bijna wanhopig. "En ze moet hier wonen." Ze keek smekend omhoog naar de vrouw, maar het gezicht was opeens verdwenen en het raampje ging dicht...

*'Ha, ha!'* gilde de stem in Inges hoofd. *'Dat was je liefhebbende mammie! Op de vuilnishoop met jou!'*

Inge stond verschrikt naar het dichte raampje te staren. Waarom liet die vrouw haar zomaar staan? Was ze dan echt niks waard?

Ze wilde zich omdraaien, maar op dat moment ging de voordeur knarsend open.

"Kom maar even binnen," zei de vrouw zacht. "Dit is niet iets om op de stoep te bespreken."

Als in een droom liep Inge achter haar aan naar een kleine kamer.

"Hoe heet je?" vroeg de vrouw.

"Ik heet ook.... Ik heet Inge."

De vrouw keek haar verbijsterd aan. "Inge?" vroeg ze.

"Ja, ik ben officieel Inge Maria Bastra. Ik heb mijn geboortebewijs meegenomen. Als u dat wilt zien."

Ze trok het papier uit haar zak en gaf het aan de vrouw. Die zakte op een stoel en wees naar de bank.

"Ga daar maar zitten, Inge."

Inge ging zitten.

De vrouw zette een leesbril op en keek even vluchtig naar het papier. "Dus jij zoekt je moeder," mompelde ze zacht. "Ik had dit nooit gedacht. Juffrouw Naters heeft altijd gezegd..."

"Elza Naters?"

"Ja. Ze zei dat jij... dat je pleegouders..." De stem van de vrouw brak af. Ze wreef heftig in haar ogen. Toen haalde ze diep adem en vervolgde: "Je zult me wel een raar mens vinden, maar... Laat ik me eerst maar voorstellen. Ik ben Inge Bastra, de moeder van Maria."

Inge voelde hoe ze helemaal koud werd. "De moeder van mijn moeder? Dan bent u dus..."

"Je oma," knikte de vrouw.

"En... en mijn moeder..."

"Die is boven."

"Boven? Hier boven?"

"Ja..." De oude vrouw zuchtte diep. "Ik denk dat je eerst even een paar dingen moet weten, Inge. Je... je hebt je vast afgevraagd waarom je moeder je heeft afgestaan."

Inge gaf geen antwoord. Ze keek haar oma alleen maar aan.

Haar oma... Het was bijna ongelofelijk.

"Eigenlijk is het allemaal erg moeilijk. Ik weet niet wat je moeder je nog wil vertellen, maar goed, dat moet ze zelf maar doen."

Ze zweeg en wreef alweer over haar ogen.

"Ik wil het zo vreselijk graag weten," fluisterde Inge.

"Je moeder was zestien toen ze zwanger raakte. Het is allemaal netjes opgelost."

"Netjes..." prevelde Inge toonloos.

"Ja, ik... ik weet niet wat ik zeggen moet. Mijn eerste impuls was om je weg te sturen. Ik had dat geboortebewijs helemaal niet nodig om te weten dat je de waarheid sprak. Je hebt mijn ogen."

Inge keek haar aan. Het was waar. Als ze in die ogen keek, was het net of ze voor de spiegel stond.

"Je moeder wilde je houden. Ze heeft gegild, gesmeekt! Maar het kon niet. Het kòn eenvoudig niet."

"Ze wilde me houden?" fluisterde Inge en opeens liepen er weer tranen over haar wangen. "Ze hield van me? Dus... ik ben geen..." Ze kon niet verder praten. De rest van haar woorden gingen verloren in een zacht gesnik.

"Oh Inge, het spijt me zo," zei de vrouw. "Het kon niet anders. Begrijp dat alsjeblieft." Ze veegde alweer over haar ogen en stond toen resoluut op.

"Ik zal haar zeggen, dat je er bent. Ik... Het moet maar."

Ze liep een beetje beverig de kamer uit.

Inge bleef achter. In haar hoofd hoorde ze nog een vage echo van een treiterige stem. *'Ze moet je niet... niet... nie... n...'* Het geluid stierf langzaam weg.

"Ze hield van me," zei Inge hardop. "Ze wilde me houden."

Er klonk opeens een hevig gestommel op de trap en amper een

·

paar tellen later kwam er een vrouw de kamer binnenrennen. In een flits bekeek Inge haar. Ze moest al ruim veertig zijn, maar ze zag er veel jonger uit. Kort geknipt kastanjebruin haar en dezelfde felbruine ogen. Er lag een verbijsterde glans op haar gezicht.

"Inge!" riep ze. "Oh Inge! Ben je het echt? Ik heb zo naar je verlangd." Ze rende naar Inge toe en sloeg haar armen heftig om haar heen. Inge voelde hoe haar moeders lichaam begon te schokken van het ingehouden huilen en toen kon ze zich ook niet meer inhouden. "Moeder..." fluisterde ze zacht.

"Ze zeiden dat je dood was," snikte haar moeder. "Ik heb pas later gehoord, dat het helemaal niet... Oh, kindje toch. Kindje..."

Wat later werden ze allebei rustiger. Maria Bastra liet Inge los en ging op de bank zitten. Toen trok ze Inge naast zich.

"Dat mens van Naters..." zei ze zacht. "Dat walgelijke wijf."

Daar was Inge het helemaal mee eens. "Het is een loeder!" zei ze fel.

"Je kent haar?"

"Ja, maar al te goed."

"Heeft zij je mijn adres gegeven?"

Inge schudde haar hoofd. "Nee. Haar dossiers zijn..."

Tot Inges verbazing vulde haar moeder de zin aan: "Haar dossiers zijn vertrouwelijk en vanzelfsprekend geheim."

"Hoe..." begon Inge.

"Oh kind, ik heb dat mens wel honderd keer, misschien wel duizend keer gevraagd waar je was, maar ze hield de deur mooi dicht. En jou is het wel gelukt?"

"Ja, ik... Ik ben daar in dienst gegaan als werkster en toen heb ik stiekem in het archief gekeken."

Haar moeder keek Inge aan en er lag een blijde glans op haar gezicht. "Je was op zoek naar mij? Wat vind ik dat heerlijk! Ik was zo bang, dat je... dat je niks met mij..."

"Toen ik ging trouwen heb ik pas gehoord dat ik geadopteerd was," legde Inge uit.

"Je bent getrouwd? En je hebt kinderen?" vroeg haar moeder gretig.

"Twee," knikte Inge. "Benny is zeven en Maria..."

"Maria? Heb jij je kindje naar mij genoemd? Oh Inge..." Haar stem brak af.

"Maria is met kerst geboren," zei Inge schor. "Maar toen is mijn man weggelopen."

"Och kind toch..."

"We gaan scheiden, maar dat geeft niet. Ik kan het heel goed alleen."

Maria Bastra sloeg haar arm om Inges schouders. "Ik ben zo blij dat je gekomen bent. Ik heb zo vreselijk naar verlangd. Er is geen dag voorbijgegaan dat ik niet aan je gedacht heb. Ze hebben je van me afgepakt en ik... ik kon niks doen."

"Het spijt me," fluisterde Inges oma vanuit de deuropening. "Het kon niet anders. Het kon écht niet anders."

"Ze hebben me bedrogen," ging Inges moeder door. "Ze zeiden dat je dood was. Maar je was zo warm en je oogjes keken me aan... Oh, dat walgelijke mens. Ik kan haar wel wurgen."

"Zullen we dan maar samen gaan?" zei Inge bijna vrolijk.

"Samen... Oh ja Inge! Nu kunnen we misschien eens wat samen doen. En ik heb kleinkinderen. Hoor je dat moeke? Ik heb kleinkinderen!"

De oude vrouw in de hoek knikte zwijgend.

Inge keek haar moeder aan. "Zijn er... Heb ik nog... Broers of..."

Maria Bastra schudde haar hoofd. "Ze hebben wat stukgemaakt met die bevalling. Ik ben onvruchtbaar geworden. Daarom ben ik zo blij... Oh Inge, hou me vast. Ik kan het bijna niet geloven."

"En mijn vader?" fluisterde Inge. "Wie is mijn vader?"

De oude mevrouw in de deur begon opeens hevig te hoesten en daarna liep ze de kamer uit.

Inges moeder schudde haar hoofd. "Nee," zei ze zacht.

"Hij is dood?" fluisterde Inge.

"Was het maar waar! Nee, hij leeft."

"Maar wie is hij dan?"

Weer schudde Maria Bastra haar hoofd. "Nee Inge, dat kun je beter niet weten."

"Waarom niet?"

"Nee, dat gaat niemand iets aan."

"Het is mijn vader. Ik heb er recht op om te weten wie mijn vader is."

"Natuurlijk heb je dat recht, Inge," antwoordde haar moeder toonloos. "Maar het is niet goed. Je zou er ongelukkig van worden. Hij heeft mij... Oh, al dat ongeluk... Al dat verdriet..."

De zin eindigde in een snik.

Inge zag de tranen, die over haar moeders wangen liepen. Dit was duidelijk niet het juiste moment om nog verder aan te dringen. Maar ze gaf het niet op. Haar tijd kwam nog wel!

Alsof haar moeder wist wat Inge dacht, zei ze opeens: "Je moet het niet meer vragen, Inge. Echt niet."

"Ik laat me niet zo gauw afschepen," reageerde Inge. "Als ik zo'n type was, had ik hier niet gezeten."

Weer schudde haar moeder haar hoofd. "Je moet me beloven dat je het niet zult doen." Ze zuchtte diep. "Het is niet goed."

"En waarom dan niet?"

"Dat kan ik je niet zeggen."

"Ik heb even het gevoel dat ik met Elza Naters zit te praten," zei Inge boos.

Haar moeder glimlachte verdrietig. "Dit is heel iets anders. Vertrouw me nou maar."

"Maar snapt u dan niet, dat ik daar nieuwsgierig van word! Ik wil weten wie hij is. Is hij aardig? Waar houdt hij van?"

"Hij is niet aardig, Inge en hij houdt uitsluitend van zichzelf," zei Maria Bastra fel.

Inge besloot dat ze er maar beter over op kon houden. Het kwam later wel, als ze wat vertrouwder met elkaar waren.

"Hoe ziet mijn familie er verder uit?" vroeg ze.

"Je hebt een oma," antwoordde haar moeder. "Je opa is al jaren dood. En je hebt mij."

"Bent u nooit getrouwd dan?"

"Jawel, maar ik ben intussen al weer jaren weduwe. Verder is er niemand."

"Behalve mijn vader." Het was eruit voor Inge het besefte.

Haar moeder knikte langzaam. "Ja, je hebt een oma, een moeder en een vader."

Inge keek haar even zwijgend aan, maar het was duidelijk dat Maria Bastra niet van plan was om nog iets over haar vader te vertellen. Jammer, maar het kwam wel. Ze had geduld.

"En u woont hier met... met oma?"

"Nee, ik woon op het Kerkpad. Ik help je oma af en toe wat met het huishouden."

"Dus het was zuiver toeval dat u hier bent?"

"Ja."

Rammelend met kopjes en lepeltjes kwam oma Bastra de kamer weer in. "Willen jullie koffie?" vroeg ze.

"Ja, graag," zeiden moeder en dochter tegelijk.

Inge moest erom lachen en haar moeder ook.

En zo zaten ze wat later met z'n drieën aan de koffie. Een grootmoeder, een dochter en een kleinkind.

'Ik heb me nog nooit zo compleet gevoeld,' dacht Inge blij. 'En als ik er nu ook nog achter kan komen, wie mijn vader is, wordt mijn geluk helemaal volmaakt.'

Maar dat zei ze niet hardop.

# HOOFDSTUK 10

*Hallo dagboek,*

*Ik kwam pas laat weer bij Karin terug, want moeder en ik konden gewoon niet ophouden met praten. We hebben ook heel wat jaartjes in te halen!*

*Karin zat razend benieuwd te wachten en ik vertelde haar natuurlijk meteen het hele verhaal.*

*"Wat fantastisch voor je!" riep Karin blij. "Hè, ik gun het je zo. Je hebt zoveel moeite gedaan."*

*"Dat ben ik al weer compleet vergeten," zei ik. "Ik ben ontzettend blij dat ik het gedaan heb. Ik heb mijn moeder terug en ook nog een oma."*

*"En je vader?" vroeg Karin.*

*"Daar wil ze niks over zeggen."*

*"Is hij overleden?"*

*"Ze zegt van niet. Volgens haar is mijn vader een egoïst die alleen maar aan zichzelf denkt."*

*"Dat klinkt niet best," was Karins reactie. "Dan zou ik dat verder maar laten zitten."*

*"Daar pieker ik niet over."*

*"Maar Inge, ben je dan nooit tevreden?"*

*"Ik ben heel snel tevreden. Ik wil alleen maar weten wie mijn vader is."*

*Karin schudde nadenkend haar hoofd. "Als je moeder nu vindt, dat je dat beter niet kunt weten, dan zou ik verder geen moeite meer doen."*

"Ik kom er nog wel achter," zei ik vastbesloten.

Karin stond op. "Ik ga weer eens."

"Waarom blijf je niet eten?"

"Ik wil je niet op kosten jagen, Inge."

"Kom nou, die paar aardappels die jij eet."

In de hal ging de bel.

"Bezoek," zei Karin. "Zal ik maar open doen? Voor het geval dat die Van Loon weer aan de deur staat."

Ik hoorde haar de deur open doen. "Oh, u bent het. Komt u binnen. Dat zal Inge gezellig vinden."

Nou, dat was Van Loon in elk geval niet. Daar zou Karin nooit zo hartelijk tegen doen.

De kamerdeur zwaaide open en Benny begon van pure blijdschap door de kamer te springen. "Oma!" riep hij. "Opa!"

Het waren mijn pleegouders die daar binnen kwamen.

"Ha mam," zei ik, maar terwijl de woorden uit mijn mond kwamen, kreeg ik opeens een raar gevoel. Dit was mijn moeder niet. Hoewel ze al die jaren voor me hadden gezorgd, waren het toch mijn echte ouders niet.

"Zo Inge," bromde pap. "Op reis geweest?"

Hoe wist hij dat nou? Ik had ze niks gezegd. Expres niet. Ik keek hem verbaasd aan, want ik wist absoluut niet wat ik antwoorden moest.

"Ik heb vanmorgen een brief gekregen," verklaarde mam en haar stem klonk raar. "Van juffrouw Naters uit Maastricht."

"Oh," zei ik een beetje onnozel.

"Daar willen we even met je over praten," knikte pap.

"Dan moest ik nu maar eens gaan," zei Karin meteen.

"Je mag het gerust horen, Karin. Volgens mij weet je er al meer van dan wij."

Karin keek me aan. Er lag een vraag in haar ogen. 'Wil je dat ik blijf?' Ik schudde mijn hoofd. 'Als je weg wilt, ga je maar,' seinde ik terug.

"Je hebt me niet meer nodig?" vroeg Karin hardop.

"Nee, ik red het wel. Bedankt hè?"

Ik liet Karin uit en liep terug naar de kamer.

"Wij.. eh..." begon pap. "Wij eh.. wij hebben het misschien verkeerd gedaan."

"Wat dan?"

"Je moeder... Ik bedoel... mijn vrouw... Hè, ik weet niet meer hoe ik haar noemen moet."

"Bedoel je mijn... mijn echte moeder of... of mam?"

"Mam," prevelde pap wat ongelukkig. "Wij eh.. wij hadden je niet bij je... bij je echte moeder vandaan moeten houden. We wisten niet dat het je zo hoog zat."

"Wij willen je niet missen, Inge," zei mam en haar stem sloeg zowat over van de zenuwen.

"Daar is toch geen sprake van." Ik keek wat onwennig van de één naar de ander. Waar kwamen ze voor?

"Elza Naters is een oude vriendin van mij," verklaarde mam met een vreemd hoog geluid. "We hebben op dezelfde school gezeten. Zij eh... ze wist dat ik... dat wij geen kinderen konden krijgen en dat ik dolgraag..." Haar stem kreeg een gierende uithaal van pure stress.

"Op een avond belde ze dat ze een kindje voor ons had," ging pap met het verhaal verder. "Wij waren dolblij. We hebben je opgehaald en..."

"En we hadden met Elza afgesproken dat ze niemand ooit inlichtingen zou geven," zei mam. "Niet aan jou, maar ook niet aan je biologische moeder."

"Ze hebben haar gezegd dat ik dood was," zei ik zacht.

"Ik weet het," knikte pap. "Dat leek Elza Naters het beste. Die vrouw, het was eigenlijk nog een kind, was helemaal overstuur. Ze wilde jou niet kwijt."

"Dat hadden we tegen je moeten zeggen," bekende mam. "Maar dat durfde ik niet. Ik... ik wilde je niet verliezen."

"We houden van je," vulde pap aan.

"Dat weet ik toch," antwoordde ik zacht. "Maar ik wilde gewoon weten wie ze was. Meer toch niet."

"Heb je haar al gevonden?" vroeg mam.

Ik knikte. "Ja, ze woont hier in Soest. Ik ben net bij haar geweest."

"Dan zijn we dus te laat," zei mam.

"Hoezo te laat?"

"We hadden je willen zeggen, dat je... dat je gerust kon gaan. Dat wij... dat wij er vrede mee hebben."

"Ach, wat lief van jullie. Maar hoe weten jullie..."

"Van Elza Naters," verklaarde pa. "Ze schreef dat er een vrouw was komen solliciteren als werkster en die kwam haar al vaag bekend voor. Je moet weten, dat we haar wel eens foto's van je gestuurd hebben."

"Ze heeft me herkend?"

"Pas toen je weg was, begreep ze dat jij het geweest moest zijn. Je had stiekem in het archief gekeken, schreef ze en jouw dossier zat scheef in de bak."

"Daar was ik al bang voor," knikte ik.

"We hadden je al die toestanden kunnen besparen," zei mam schuldbewust. "Eén telefoontje van mij en... ze had je alles verteld wat je weten wilde."

"Nou ja, het is niet zo belangrijk. Ik vind het fijn dat jullie er nu zo over denken. Ik zat er eerlijk gezegd al behoorlijk over in."

"Hoeft niet, Inge. Wij... wij schamen ons diep," zei pap.

Ik sloeg mijn armen spontaan om zijn hals en gaf hem een zoen op zijn wang. "Dat hoeft toch niet. Ik wilde mijn echte moeder heus niet ontmoeten, om haar voor jullie in te ruilen."

"Dat snap ik wel, Inge, maar ik... Ik had zo naar een kind verlangd," bekende mam op een bibberig toontje. "Ik ben altijd bang geweest dat je op een dag weggehaald zou worden."

Ik keek naar Benny en naar de kleine Maria, die vrolijk trappelend in haar box lag. Mijn kindertjes. Ik hield zoveel van ze!

"Ik kan me helemaal voorstellen dat je gek werd van die gedachte," zei ik begrijpend.

"Hoe is ze?" vroeg mam en er lag nu nieuwsgierigheid in haar stem.

"Ze is in de veertig. Ze was zestien toen ze me kreeg."

"Heel jong nog," vond pap.

"Ja, ze is getrouwd geweest, maar ze heeft geen kinderen."

"Ze heet geen Bastra meer, hè?"

*"Nee, ze is weduwe en ze noemt zich nu mevrouw Jelsen, geloof ik. Ze woont op het Kerkpad."*

*"Dat hebben we nooit geweten, Inge. Dat moet je geloven."*

*Ik knikte. "Ja, ik geloof jullie wel. Ik begrijp het ook best. Ik kan mijn kinderen ook niet missen. Hebben jullie zin in koffie?"*

*"Graag!" Mam werd opeens heel actief. "Ik zet wel even. Ga jij maar lekker zitten."*

*Toen ze later weer weg waren, vond ik zes nieuwe pakken koffie in het kastje. Het deed me goed. Ze hielden echt van mij, mijn pleegouders. Nou, ze hoeven niet bang te zijn. Ik hou ook van hen. Ik zet ze heus niet aan de kant nu ik mijn echte moeder heb gevonden!*

Op zaterdagmorgen kwam Inges echte moeder op bezoek en ze was helemaal gelukkig toen ze Benny en Maria zag.

"Dit is ook een oma," legde Inge aan Benny uit. "Mama wist niet waar oma woonde en daarom komt ze nu pas op bezoek."

Benny accepteerde de verklaring op een manier zoals alleen kinderen dat kunnen. Binnen vijf minuten zat hij naast zijn nieuwe grootmoeder te babbelen alsof hij haar al jaren kende.

Inge maakte in de keuken wat te drinken klaar en met het volle dienblad liep ze terug naar de kamer. Ze zette het blad op tafel en begon de kopjes vol te schenken. Benny was nog steeds volop aan het vertellen. Inge luisterde geamuseerd mee.

"Onze meester zijn poes heeft jonkies gekregen," vertelde Benny vol vuur. "En hij heeft ze mee naar school genomen. Ze zijn helemaal wit."

"Wat leuk," antwoordde Maria Bastra. "Wat zijn het voor poesjes?"

Benny dacht even na. "Meester zegt dat het heilige tijgers zijn."

"Heb je de moederpoes ook gezien?" vroeg oma.

"Ja, Sasja was er ook," zei Benny.

Er ging een schok door Inge heen.

"Sasja?" vroeg ze.

"Ja, Sasja is ook wit en ze heeft bruine oren en een bruine snuit met streepjes en witte voeten. Oh nee, dat heten witte sokken, zegt de meester."

"Over welke meester heb je het eigenlijk, Benny?"

"Over meester Sander."

"Oh," zei Inge en er lag verbijstering in haar stem. "En meester Sander heeft een poes die Sasja heet?"

"Ja en ze kan heel hard spinnen. Van brom, brom, brom. En dan gaat haar keeltje helemaal heen en weer."

"Dat geloof ik graag," mompelde Inge. "Maar hoor eens, Benny. De meester zijn vrouw heet toch ook Sasja?"

"Meester zijn vrouw? Dat weet ik niet."

"Maar dat heb ik je toch gevraagd? Een hele tijd geleden al. Of de meester ook een vrouw had."

Benny haalde zijn schouders op. "Weet ik veel."

"Maar de vrouw van meester Sander heeft toch een drieling gekregen?" probeerde Inge nog eens.

"Weet ik veel," herhaalde Benny. "Sasja heeft een drieling."

"En Sasja is de poes," prevelde Inge zacht voor zich uit.

Haar echte moeder keek Inge scherp aan, maar Inge merkte het

244

niet. Ze zakte op de bank en staarde voor zich uit.

Sander... Zij had maar steeds gedacht dat Sander een vrouw had. Een vrouw die Sasja heette. Die vrouw was in verwachting geweest en had later een drieling gekregen. Maar... Dat kon toch niet? Stel je voor, dat Sander helemaal geen vrouw had! Dat alles wat hij tegen haar had gezegd, écht gemeend was? Ze herinnerde zich opeens hoe hij haar had opgebeld.

"Zullen we gezellig samen gaan eten of iets anders doen wat je leuk vindt?"

En zij, Inge, was razend op hem geworden omdat ze meende dat hij allang getrouwd was. Ze had hem uitgescholden voor alles wat mooi en lelijk was, alleen maar omdat ze dacht dat hij met haar naar bed wilde. Dat hij een eenzaam vrouwtje zocht, omdat zijn eigen vrouw misschien even niet ter beschikking was.

Ze beet heftig op haar lip. Het zou toch niet waar zijn? Was die vermeende Sasja echt een poes?

"Ik denk, dat ik het al weet," hoorde ze haar moeder zeggen. "Die Sasja van je meester is vast een Heilige Birmaan."

Benny knikte nadenkend. "Kan wel," mompelde hij vaag en daarna begon hij enthousiast over zijn nieuwe voetbal te praten.

Inge wreef over haar ogen. Wat een verschrikkelijke blunder. Sander... Ze herinnerde zich weer hoe aardig ze hem had gevonden en hoe haar gevoelens voor hem waren omgeslagen in pure woede toen Benny over Sasja had verteld.

Wat was er nou waar? Waren er twee Sasja's? Sasja de poes en Sasja de echtgenote? Of was er alleen maar de poes?

"Wat ben je stil, Inge?" vroeg haar moeder.

"Sorry, ik zit te denken," prevelde Inge. "Maar ik ben er nog niet uit."

Haar moeder glimlachte begrijpend. "Als ik je ergens mee kan helpen?"

"Nee, ik moet mezelf helpen. Ik geloof, dat ik een sukkel ben geweest. Ik heb al die tijd gedacht dat die kat een vrouw was van vlees en bloed."

"Je bedoelt die Heilige Birmaan, waar Benny het net over had?"

"Ja, maar ik weet het niet zeker. Ik moet hem opbellen. Maar wat zeg ik dan?"

"Wat je hart je ingeeft, kind," zei Maria Bastra.

Inge keek haar aan. "U weet niet eens waar het over gaat. En toch zegt u de juiste dingen."

"Het gaat over een man," antwoordde haar moeder. "Een man, die jij aardig vindt en waarvan je steeds dacht dat hij al iemand had."

Inge knikte. "Ja, maar ik weet het niet zeker. Misschien heeft hij toch een vrouw."

"Waarom vraag je het hem niet gewoon?" zei Maria rustig.

Ze dronken hun koffie en praatten verder. Inge vertelde hoe moeilijk ze het financieel had.

"Ja, dat is geen vetpot bij de sociale dienst," knikte haar moeder. "Vertel eens, Inge. Krijg je vaak controle?"

Inge kon er niets aan doen dat ze verontwaardigd begon te snuiven. Want de 'controle' stond opeens weer haarscherp voor haar geest.

Van Loon! Bah!

"Is er iets?" vroeg haar moeder. "Je wordt ineens zo wit."

"Het is die vent," fluisterde Inge. "Die walgelijke kerel. Hij... hij chanteert me. Als ik niet doe, wat hij zegt, dan haalt hij mijn kinderen weg."

"Wat?" prevelde Maria Bastra ontzet. "Hij chanteert je? Je wilt toch niet zeggen, dat hij je... dat hij met je..."

Inge knikte zonder haar moeder aan te kijken.

"Hoe heet die vent?" vroeg haar moeder kwaad.

"Van Loon."

"Frits van Loon?"

"Dat kan wel. Dat weet ik eigenlijk niet. Het is die aankomende wethouder van die nieuwe partij."

"Zo... En waarom doe je geen aangifte bij de politie?"

Inge lachte bitter. "Ik heb al eens geprobeerd om een klacht in te dienen bij de sociale dienst, maar dat is volkomen zinloos. Het is een keurige heer, als je hem zo ziet. Zo beleefd en netjes."

"Ja," mompelde Maria Bastra en ze keek turend in de verte. "Ik ken hem wel. Je moet aangifte doen."

"Ik kan niks bewijzen."

"Je bent niet alleen," zei Inges moeder en haar stem had opeens een gevaarlijke klank. "Ik ben er ook nog."

"Ach mam, ik vind het heerlijk dat ik je terug gevonden heb. Maar hoe kun je me helpen tegen die Van Loon?"

"Ik kan meer dan je denkt. Ga aangifte doen."

"Misschien komt hij wel niet meer. Hij heeft niks over me te zeggen nu hij wethouder is."

"Vergis je maar niet. Die komt wel terug. Als jij niks doet, gaat dat... dat gezeur nog jaren door. Ik ken hem."

"Karin wil een valletje opzetten, als hij weer komt."

"Oh ja?"

"Ze denkt dat we bewijzen hebben, als we hem opnemen op de video."

Maria Bastra knikte nadenkend. "Dat lijkt me een heel goed idee. Dan sta je sterk. Sterker dan nu, daar heb je gelijk in." Ze stond op. "Ik moet weer eens gaan, maar ik kom zo gauw mogelijk weer terug." Glimlachend pakte ze Maria uit de box en knuffelde haar voorzichtig.

"Mijn kleindochter," fluisterde ze. "Dit had ik nooit kunnen denken." Ze legde haar naamgenootje terug op het kleed en gaf Benny een aai over zijn blonde haren.

"Dag nieuwe oma, tot gauw," zei Benny.

\*

Toen haar moeder weg was, zakte Inge op de bank.

Sander...

Hoe was dat ook alweer gegaan? Ach, ze kon het zich niet eens meer goed herinneren. Ze had zo ontzettend veel aan haar hoofd! De kinderen, Van Loon, haar moeder, haar pleegouders en noem maar op.

Sander kwam er zo'n beetje tussendoor. Eerst op de Kerstmarkt. Eigenlijk had ze helemaal geen zin om daar nog aan terug te denken. Zij, met haar zwangere buik en een echtgenoot die vrolijk op de versiertoer ging. Sander had haar geholpen, toen de weeën onverwacht waren begonnen. Ach, ze zag hem nog voor zich. Een vrolijke kerstman met een enorme buik en felgroene ogen.

En later had ze hem teruggezien. Een knappe, donkerblonde man, die zich bezorgd over Benny boog. Wat had ze stilletjes genoten van zijn bezoekjes aan Benny.

Heel langzaam was er weer wat hoop in haar hart gegroeid, door die leuke man die zo vol belangstelling voor haar was. En daarna die koude douche.

Waarom had ze haar grote mond niet gehouden? Zij moest weer zo nodig aan een kind vragen of de meester al een vrouw had. En wat zei Benny toen ook al weer? Even was het of ze het kleine stemmetje hoorde praten: "Ja hoor, Sasja mag altijd bij de meester in bed. Dat zegt Herman zelf."

Zij had direct aangenomen dat Benny Sanders vrouw bedoelde. Maar was dat wel zo logisch? Benny zei altijd zo keurig 'meester' tegen Sander. Zou hij meesters vrouw dan gewoon Sasja noemen? En welke onderwijzer vertelde zijn leerlingen nu dat hij met een vrouw in bed lag?

En later... In de auto op weg naar het pannenkoekrestaurant had zij zitten dubben of ze hem naar Sasja zou vragen. Maar terwijl zij erover tobde, hoe ze dat nu het beste kon aanpakken, was Benny haar alweer voor geweest. "Hoe gaat het met Sasja, meester?"

En Sander, vrolijk lachend: "Heel goed. Ze is in verwachting, weet je. Het wordt vast een tweeling."

Zij, met haar domme hoofd, had niet verder gevraagd. Waarom eigenlijk niet? Omdat ze het zo vreselijk vond, dat hij al iemand anders had? Was ze zo teleurgesteld?

Ze knikte zachtjes voor zich uit. Ja, ze mocht hem ontzettend graag en daardoor had ze zo raar tegen hem gedaan. Uit pure frustratie.

Moest ze hem nu bellen?

Ja, eigenlijk wel. Zij had de hoorn op de haak gegooid, die laatste keer. Nu was het aan haar om het weer goed te maken.

Ze pakte haar adresboekje en zocht Sanders telefoonnummer op. Terwijl ze het nummer draaide, ging haar hart als een gek tekeer. Hoe zou hij reageren? Misschien wilde hij wel nooit meer iets met haar te maken hebben.

"Toet..." ging het in haar oor. "Toet..." En opeens een stem: "U spreekt met mevrouw Uithof."

Mevrouw Uithof!

Inges hart maakte een akelige sprong. Sander had tóch een vrouw! Ze kon het beste maar zo snel mogelijk de hoorn weer op de haak leggen.

"Hallo?" vroeg de vrouwenstem. "Met wie spreek ik?"

"Met Inge Dubbeldam. Ik bel voor uw man."

"Mijn man?" De stem klonk verbaasd. "Bedoelt u Sander?"

"Ja, die wil ik graag spreken."

"Ogenblikje, ik zal hem roepen."

Het bleef lang stil aan de andere kant van de lijn. Inge hoorde alleen maar haar eigen gejaagde ademhaling in de hoorn. Eindelijk kwam er een ander geluid.

"Uithof," klonk het zakelijk in haar oor.

"Sander? Met... met Inge Dubbeldam... ik..."

"Oh Inge, ben jij het? Gaat het weer een beetje?"

"Eigenlijk niet. Ik... Ik heb me erg aangesteld, de laatste keer en ik..."

"Ach, we hebben allemaal onze dag wel eens niet."

"Je bent niet boos op me, dat ik je zo uitgescholden heb?"

"Welnee Inge, natuurlijk niet. Ik heb me alleen de hele tijd lopen afvragen waarom je zo deed."

"Ik dacht dat jij... eh..." begon Inge, maar toen realiseerde ze zich dat hij écht getrouwd moest zijn. Ze had het bewijs immers net aan de telefoon gehad.

"Ik heb daarnet met je vrouw gesproken," zei ze zacht.

"Meen je dat nou?" vroeg Sander geïnteresseerd.

Inge hoorde de belangstelling in zijn stem. Ze haalde diep adem en vervolgde: "Ja, ik was boos omdat jij getrouwd bent en toch met mij uit wilde gaan. Ik vind dat zoiets niet kan."

"Ik ook," antwoordde Sander.

"Jij ook?" vroeg Inge stomverbaasd. "Maar... maar waarom vroeg je me dan?"

"Wat denk je?"

"Ik... ik..." stamelde Inge en daarna wist ze niks meer te zeggen.

"Waarom denk je dat ik getrouwd ben?"

"Door Benny... Benny vertelde dat jij Sasja hebt en..."

"Dat klopt. Wil je haar even zelf aan de lijn?"

"Nee," bitste Inge.

"Inge toch, Sasja is mijn kat. Ik dacht dat je dat wel wist."

"Maar wie was die mevrouw dan, die net de telefoon opnam? Ze zei dat ze mevrouw Uithof heette."

Ze hoorde hem grinniken. "Dat is mijn moeder." Het was even stil en toen Sander weer verder praatte, was zijn stem opeens heel anders: "Hoor eens Inge? Zal ik zo bij je langs komen? We moeten maar eens rustig praten."

"Goed," zei Inge.

"Vanavond acht uur, oké?"

"Ja, tot straks."

"Tot straks."

*

Inge zorgde ervoor dat haar kinderen die avond vroeg op bed lagen. Ze wilde alle tijd hebben voor Sander. Raar, ze had zo'n vreemd opgewonden gevoel. Net of alles uiteindelijk allemaal op zijn pootjes terecht zou komen.

Om half acht ging de bel. Wat was hij vroeg!

Inge rende naar de deur en deed eigenlijk zonder te kijken open.

"Hoi," zei Karin. "Wat kijk je raar? Was je bang voor die kwal?"

Al pratend stapte ze naar binnen en grijnsde breed: "Vanaf dit moment hoeft dat niet meer. Ik heb iets heel aardigs voor je."

Inge keek naar de enorme doos die Karin op de tafel zette.

"Ik krijg zo bezoek," bekende ze zacht.

"Fijn voor je. Ik ben in een paar tellen weer weg, hoor." Karin trok het papier van de doos en vervolgde: "Ik wilde meteen spijkers met koppen slaan. Je weet maar nooit wanneer meneer de wethouder weer komt. Kijk, hier heb ik een videocamera met afstandsbediening. Die gaan we even op je kast monteren en dan zijn we er klaar voor."

"Ja maar, ik weet toch niet hoe zo'n ding werkt?"

"Het is hartstikke makkelijk. Ze hebben 't me vanmiddag uitvoerig uitgelegd. Jij hoeft alleen maar op een knopje te drukken."

Karin nam de camera uit de doos en liep naar Inges slaapkamer. "Hier doet hij het toch altijd? Ja sorry, dat ik het zo zeg, maar..."

"Meestal wel." Inge kon niet voorkomen dat er even een rilling over haar rug ging. Het was geen prettige herinnering. Die smerige, hijgende kerel met zijn handen die overal maar aanzaten...

"Het is bijna voorbij, Inge," zei Karin bemoedigend. "Hier pakken we hem geheid mee."

"Maar als hij nou niet meer komt?"

"Des te beter, dan ben je van hem af. Maar ik geloof het niet. Die smeerpijper staat zo weer voor je neus. Eh... ik wil niet vervelend doen, maar hoe liggen jullie ongeveer? Ik bedoel, ik moet die camera instellen."

"Dat snap ik." Inge zuchtte. "Ja... eh... daar ergens." Ze wees naar het midden van het bed.

Karin zag de afschuw op het gezicht van haar vriendin en er kwam een boze blik in haar ogen. "We pakken die schoft, Inge. Dat beloof ik je. En nu moet je even gaan liggen."

Inge ging languit op het bed liggen en Karin zette de camera boven op de kast. "Ik ga hem vastschroeven, maar ik moet natuurlijk eerst weten hoe hij het beste kan staan. Ik maak een proefopname. Beweeg maar wat."

Inge deed gehoorzaam wat haar vriendin vroeg. Ze draaide zich van haar ene op haar andere zij en nog een keer terug.

"Zo is het wel genoeg," zei Karin. "Eens kijken..." Ze rommelde aan de knopjes en riep verheugd: "Ja! Dat staat er hartstikke goed op. Hier, moet je zien!"

Ze duwde het zoekertje voor Inges ogen en die zag ineens zichzelf op het bed liggen.

"Mooi beeld, alleen wat klein."

"Als je het op je televisie afspeelt, wordt het een stuk groter. Hé Inge, ik schroef hem op de kast vast en als die vent nou komt..."

"Ja?"

"Dan ga je precies op die plaats liggen. Dan komt hij riant in beeld."

"Ja, goed. Ik vind het alleen geen lekker idee, dat ik dan ook gefilmd word."

"Je moet daar niet als een schaap gaan liggen, Inge. Het is belangrijk dat je je verzet. Dan begint hij vast weer met die chantagepraatjes en dan hangt hij. Snap je dat?" Al pratend schroefde Karin de camera geroutineerd op de kast vast en drapeerde er losjes een handdoek omheen.

"Ja, ik snap het best, maar ik heb er niet veel zin in."

"Wat wil je dan? Dat hij nog jaren terugkomt?"

"Straks ziet hij dat ding staan."

"Welnee. Je moet er vanuit gaan, dat hij alleen oog voor jou heeft. Het ding is praktisch geluidloos. Kom op, Inge. Het is je gelukt om bij Elza Naters het archief te kraken, dus dit kun je ook."

"Ik zal het proberen," beloofde Inge zacht. "Hoe werkt die afstandsbediening?"

"Kijk, daar zit de knop. Eén drukje en het loopt. Leg maar in je nachtkastje. Dan heb je 'm altijd bij de hand."

"Zo'n dure camera," steunde Inge.

"Ik heb 'm gehuurd, dus zoveel kost dat niet. En die paar centen heb ik er graag voor over. Wat denkt die vent wel niet!"

Ze keek woest in de verte. "Wat je ook kunt doen..." zei ze na een tijdje.

"Wat?" vroeg Inge.

"Als je 'm nou aanzet, als je ziet dat hij voor de deur staat. De band is lang genoeg."

"Hmmm..." Inge keek nadenkend voor zich uit. "Dat is een goed idee. Als ik al met die vent in de slaapkamer ben, krijg ik misschien geen kans meer."

Karin wreef vergenoegd in haar handen. "Hiermee hangt hij geheid!"

"Ik hoop het maar." Inge zuchtte. "Ik krijg natuurlijk alweer visioenen van een Van Loon die zomaar die dure camera van de kast slaat."

"Die zit stevig vast," reageerde Karin droogjes. "En anders proberen we gewoon iets anders. Nee meid, geen zorgen. Dit gaat lukken!"

In de hal rinkelde de bel.

"Daar is je bezoek," zei Karin. "Dan ben ik weg. Of verwacht je die mafketel?"

"Nee, Sander komt."

"Sander? Wat fijn voor je, meid. Maak er maar een lekkere avond van."

"Af en toe krijg ik het gevoel dat ik knettergek word. Alles komt maar tegelijk."

"Je komt er wel weer uit," zei Karin bemoedigend. "Ik ken je goed genoeg."

Ze liep naar de deur en trok die met een ruk open.

"Sein veilig, machinist," riep ze jolig naar Inge. "Deze knappe kerel kun je gerust binnenlaten."

"Ssstt..." deed Inge. "De kinderen slapen."

"Sorry," fluisterde Karin. "Fijne avond samen!" En weg was ze.

"Nou, die vriendin van jou heeft behoorlijk veel weg van een wervelstorm," zei Sander, terwijl hij Karin verbaasd nakeek. "Ik heb haar toch niet de deur uit gejaagd?"

"Welnee, ze wist dat je zou komen. Wil je koffie?"

"Doe maar thee."

"Tuurlijk."

Inge maakte thee en ging bij Sander in de kamer zitten.

"Benny ligt op bed?" vroeg hij.

"Ja, ik heb ze er maar wat vroeger ingedaan."

"Lekker rustig."

Hij schonk thee voor hen in en roerde in zijn kopje.

"Is het allemaal niet te zwaar voor je?" vroeg hij ineens.

Ze keek hem verbaasd aan. "Wat bedoel je?"

"Om zo alleen een huishouden te runnen?"

"Ach, ik ben er al aan gewend. Met Arno was het ook niet altijd even leuk."

"Een schuinsmarcheerder hè? Altijd achter de vrouwtjes aan."

Inge knikte.

"En jij dacht dat alle mannen zo'n beetje hetzelfde zijn."

Inge voelde hoe haar wangen een bloedrode kleur kregen. Hè, wat vervelend nou. Ze schoof ongemakkelijk op haar stoel heen en weer.

"Ik eh..." praatte Sander door. "Ik ben ongetrouwd, ik heb geen vriendin en mijn moeder woont tijdelijk in mijn flat. Ze is pas geopereerd en ze moet wat aansterken."

"Oh."

"En dan heb ik ook nog een kat, die pas drie jonkjes heeft gekregen."

"Dat heb ik intussen begrepen," zei Inge gesmoord.

Hij keek haar bezorgd aan. "Zeg eens eerlijk Inge. Dacht jij dat Sasja mijn vrouw was?"

Inge begon uitgebreid de punten van haar schoenen te bestuderen. Hoe had ze toch ooit zo stom kunnen doen? Ze moest wel haast blind geweest zijn!

"Geen wonder dat je zo tegen mij tekeer ging." Sander grinnikte. "Je moet wel gedacht hebben: die vent is net vader geworden en dan wil hij al met een ander aan de zwier."

"Dat gebeurt anders vaak genoeg," zei Inge stug.

De lach verdween van Sanders gezicht. "Dat was een stomme opmerking van mij. Het is jou overkomen."

Inge gaf geen antwoord. Zwijgend nam ze een slokje van haar thee.

"Inge?"

"Ja?"

"Mannen zijn niet allemaal hetzelfde. Ik ben Arno niet."

"Nee, maar ik kan me niet voorstellen dat je... dat je met me uit wilt of zo."

"Waarom niet?"

"Een bijstandsmoeder met twee kinderen. Dat is alleen maar lastig."

"Er bestaan ook mensen die van kinderen houden, weet je?"

"Ach," zei Inge zacht.

"Je bent erg mooi, Inge."

"Ik? Mooi? Hoe kom je erbij?"

"Ik wil graag eens met je uit. Het lijkt me heerlijk om je beter te leren kennen."

"Ach..."

"Geef me die kans nou. Ik snap heus wel dat jij behoorlijk tabak hebt van mannen, maar ik heb je toch geen pijn gedaan?"

"Nee, jij bent alleen maar aardig voor me geweest," zei Inge terwijl ze opsprong. "Wil je nog thee?"

"Straks graag. Ga nog maar even zitten. Ik vind je mooi, Inge. Je bent mooi en lief."

Inge sloeg haar handen voor haar ogen en begon nerveus over haar gezicht te wrijven.

"Ik ben te direct, hè?" zei Sander zacht. "Jij bent nog lang niet aan een man toe."

Hij stond op en liep naar Inge. Heel voorzichtig sloeg hij zijn arm om haar schouder. "Zullen we samen eens lekker uit eten? Alleen eten. Meer niet."

Inge voelde zijn warme, sterke lichaam heel dicht bij het hare. Alles aan hem straalde vriendelijkheid uit.

Er ging opeens een rilling door haar heen. En er kwam een herinnering boven. Het zwetende pafferige gezicht van Van Loon vlakbij het hare. Zijn kwijlende mond, die vunzige praatjes in haar oor fluisterde. Dat bonkende lichaam, vol geile lust...

Ze moest opeens bijna overgeven. Oh, hoe kon ze ooit weer normaal met een man omgaan, als ze steeds aan die Van Loon moest denken? Elk ogenblik, ieder moment kon hij weer voor haar deur staan met zijn... met zijn gezeur.

Sander voelde de afweer in Inges houding. Hij liet haar los.

"Sorry, ik wil je niet bang maken."

"Het is jouw schuld niet," zei Inge met een toonloze stem. "Het komt..."

Maar ze kon het hem niet vertellen. Zeker hem niet.

"Als je wilt dat ik weg ga..." aarzelde Sander.

"Nee," hakkelde Inge. "Ik... ik mag je heel graag, maar..."

Sander knikte begrijpend. "Je hebt nog heel wat tijd nodig."

Inge sprong op. Ze kon eenvoudig niet meer blijven zitten. Ze moest iets doen om die vreselijke onrust kwijt te raken.

"Wil je nog thee?" vroeg ze en ze merkte hoe haar stem haperde.

Hij schudde zijn hoofd. "Ik moet maar weer eens gaan. Je hebt vast nog wel meer te doen."

Inge haalde haar schouders op. "Ik zou niet weten wat."

"Mag ik... mag ik nog eens terugkomen?"

"Ja natuurlijk, ik vind het fijn als je er bent."

"Ik zal maar niet vragen of je volgende week mee naar de bios wilt."

Inge keek hem lang aan. Ze zag zijn soepele, gespierde gestalte en zijn vriendelijke gezicht, waarin twee felgroene ogen schitterden. Het was een knappe man. Een hele aardige bovendien. Maar het zat er niet in. Zij was geen onbeschreven blad meer. Langzaam schudde ze haar hoofd.

"Je weet immers niks van me?" zei ze zacht. "Alles is zo anders dan het lijkt."

"Inge, zit je ergens mee?" vroeg hij dringend. "Ik wil je graag helpen als ik kan."

"Nee, ik moet dit helemaal zelf oplossen."

Ze liep met hem mee naar deur en keek hem lang na.

Sander...

Wat had zij hem te bieden? Helemaal niks! Een la vol met schulden, een geschonden lichaam en twee kinderen van een andere man...

Ze bracht de kopjes naar de keuken en ging rechtstreeks door naar bed.

Maar ook daar vond ze geen rust. De lens van de videocamera schitterde in het donker. Inge móest er wel naar kijken. En in die flikkering zag ze telkens het gehate gezicht van Van Loon...

# HOOFDSTUK 11

Dinsdagmorgen ging de bel. Lang en dringend. Inge schrok. Zou hij het zijn? Ze dwong zichzelf om rustig naar de keuken te lopen en achter het gordijn te kijken. Ja, daar stond hij. Die vieze vette kerel. Haar vingers knepen nerveus in een plooi van haar bloesje. Zou ze hem op de galerij laten staan? Oh! Wat een ontzettend aantrekkelijke gedachte! "Mevrouw Dubbeldam!" hoorde ze Van Loon roepen. "Controle."

Inge bewoog zich niet.

"Ik weet dat u er bent, mevrouw. Opendoen!"

Verdraaid! Nou moest ze wel.

"Ogenblikje, meneer Van Loon. Ik ben even met de baby bezig."

Ze sloop terug naar de kamer en liep vandaar direct door naar het vertrek ernaast. Ze viste de afstandsbediening van de video uit de la van haar nachtkastje en drukte op de opneemknop. Op de kast hoorde ze een klikje. Hij liep!

Snel terug naar de kamer. Daar pakte ze Maria uit de box en met haar kind op de arm deed ze de deur open.

"Goedemorgen mevrouw," zei Van Loon hartelijk. "Hoe staat het leven?"

Inge zag de buurman die achter Van Loon langs liep en ze begreep waarom hij zo joviaal deed. Er was niets op zijn gedrag aan te merken. Een keurige heer, die een dame vriendelijk groette.

"Mag ik binnenkomen, mevrouw?" vroeg Van loon met een blik opzij. Inge ging zwijgend een stapje aan de kant. De deur viel achter hem dicht.

"Zo mevrouw, onze vaste controle."

"Ik doe het niet meer," zei Inge hard. Maria schrok ervan en zette het op een huilen.

Oei, ze had expres zo hard gepraat in de hoop dat de video haar stem zou registreren, maar het was natuurlijk niet de bedoeling dat Maria daar overstuur van raakte.

"Daar moeten wij maar eens rustig over praten, mevrouw," antwoordde Van Loon met een blik op Maria. "Legt u de kleine maar even weg."

Inge legde Maria zwijgend in de box en zocht een speeltje voor haar op. Daarna liep ze naar de slaapkamer. Het was de enige manier om Van Loon op de film te krijgen.

Ze ging op de rand van het bed zitten en zei duidelijk: "U bent nu wethouder, meneer Van Loon. U werkt niet meer bij de sociale dienst."

Er kwam een brede grijns op het pafferige gezicht. "Mevrouwtje toch, alweer zo obstinaat?"

Hij schudde meewarig zijn hoofd. "Dom, dom, dom," prevelde hij.

"Wat zegt u?" vroeg Inge.

"Ik zeg dat u dom bezig bent," herhaalde Van Loon iets harder. Nou, dat zou er wel op staan.

"Als wethouder heeft u niks meer over mij te zeggen."

Van Loon ging met een plof naast Inge zitten en rommelde in zijn zakken naar zijn bril.

"Mevrouwtje," zei hij op een medelijdende toon. "Als wethouder heb ik juist overal iets over te zeggen. Ik sta nu overal boven, begrijpt u wel?"

"Nee, dat snap ik niet."

Van Loon had inmiddels een zakdoek gevonden en hij begon ontspannen zijn bril op te wrijven. "Tja, mevrouw, als u niet langer meewerkt, dan weet u wat de consequenties zijn."

"Wat dan?" vroeg Inge brutaal.

"Kom mevrouw, u weet nog best wat we hebben afgesproken. Als u een beetje aardig voor me bent, mag u zelf voor uw kindertjes blijven zorgen."

"En anders pakt u ze af?"

"Mevrouwtje... mevrouwtje toch... Ik heb u al vaker gezegd, dat een crimineel niet geschikt is voor het moederschap en in dat geval zullen ze helaas naar een tehuis moeten."

"Ik heb niks verkeerds gedaan," zei Inge zo fel mogelijk. "U chanteert me!"

Van Loon keek met een diepe zucht naar zijn bril. "Mevrouw, we hebben het hier al uitvoerig over gehad en ik wilde nu maar ter zake komen."

"U kunt mijn kinderen niet zomaar afpakken!" Inge deed haar best om een wanhopige klank in haar stem te leggen.

"Natuurlijk kan ik dat," antwoordde Van Loon. "Nu als wethouder helemaal. Mevrouw, mijn arm reikt ver. Laat u dat gezegd zijn." Hij duwde Inge met een korte ruk achterover en vervolgde: "En nu geen gezeur meer. Ik heb wat wensjes die dringend om vervulling vragen."

Inge schoof welbewust naar het midden van het bed en vroeg: "Wat moet ik dan doen?"

Van Loon fluisterde iets in haar oor.

"Wat zegt u?" vroeg Inge ongegeneerd hardop. "Moet ik u afzuigen?"

"Mevrouwtje, mevrouwtje, wat een taal."

"Nou, daar komt het toch op neer?"

"Ik hou wel van obstinate vrouwtjes." Van Loon begon verlekkerd zijn kleren los te maken.

Inge deed haar ogen dicht. Hoe lang moest ze dit nog door laten gaan? Stond er onderhand niet genoeg bewijs op die film?

Maar ja, als ze het nu verknalde, moest ze al die ellende misschien nog een keer doormaken.

'Kom Inge,' dacht ze in zichzelf. 'Dit is vast de laatste keer. Verdraag het nu maar. Dat ene keertje kan er ook nog wel bij.'

Ze legde haar hoofd op het kussen en begon pas te schreeuwen toen hij bij haar binnendrong. "Laat me los, vuilak! Ik wil dit niet."

Hij duwde zijn hand stevig op haar mond. "Niet zo'n herrie, mevrouwtje, het is zo weer voorbij."

Een minuut of wat later schoof hij van Inge af en maakte met een voldaan gezicht zijn kleding weer in orde.

"Tot genoegen, mevrouw," zei hij rustig. "Maar ik wil u wel waarschuwen. Als u de volgende keer weer zo'n stampei maakt, sta ik voor de gevolgen niet in."

"Ben ik dan mijn kinderen kwijt?" vroeg Inge flink hard.

"Heel goed mogelijk, mevrouw. Mijn goede vriendin bij de kinderbescherming zal zich graag over hen ontfermen."

Hij draaide zijn gezicht naar Inge toe en zijn stem kreeg een gevaarlijke klank. "Bovendien laat ik u oppakken wegens bijstandsfraude. U gaat de cel in en uw uitkering wordt stopgezet." Hij zweeg even en schraapte uitvoerig zijn keel. "En dan zorg ik ervoor dat u elke cent, die u dan immers onterecht ontvangen heeft, weer terug betaalt."

Hij lachte gemeen. "Als u niet aan mijn wensjes voldoet, maak ik u helemaal kapot, dat beloof ik u."

Hij stond op en waggelde de kamer uit. In de deuropening draaide hij zich nog één keer om. Inge verschoot van kleur. Als ze niet uitkeek, zag hij die camera nog staan!

Maar Van Loon lette alleen op Inge. Hij zag haar schrikreactie en er kwam een voldane grijns op zijn gezicht. "Ik zie dat u me begrepen heeft, mevrouw," prevelde hij tevreden. "Ik groet u."

Inge hoorde hem de flat uitlopen en met een zucht van verlichting trok ze haar nachtkastje open en zette de camera op stop.

Poeh, ze had wel leukere dingen gedaan, maar als het een beetje meezat, hadden ze Van Loon inderdaad te pakken. Hij had echt alles gezegd, wat nodig was! Ze rolde zich van het bed af en belde Karin op.

"Hij is geweest en ik hoop dat het gelukt is."

"Ik kom naar je toe."

"Oké."

*

Amper een kwartier later kwam Karin hijgend binnen rennen. "Is het gelukt?" riep ze opgewonden.

Inge haalde haar schouders op. "Ik vond het maar een gênante vertoning." Ze zuchtte diep. "Maar volgens mij heeft hij wel alles gezegd wat nodig is."

"Mooi," zei Karin voldaan. "Dan gaan we gauw kijken."

Ze klom op een stoel en stapte er in dezelfde beweging weer af. "Schroevendraaier vergeten," verklaarde ze. "Ligt er niet een in je keukenla?"

"Kan wel," knikte Inge. "Ik kijk even."

Ze liep weg om het gevraagde te gaan zoeken en kwam even later al weer terug. "Ik heb hem al. Hier is hij."

"Bedankt." Karin hipte op de stoel en schroefde de camera los.

"Zo, nou heb ik hier een kabeltje en dat moet achter in de televisie. Eens kijken, er moet hier ergens een ingang zitten."

Ze prutste wat aan de achterkant van het toestel en kwam er even later met een rood hoofd weer achter vandaan.

"Nou is het alleen nog een kwestie van aanzetten," zei ze met een voldane blik op haar werk. "Wat zijn we weer technisch vandaag."

"Ik vind het knap van je." Al pratend zette Inge de televisie aan. Karin spoelde intussen het filmpje terug en drukte daarna op de afspeelknop. Het beeld flikkerde even, maar toen hadden ze een riant uitzicht op Inges slaapkamer.

In de verte klonken er mummelende geluiden en een luid krijsende Maria.

"Ik heb hem eerst aangezet en daarna pas de deur opengedaan. En toen heb ik die vent zo snel mogelijk naar de slaapkamer gewerkt," legde Inge uit en ze voegde er wat bitter aan toe: "Dat kostte me niet zoveel moeite. Hij wilde maar al te graag achter me aan. Kijk, daar zijn we al."

Ze zagen hoe Van Loon naast Inge op het bed ging zitten en zijn bril begon te poetsen. Zijn stem drong luid in de woonkamer door.

"Wat een vuile schoft," bromde Karin kwaad. "Moet je horen wat hij allemaal zegt."

"Ja, het geluid is prima."

De opname liep verder en Inge zag hoe Karin steeds roder begon aan te lopen. Af en toe siste ze kwaad iets tussen haar tanden.

"De smeerlap!" hoorde Inge haar geregeld mompelen.

Zelf keek Inge met een half oog. Het was niet prettig om dit allemaal te moeten bekijken. Ja, het was natuurlijk fijn, dat de opname zo fantastisch gelukt was, maar ze kreeg de kriebels bij het idee dat anderen dit ook zouden gaan zien. Ze lag er nou niet bepaald charmant bij. Het beeld begon te flikkeren en viel weg.

"Zo'n gemene viezerik," zei Karin helemaal verontwaardigd. "Ik heb het allemaal gehoord! 'Als u niet aan mijn wensjes voldoet, maak ik u helemaal kapot.' Hoe heb je het in vredesnaam al die tijd uitgehouden?"

"Dat lijkt me duidelijk, toch? Als ik zijn zin niet doe, heeft dat behoorlijk wat gevolgen."

"Daar ben je nu af, Inge. Ik ga hiermee naar de politie."

"Jij?"

"Ja, ik! Misschien geloven ze jou niet. Hoewel..."

"Toch vind ik het een lastig geval," aarzelde Inge. "We moeten even niet vergeten dat hij wethouder is. Hij is een sluwe vos."

"Dan ga ik eerst maar wat kopieën van deze band maken. Een stuk of vijf zal wel genoeg zijn."

Inge knikte. "Dan zijn die opnames in elk geval veilig. Je weet maar nooit."

"Nee, enne... wat doen we dan?"

"Ik kan hem opbellen en zeggen dat ik een verrassing voor hem heb."

"Als je nu eerst eens een stuk in de Soester zet. Als er zich ook andere vrouwen melden, sta je nog sterker."

"Ja, maar het is nu al dinsdag. Dat komt er morgen nooit meer in."

"Nee, dat is waar," mompelde Karin. "Weet je wat, ik begin met die kopieën en daarna ga ik ermee naar het politiebureau."

"Nee, die aangifte zal ik zelf moeten doen." Inge haalde diep adem. "Niet, dat ik er veel zin in heb."

"Oké, dat ben ik eigenlijk wel met je eens," mompelde Karin. Toen zag ze Inges bedrukte gezicht en ze legde troostend haar arm om de schouders van haar vriendin. "Kom op, meisje! Het is nog niet helemaal voorbij, maar je bent al wel een heel eind in de goede richting."

"Ja, ik hoop alleen niet..."

"Wat?"

"Het is zo'n schoft, die laat zich niet zomaar pakken. Straks steekt hij hier het huis in brand om die band te vernielen."

"Je moet hem goed duidelijk maken dat het origineel in de kluis van de bank ligt. Dat regel ik wel voor je. En als jij je erg veel zorgen maakt, kom je maar een paar dagen bij mij logeren."

"Een kat in het nauw maakt rare sprongen," zuchtte Inge. "En geloof maar van yes dat Van Loon hierdoor in de penarie raakt."

"De tijd zal het leren," knikte Karin filosofisch. "Maar ik heb er eigenlijk alle vertrouwen in. Ze tikte op het bandje. "Hier kan niemand omheen."

*

De volgende morgen kwam Karin een stapeltje kopieën van het filmpje brengen.

"Dat heb je snel gedaan," zei Inge dankbaar. "Dan ga ik nu gelijk maar naar de politie. Er zal weinig anders op zitten."

"Wil je meerijden dan?" vroeg Karin.

"Nee, dan kom ik niet meer terug. Ik wandel wel met Maria."

"Zal ik mee gaan?"

"Je doet al zoveel voor me."

"Helemaal geen punt. Ik kan getuigen dat je niet gefraudeerd hebt en zo."

"Nou graag dan. Ik zie er erg tegen op. Straks..."

Karin raadde haar gedachten. "Ze sluiten je heus niet weer op," zei ze geruststellend.

"Daar ben ik nog niet zo zeker van," mompelde Inge.

Ze haalde Maria uit bed en trok haar een dun jasje aan.

Daarna legde ze haar in de kinderwagen en reed de galerij op. Ze wandelden in een heerlijk zonnetje door het rustige buurtje naar de Dalweg. Bij de drukke kruising met de Beukenlaan staken ze over en even later kwamen ze bij het moderne politiebureau.

Inge ging steeds langzamer lopen.

"Kom op Ing," moedigde Karin haar aan. "Je moet even door de zure appel heen bijten."

Samen gingen ze naar binnen en terwijl Karin de kinderwagen op de rem zette, liep Inge naar de balie.

Er stond een politie-agente, die vriendelijk opkeek, toen ze Inge hoorde aankomen. Er kwam een glimlach van herkenning op haar gezicht.

Inge bleef staan. "U bent die politie-agente," zei ze zacht. "Van toen."

"Ja, ik ben Marcella de Groot. Wat was uw naam ook alweer?"

"Inge Dubbeldam. Ik heb een klacht."

"Zegt u het maar."

"Het gaat om..." Even stopte Inge met praten. Het was geen kattendrek, waar ze voor kwam. Ze ging een wethouder aanklagen! "Het gaat om wethouder Van Loon," ging ze dapper verder. "Hij misbruikt me."

De agente keek haar verbaasd aan. "Wat zegt u nou allemaal?"

"Wethouder Van Loon misbruikt me," verklaarde Inge wat harder.

"Het lijkt me beter als we even apart gaan zitten," was de reactie van de agente. "U bent nog steeds in de bijstand?"

"Ja."

"Maar meneer Van Loon is niet meer bij de sociale recherche."

"Dat dacht ik al," knikte Inge. "Maar hij komt nog steeds."

De agente keek naar Karin, die nu ook bij de balie was komen staan. "Kan ik u soms helpen?" vroeg ze.

"Ik hoor bij haar," antwoordde Karin. "Ik ben meegekomen als steuntje."

"Zo," zei de agente. "Het is nog al niet wat."

"We hebben een mooie film van hem gemaakt," verklaarde Karin. "Om te bewijzen dat het waar is."

"Ik roep even iemand. Een ogenblikje." De agente liep weg.

"Ik zou het liefst gillend de deur uitrennen," kreunde Inge. "Ze gelooft me nooit."

"Je hebt het bewijs bij je, meid."

"Straks denken ze nog dat wij dat allemaal op touw gezet hebben."

"Ach kom nou, Van Loon kan heus niet beweren dat hij in een toneelstuk meedeed. Daar is het allemaal net even te echt voor."

"Komt u maar dames," zei de agente achter hen. "En vergeet uw baby niet."

Ondanks haar ellende moest Inge lachen. Maria zou ze niet vergeten. Nooit! Ze liepen achter de agente aan en stapten een klein kamertje binnen. Daar zat nog een agente.

"Ik heb er even iemand bij gehaald als extra getuige," legde de agente uit. "Het onderwerp is nogal heavy."

Ze ging zitten en keek Inge aan. "U bent misbruikt door wethouder Van Loon?"

"Ja, heel wat keren. Het is begonnen sinds die keer... die keer dat ik hier..."

"Dat u in arrest gezeten hebt?"

"Ja."

"En hoe ging het precies in zijn werk?"

"We hebben een video-opname gemaakt. Als u die afspeelt, kunt u het zelf zien," zei Karin ernstig. "Mijn vriendin is op een verschrikkelijke manier gechanteerd en ik kan getuigen dat ze nooit gefraudeerd heeft."

"Ja, ja," zei de agente met duidelijke tegenzin en ze draaide zich weer naar Inge. "U doelt op seksueel contact tegen uw zin?"

"Ja," zuchtte Inge.

"Ik heb een kopie bij me. Als u een videorecorder heeft?" begon Karin weer.

"Goed, we zullen eerst die band bekijken. Wacht u maar rustig hier."

De agentes verdwenen en Inge leunde achterover in haar stoel. "Wat een ellende."

"Ja, het is niet leuk voor je. Wees maar blij dat het vrouwen zijn."

"Daar zal het wel niet bij blijven. Ik ben straks de risé van het dorp."

"Nou, ze gaan het heus niet op de Kabelkrant uitzenden."

Het duurde lang voor de agentes terugkwamen. Ze gingen zwijgend zitten en Marcella de Groot keek Inge lang aan.

"We zullen uw verklaring opnemen," zei ze rustig. "En dan mag u weer naar huis. Hoe heeft u dat trouwens gedaan met die band?"

"Ik heb een camera gehuurd en die op Inges kast gemonteerd," legde Karin uit. "Als we zomaar gekomen waren met dit verhaal had niemand ons geloofd."

"Nee, dat zit er dik in. En eh... U was er bij toen die opname werd gemaakt?"

"Nee, mijn vriendin was helemaal alleen. Tenminste, de baby was natuurlijk thuis."

"Geen getuigen verder?"

"Nee, natuurlijk niet. Die vent gaat heus niet uit de broek als er een ander bij is."

"Het is een precair geval," aarzelde de agente. "De wethouder komt duidelijk in beeld."

"Nou en of," zei Karin. "En je kunt ook zo helder horen wat hij allemaal zegt."

"Het gaat hier wel om de wethouder," mompelde de agente. "Ik zal uw geval toch eerst met mijn superieur moeten bespreken. Als dit allemaal waar is, zal dat grote gevolgen voor de wethouder hebben."

"Het is waar," zei Karin verontwaardigd. "U heeft het toch zelf gezien?"

De agente antwoordde niet. In plaats daarvan zei ze tegen Inge: "Als u nou uw volledige naam en adres even opgeeft, dan nemen wij later contact met u op. Het bandje houd ik hier."

Een minuut of tien later stonden Inge en Karin weer buiten in het zonnetje. Inge keek naar het witte gebouw aan de overkant van het plein. Dat was het Soester Gemeentehuis met zijn ambtenaren, de sociale dienst en misschien ook wel een bepaalde wethouder.

Karin had Inges blik gevolgd. "Als Van Loon je hier gezien heeft, kan hij vast beginnen met peuken schijten. Zullen we anders even audiëntie gaan aanvragen bij de edelachtbare heer?"

"Nou nee, ik heb even genoeg van Van Loon. Laten we maar

naar huis gaan."

"Dan maken we een kleine omweg langs de bakker," stelde Karin voor. "Ik heb reuze zin in een enorme moorkop."

"Laat mij dan een keer trakteren. Je hebt wel een extraatje verdiend."

"Kom nou, dat wil ik niet hoor. Dan heb je vanavond geen eten op tafel."

"Ik heb nog een potje achter de hand," verklaarde Inge trots. "Overgehouden van mijn reisje naar Maastricht."

"Geen sprake van," hield Karin vol. "Ik betaal."

"Ja maar, jij hebt die camera ook al..."

"Meid, laat mij nou maar. Ik verdien een riant salaris en ik ben maar alleen. Het gaat bij mij van de grote hoop en bij jou van de armoei. Kom op, we gaan."

Ze wandelden langs de weg naar beneden, sloegen linksaf en kwamen wat later in het winkelcentrum "De Smitshof." De bakker had een volle vitrine met moorkoppen en andere heerlijkheden. Karin stond er verlekkerd naar te kijken en zodra ze aan de beurt was, wees ze een hele berg gebakjes aan.

"Is dat niet wat veel?" vroeg Inge met een verbaasde blik op de welgevulde doos.

"Nee hoor," was het antwoord. "Af en toe heb ik zo'n ongelofelijke trek in wat lekkers." Karin liet haar stem wat dalen en fluisterde: "Het is de tijd van de maand."

Inge knikte begrijpend.

Karin rekende af en zette de doos voorzichtig in het boodschappenrek van de kinderwagen. Daarna gingen ze rechtstreeks naar Inges flat.

Eenmaal binnen ontwikkelde Karin een enorme snelheid. Ze griste de koffiebus van de plank, zette een ketel water op de pit en greep met haar andere hand een filterzakje.

Inge verschoonde Maria.

Karin gunde de koffie amper de tijd om goed en wel door te lopen. Ongeduldig wipte ze van haar ene been op haar andere.

"Ik heb zo'n trek," mompelde ze.

"Wat is er toch met jou?" vroeg Inge.

"Dat doen mijn hormonen," verklaarde Karin. "Ik móet gewoon koffie met gebak. Nu!"

Ze schonk haastig in en draafde naar de kamer. Met een verzaligde zucht pakte ze een moorkop uit de doos en nam meteen een enorme hap.

"Ik heb ook schoteltjes, hoor," zei Inge.

Er kwam geen antwoord. Karin had haar mond vol slagroom.

"Zalig," hoorde Inge haar tussen de klodders door mompelen.

Inge schoot in de lach. "Je bent me ook een portret," grinnikte ze. Toen pakte ze zelf een gebakje uit de doos en legde dat op een bordje. Maar voor ze een hap kon nemen, rinkelde de telefoon.

"Lekker laten bellen," mummelde Karin met volle mond. "We hebben even geen tijd." Ze deed een greep in de doos en begon aan haar tweede taartje.

Inge schudde glimlachend haar hoofd en pakte de hoorn van de haak.

"Met Inge Dubbeldam."

"Goedemiddag, u spreekt met Medisch Centrum Molendael. Ik

zit met een probleem."

Inge luisterde verbaasd. Het ziekenhuis aan de lijn? Wat was er aan de hand?

"Benny!" riep ze geschrokken. "Er is toch niks met Benny?"

"Nee mevrouw, ik zal het u uitleggen. Het is heel goed mogelijk, dat ik u helemaal niet moet hebben."

"Oh, wat is er dan?" vroeg Inge bezorgd.

Karin hield op met kauwen en keek Inge onderzoekend aan. "Benny?" vroeg ze.

Inge haalde haar schouders op en schudde tegelijkertijd haar hoofd. "Ik weet 't niet," fluisterde ze.

"Er is hier net een mevrouw binnengebracht," hoorde ze de zuster zeggen. "Ze had een briefje in haar zak met uw telefoonnummer erop. Verder niks."

"Wat bedoelt u: verder niks?"

"Nou, ze heeft verder geen papieren bij zich en omdat ze bewusteloos is, kunnen we het haar ook niet vragen."

Er kwam een akelige kramp in Inges maag. "Toch niet mam?" vroeg ze.

"Het is een vrouw van tegen de veertig, denk ik. Ze kan ook ouder of jonger zijn, maar ja, het is moeilijk te schatten."

Tegen de veertig... Dan kon het haar pleegmoeder niet zijn.

"Ze heeft kastanjebruin haar en dezelfde kleur ogen," ging de zuster verder.

"Wat!" Inge werd helemaal koud. "Dat moet mijn moeder zijn!" schreeuwde ze opeens paniekerig. "Het is toch niet mijn moeder?"

"Mijn collega hier zegt, dat ze net even bij was. Het enige wat ze zei was een naam."

"Welke naam?"

"Inge."

"Nee," fluisterde Inge en er kwam een enorme wanhoop in haar stem. "Dat is moeder. Dat is mijn MOEDER!"

"U kunt het beste maar even komen. Ook om wat formaliteiten te regelen."

"Maar... maar wat is er dan gebeurd?"

"Een auto-ongeluk, volgens getuigen. Ze liep op de stoep en toen is er een auto over haar heen gereden."

"Hoe kan dat nou?"

"Komt u maar hierheen, dat praat makkelijker."

"Goed," zei Inge en ze legde de hoorn weer neer.

"Iets met je moeder?" vroeg Karin.

"Ja, ik denk dat mijn echte moeder een ongeluk heeft gekregen. maar het is een raar verhaal."

"Hoe dat zo?"

"Volgens die zuster liep ze op de stoep en toen moet ze aangereden zijn."

"Ze karren ook maar raak tegenwoordig," mopperde Karin. "Maar jij moet er natuurlijk meteen naar toe. Hoe lossen we dat op?"

"Jij moet zo toch werken?"

"Maria kan ik wel meenemen. Dat is geen punt. Het gaat om Benny. Laat die maar overblijven dan."

Inge schudde haar hoofd. "Het is woensdag vandaag. Dan komt

hij om twaalf uur uit."

"Ga jij nou maar gewoon weg. Ik regel wel iets."

"Maar Karin, ik kan je toch niet zomaar met mijn kinderen opzadelen?"

"Ik red me wel, schiet jij nou maar op. Hup! Wegwezen. En bel even als je wat weet."

"Waar ben je dan?" vroeg Inge.

"Geen idee! Probeer maar wat."

Karin was overeind gesprongen en begon Inge de deur uit de duwen.

"Wacht even joh, ik moet nog van alles pakken."

"Als je maar opschiet," drong Karin aan. "Ze bellen niet voor niks."

Inge schrok vreselijk van die woorden. *Ze bellen niet voor niks.* Stel je voor dat zij dadelijk in Molendael aankwam en haar moeder was dan al... Oh, ze wilde er niet aan denken. Ze had haar nog maar net terug gevonden. Moest ze haar dan nu alweer verliezen?

Maar misschien was het haar moeder wel niet. Het was best mogelijk, dat het gewoon een andere vrouw was, die... Maar ja, welke vrouw liep er nu met Inges telefoonnummer in haar zak?

Ze nam snel afscheid van Karin en rende naar de berging om haar fiets te pakken. Ze reed in een razend tempo weg en zette amper acht minuten later haar fiets in het fietsenhok van het ziekenhuis.

Daarna rende ze naar de receptiebalie.

"Er is voor mij opgebeld," hijgde ze. "Een onbekende vrouw

heeft een aanrijding gehad en..."

"Dat klopt. Ogenblikje... Eens kijken, ze ligt op Interne. Als u daar heengaat, is er wel een zuster om u verder te helpen."

"Bedankt."

Inge liep in de aangewezen richting en belandde al snel op de afdeling.

"Komt u voor het verkeersslachtoffer?" vroeg een stem achter haar.

Inge draaide zich met een ruk om. Daar stond een verpleegster met een warrige bos blonde haren en een ijzeren brilletje op haar neus. Het mens deed haar in een flits aan Van Loon denken. Van Loon, bah!

"U komt voor het ver..." begon de zuster weer.

"Dat denk ik wel," viel Inge haar haastig in de rede. "Iemand heeft mij er over opgebeld."

"Dat was ik," verklaarde de zuster. "Loop maar even mee."

Inge kwam in een klein kamertje waar één bed in stond. Er hing een wit gordijn omheen. De zuster schoof het weg en Inge kreeg uitzicht op de tengere vrouw, die met gesloten ogen achterover op het kussen lag.

"Moeder..." kreunde ze verdrietig. "Oh moeder."

"Het is uw moeder?" vroeg de zuster vol belangstelling.

Inge knikte.

"Mooi," klonk het voldaan. "Dan kunt u zo even wat papieren invullen."

"Papieren?" zei Inge verontwaardigd. "Mijn moeder ligt hier dood te gaan!"

"Dat valt wel ietsje mee."

Inge liep naar het bed. "Nou, er zit weinig beweging in en ze ziet ontzettend wit."

"Ze is bewusteloos," verklaarde de zuster.

"Ja leuk gesproken, maar dat is ze dan al een hele tijd."

"Dat klopt. Het is nog niet verontrustend."

"Ja maar, straks..."

"Dokter heeft haar onderzocht, maar het valt verder wel mee. Ze heeft niks gebroken en inwendig ziet het er ook goed uit."

"Wat heeft ze dan op haar hoofd?" vroeg Inge argwanend en ze wees naar een wit verband.

"Een flinke schaaf. Ze is met haar hoofd tegen een hard voorwerp geklapt."

"Die auto?"

"Als u het precies weten wilt, er zit een meneer in de wachtkamer. Die heeft haar hier naar toe gebracht."

Inge keek naar haar moeder. Ze bewoog nog steeds niet.

"Nou, dan praat ik eerst wel even met die meneer. Moeder heeft toch niet in de gaten dat ik er ben."

De zuster bracht Inge naar een andere kamer en stelde haar aan een oudere heer voor. "Dit is meneer De Bruin. Hij wilde net zijn hond uitlaten en... Enfin, hij vertelt het u zelf wel."

Inge gaf de man een hand en noemde haar naam.

"Ik ben gebleven om te getuigen," verklaarde meneer De Bruin. Er brandde een opgewonden lichtje in zijn ogen. "Het gebeurde opzettelijk."

"Wat zegt u nou?"

"Die mevrouw, het is uw moeder, begrijp ik dat goed?"

Inge knikte. "Ja."

"Nou, ik kwam mijn tuinhek uit met Lassie en uw moeder liep daar. Ze was een beetje in gedachten, want ze zag me niet. Het was... het is... nou ja... ze is een aantrekkelijke vrouw en ik keek haar even na. Toen gebeurde het."

"Ja?" moedigde Inge hem aan.

"Ik zag een auto aankomen van om de hoek van de Varenstraat. Een witte Opel was het. Ik denk een Vectra, maar het ging erg snel moet u begrijpen. Die auto reed willens en wetens de stoep op, recht op die vrouw af."

"En toen?"

"Ik dacht eerst nog dat hij de macht over zijn stuur verloren had, maar dat was niet zo."

"Nee?"

"Uw moeder zag hem pas op het allerlaatste moment. Ze was natuurlijk nog steeds in gedachten. Ze probeerde nog opzij te springen, maar ze was niet snel genoeg. Ze kreeg een klap van die auto en ik zag haar zo in de heg van buurman Pieterse vliegen."

"Nee toch?"

"Die chauffeur gooide zijn stuur om, schoot de weg weer op en reed er als een idioot vandoor. Hij wist donders goed wat hij aan het doen was."

"Het is wel een heel raar verhaal," zei Inge wat aarzelend. "Wie doet nou zoiets?"

"Je ziet dat op tv wel eens," antwoordde De Bruin. "Als ze van iemand af willen, proberen ze hem op zo'n manier overhoop te rijden." Hij keek hoofdschuddend in de verte. "Het was hem nog bijna gelukt ook. Als zij niet opzij gerend was..."

"Ja maar, wie zou mijn moeder nou iets willen doen?"

"Misschien was het toeval. Iemand die teveel films gekeken heeft. Je hoort dat immers wel eens. Dan pakken ze gewoon een willekeurig iemand. Voor hetzelfde geld had hij mij uitgezocht."

"Nou, het is wat," mompelde Inge. "Wat een toestand."

"Ik zal u mijn adres geven voor de politie enzo."

"Hoezo?"

"U gaat toch zeker aangifte doen? Dit was een regelrechte moordaanslag!" klonk het verontwaardigd.

"Heeft u nog iets van die bestuurder kunnen zien?"

"Weinig. Ik zag eigenlijk alleen een stel hangwangen. Hij zal wel dik zijn."

"Dik..." mompelde Inge.

"Nou mevrouw, hier is mijn kaartje. Ik hoor het dan nog wel. Een witte Opel. Niet vergeten hoor."

"Eh... nee... dank u wel voor de hulp enzo."

"Ach, je laat een medemens toch niet op straat liggen?" De Bruin zette zijn hoed op en vertrok.

Inge bleef nog even zitten. Iemand had haar moeder proberen dood te rijden... Het was toch te gek! Waarom in vredesnaam? Welke idioot deed nou zoiets?

Diep in gedachten liep ze terug naar het kamertje waar haar moeder lag.

De bruine ogen waren open en ze keken schichtig om zich heen.

"Inge..."

Inge was met twee stappen bij het bed. "Oh moeder, hoe kan dit nou?"

"Hoofdpijn", kreunde Maria Bastra. "Sleutel..."

"Uw sleutel. Moet ik uw sleutel zoeken?"

"Poes. Poes moet eten."

De bruine ogen gingen weer dicht. Inge keek nadenkend voor zich uit. Moeder had het over een sleutel gehad en een poes die verzorgd moest worden. Ze wist niet eens dat haar moeder een poes had!

"Moeder," fluisterde ze. "Blijf alsjeblieft nog een poosje bij me. Ik weet nog haast niks van u." Ze zuchtte diep. Als haar moeder dood ging, zou ze ook nooit weten wie haar vader was...

"Moeder," mompelde ze zachtjes voor zich uit. "Vader."

Maria Bastra begon te draaien in bed. "Inge..." hoorde Inge haar duidelijk zeggen. "Schoft..."

"Schoft? Hebt u het over die chauffeur, moeder? Heb je hem gezien?"

"Schoft," fluisterde Maria Bastra en daarna zei ze niks meer.

"Het gaat boven verwachting, hè?" schetterde de zuster opgewekt. "Ze gaat steeds meer reageren. Dokter heeft er alle vertrouwen in."

"Dat hopen we dan maar," antwoordde Inge zacht. "Luister eens zuster, had ze een sleutel bij zich?"

"Ja, een hele bos. Die ligt in mijn kantoortje."

"Nou, ze blijft hier nog wel een tijdje denk ik. Zal ik wat kleren gaan halen?"

"Prima idee! Ondergoed, kousen, nachtkleding, toiletspullen. Enfin, wat iemand zoal nodig heeft."

"Goed, als u me die sleutels geeft, ga ik de boel ophalen."

"U moet eerst even die formulieren invullen," verklaarde de zuster kordaat. "Volledige naam, adres, geboortedatum enzo..."

"Heeft u hier een telefoonboek? Dan zal ik iemand waarschuwen die dat veel beter weet dan ik."

De zuster keek haar wat vreemd aan, maar Inge was niet van plan om het haar uit te leggen. Het ging die zuster niks aan, dat zij haar moeder nog maar heel kort kende. Zo kort dat ze niet eens wist, wanneer ze jarig was...

Ze zocht in het telefoonboek het nummer van haar pas ontdekte grootmoeder op en toetste de cijfers in.

"Met mevrouw Breuking?"

"Dag... dag oma," zei Inge. "Ik ben Inge, uw kleindochter, weet u wel?"

"Natuurlijk Inge. Wat is er? Je klinkt zo..."

"Het gaat om uw dochter. Maria... Mijn moeder."

"Ja?"

"Ze ligt in het ziekenhuis en nou moet ik formulieren invullen, maar ik weet niks van haar."

Inge's oma schrok. "Inge toch, is het erg?"

"Volgens de zuster valt het wel mee. Iemand heeft gezien dat ze door een auto van de weg gereden is."

"Wát zeg je?"

"Ja, ik vind het ook een raar verhaal. Maar het gaat al weer beter, geloof ik. Ze ligt in Molendael op de afdeling Interne."

"Ik kom er meteen aan."

"Oma, eh... Heeft moeder een poes?"

"Ja, twee zelfs. Hoezo?"

"Ze vroeg of ik... of ik de poes wilde verzorgen."

"Doe dat maar eerst dan. Lukt je dat Inge? Kun je erin?"

"Ik heb een hele bos sleutels van de zuster gekregen. Daar zal de goede wel bij zitten."

"Het is Kerkpad 491 en de katten zitten binnen. Je mag ze niet loslaten, hoor. Ze mogen niet alleen buiten lopen."

"Ik zal ervoor zorgen, oma," zei Inge en ze hing op.

Daarna probeerde ze Karin te bereiken. Dat viel niet mee. Ze was niet op haar werk en ook niet thuis. Uiteindelijk draaide Inge het telefoonnummer van haar eigen flat en ze kreeg Benny aan de lijn.

"Is tante Karin daar, Ben?"

"Nee, tante Karin is naar haar werk gegaan, want oma en opa zijn er. Oma heeft me opgehaald en opa zegt dat ik straks Flappie mag voeren en oma geeft Maria een fles."

"Geef me oma dan maar even."

Inge legde haar pleegmoeder uit, dat het nog wel even kon duren voor ze weer terug zou zijn.

"Hindert niks kind, neem alle tijd die je nodig hebt. De koelkast staat vol gebak, dus wij vervelen ons niet." Ze stopte even met praten en vroeg toen aarzelend: "Hoe gaat het met... met je moeder?"

Inge vertelde dat ze daar nog niet zoveel over kon zeggen.

"Ik moet nu wat kleren voor haar gaan halen en dan bel ik nog wel een keer."

"Doe maar rustig aan, kind. En je vooral geen zorgen maken over de kinderen. Daar wordt goed voor gezorgd."

"Bedankt mam," zei Inge dankbaar.

## HOOFDSTUK 12

Het was nog steeds een prachtige zonnige junidag. Inge fietste op haar gemakje in de richting van het Kerkpad. Eerst over de drukke Soesterbergse straat langs winkelcentrum Hartje-Zuid naar de grote kruising met de Birkstraat. Daar stak ze de weg over en fietste verder in de richting van de oude Kerkebuurt. Via de Kerkstraat kwam ze achter de Oude Kerk terecht. Daar rook ze opeens iets lekkers. Die heerlijke geur kwam vast uit de oude bakkerij op het hoekje van de Peter van den Breemerweg. Inge merkte opeens dat ze eigenlijk amper had gegeten vandaag. Ze stapte af en zocht haar zakken na. Jammer, haar portemonnee lag nog thuis. Nou ja, eigenlijk maar beter zo. Ze had immers amper wat te besteden? Met een spijtig gezicht keek ze naar de fleurige roodgroene luikjes van de historische bakkerij. Ze hadden daar heerlijke spulletjes. Gevulde koeken, stroopwafels, roombroodjes...

Net toen ze weer wilde opstappen, ging de winkeldeur open en er kwam een man naar buiten. Een soepele, gespierde man met donkerblonde haren.

Er ging een schok door Inge heen. Was dat Sander?

Op dat moment zag Sander haar ook.

"Hé Inge!" riep hij blij verrast. "Wat fijn om je te zien."

Hij liep met snelle stappen naar haar toe.

"Ook aan het fietsen?" vroeg hij.

"Ik moet een boodschap doen."

"Bij de bakker?"

"Nee," liet Inge zich ontvallen. "Jammer genoeg niet. Mijn geld ligt thuis op tafel."

"Heb je trek?"

"Och," bromde Inge vaag, want ze vond het een beetje raar om te gaan roepen, dat ze eigenlijk rammelde van de honger.

Hij keek haar onderzoekend aan. "Kom maar," zei hij zacht. "Ik heb genoeg voor twee."

Hij zette haar fiets in het rekje naast de zijne en wees naar het groene bankje dat als een soort wiel om de stam van een oude lindeboom was heengedraaid. "Daar kunnen we wel even gaan zitten."

Hij hield haar het knisperende bakkerszakje voor. "Zoek maar uit. Als het leeg is, haal ik nog wel wat bij."

Dankbaar pakte ze een kaasbroodje en zette daar gretig haar tanden in. "Hmmm. Lekker."

"Moet ook," zei hij. "Vertel eens, heb je het zo druk?"

Inge knikte. "Ja, mijn moeder ligt in het ziekenhuis. Ik moet wat kleren halen."

"Is mevrouw Vreeswijk ziek?" vroeg Sander bezorgd. "Toch niet ernstig, hoop ik?"

"Nee, ik bedoel mijn echte moeder. Mevrouw Vreeswijk heeft mij..." Ze keek hem aan. "Ach, dat weet je natuurlijk nog niet."

"Als je het me wilt vertellen..." Het klonk bijna hoopvol.

Inge knikte en de volgende minuten probeerde ze Sander zo goed mogelijk uit te leggen hoe haar familie er tegenwoordig uitzag.

"Een hele verandering voor Benny," vond Sander.

"Nee, hij heeft haar al helemaal geaccepteerd. Hij noemt haar nieuwe oma en hij heeft het verder nergens over."

Inge keek met een scheef oog naar het zakje banket. Zou ze...?

"Hier, er is genoeg." Sander hield haar het zakje voor.

Rustig aten ze verder. "Wat is het stil, hè?" zei Inge. "Heel wat anders dan wanneer er markt gehouden wordt."

Sander knikte. "Ik zat net naar die lantarenpaal te kijken. Daar heb ik je voor het eerst gezien, toen er hier kerstmarkt was. Een hoogzwangere vrouw met een enorme paniek op haar gezicht." Zijn heldere groene ogen keken Inge doordringend aan. "Je was zo ontroerend mooi op dat moment."

"Hoe kan dat nou? Ik zag er niet uit met die dikke buik. En Arno..." Inge zuchtte diep.

"Is je scheiding al rond?"

"Bijna. Ik wou eerst niet scheiden. Voor Benny en Maria niet, maar ja... Het was niks meer tussen Arno en mij. Hij wil nu met dat mens trouwen. Nou ja, hij doet maar."

"Nog een broodje?"

"Graag, ik ben uitgehongerd."

Terwijl ze at, keek ze naar Sander. Naar zijn knappe, vriendelijke gezicht en zijn lieve ogen. Hij was leuk. Erg leuk zelfs. En hij zei maar steeds dat hij haar mooi vond...

Er ging een vreemde kriebel door haar heen.

"Inge?"

"Ja?"

"Ik eh... ik vind dat we hier erg gezellig zitten."

Ze lachte. "Ja, dat is zo."

"Wil je niet toch een keertje met me uit? Gewoon uit. Verder

289

niks."

"Eigenlijk best wel," zei Inge zacht.

Hij sloeg heel voorzichtig zijn arm om haar heen. Inge kromp in elkaar. Sander liet haar meteen los.

"Sorry," zei hij.

"Het komt niet door jou. Het is gewoon... Ik heb erg veel last gehad van een controleur van de sociale recherche. Een vreselijke man. Hij..." Maar de rest kon ze niet vertellen. Nog niet.

"Wie was dat dan?" vroeg Sander en Inge zag dat zijn gezicht op onweer stond.

"Van Loon," prevelde ze.

"Van Loon? Zo heet die nieuwe wethouder ook."

"Die bedoel ik. Hij werkte eerst bij de sociale dienst."

"Is dat dezelfde man, die ik wel eens bij je heb gezien? Zo'n dikzak. Ik herinner me nog dat hij vrolijk beweerde dat ik bij jou woonde."

"Ja," knikte Inge. "Dat is hem. Het is een ontzettende smeerlap."

"Je wilt me toch niet vertellen dat hij... dat hij zijn handen niet thuis kon houden?"

Inge gaf geen antwoord, maar Sander begreep haar zo ook wel.

"En nu?" vroeg hij. "Doet hij nog steeds zo?"

Inge aarzelde. "Ik... ik schaam me zo."

"Jij schaamt je? Die vent moesten ze doodschieten!"

"Ik heb vanmorgen aangifte gedaan," legde Inge uit. "We hebben een videofilm van hem gemaakt."

En toen vertelde ze hem in een impuls het hele verhaal.

Sander werd kwaad. "Wat een zwijn! Wat een verschrikkelijke hufter! Oh lieveling, wat afschuwelijk voor je."

Inge kon haar oren bijna niet geloven. Had ze dat echt gehoord? Zei hij lieveling tegen haar?"

"Inge, ik wil zo graag voor je zorgen. Ik vind je zo lief."

"Sander! Wat ben ik nou eigenlijk? Een weggooikind! Een verschoppeling, die ze bij het vuilnis hebben gezet!"

"Hoe kom je daar nou bij? Je hebt net verteld dat je echte moeder zoveel verdriet heeft gehad. Om jou! Jij bent iets bijzonders, Inge. Jij hebt twee moeders, die van je houden."

Inge staarde hem aan. "Zo heb ik het nooit bekeken."

"Zo bekijk ik het wel. Ik vind je lief en ik blijf op je wachten. Alleen op jou. En het kan me niet schelen hoe lang het duurt!"

"Maar Sander, ik heb twee kinderen. Van een ander."

"Nou en?"

"Dat wil een man toch niet? Schijtlijsters zijn het. Lastige handenbinders."

Sander snoof. "Hoor ik daar Arno praten? Zo denk jij er toch niet over?"

"Nee..." zei Inge kleintjes.

"Nou, ik ook niet. Ik hou van kinderen. Benny is een hartstikke lekker joch en Maria... Maria is een schatje. Ze lijkt op jou."

Inge sloeg haar handen voor haar ogen. Zou het waar zijn, wat hij zei? Bestond geluk dan echt?

"Geef het een kans, Inge," fluisterde Sander in haar oor. "Gewoon een kans. Meer vraag ik niet."

Inge veegde woest over haar ogen. "Oké," zei ze zacht.

"Zal ik je dan morgenavond komen halen? Dan rijden we eerst langs je moeder in het ziekenhuis en dan gaan we daarna een hapje eten? Oké?"

Inge knikte. "Goed Sander, laten we dat maar doen."

Er kwam een blijde glans in zijn ogen, terwijl hij naar haar keek. "Je bent zo'n dappere vrouw, Inge." Hij zweeg even en zei toen kwaad: "Als die zak je weer lastig valt, dan bel je me meteen op. Kan me niet schelen waar ik ben, ik kom 'm gelijk een pak op zijn sodemieter geven!"

"Zo'n taal ben ik van jou niet gewend, Sander Uithof," grinnikte Inge, maar het deed haar goed om te merken dat Sander zo bezorgd om haar was.

\*

Een kwartiertje later fietste Inge weer verder. Het werd immers hoog tijd dat ze die kleren voor haar moeder haalde. Ze had een warm gevoel in haar hart. Sander hield van haar. Ze kon het bijna niet geloven, maar hij leek eerlijk genoeg. Zou er voor haar nog een beetje geluk zijn weggelegd?

Oh, als eerst die Van Loon maar uitgeschakeld zou zijn. Ze had steeds de neiging om achterom te kijken. Alsof hij elk moment achter een boom vandaan kon springen. Als ze straks tijd had, zou ze een brief schijven. Een open brief voor in de Soester Courant. Met een oproep aan alle bijstandsmoeders, die problemen met Van Loon hadden gehad. Samen zouden ze sterk staan tegenover die schoft!

Ze kwam bij een bruin tuinhekje, waar met sierlijke letters "M. Jelsen" op stond. Hier moest het zijn, want "Jelsen" was de naam die haar moeder nu steeds gebruikte.

Inge stapte af, bukte zich om het hekje open te maken en liep met haar fiets aan de hand het tuinpaadje op. Ze kwam bij een knus wit huisje, dat er keurig onderhouden uitzag. Voor het raam zaten een zwarte en een witte schim. Inge zette haar fiets tegen de muur en deed hem voor de zekerheid op slot. Hij zou hier vast wel veilig staan, maar je wist immers maar nooit. Haar fiets kon ze niet missen.

De antieke eiken voordeur zag er sjiek uit. In dit huis heerste geen armoede, dat was wel duidelijk. Haar echte familie moest behoorlijk welvarend zijn. Ze hadden in het verleden ook heel wat kosten moeten maken om haar, Inge, netjes onder te schoffelen...

Ze zuchtte diep en viste haar moeders sleutelbos uit haar tasje. Het was even zoeken, maar al snel kraakte de eiken deur knarsend open.

Inge stapte voorzichtig naar binnen en deed de deur zorgvuldig achter zich dicht. Er mochten immers geen katten ontsnappen. Er streek iets harigs langs haar benen. Inge keek omlaag. Een zwarte kat. En daar zat ook nog een witte.

Inge hurkte neer en stak haar hand uit. Eén voor één kwamen de poezen eraan snuffelen. "Zo meiden," zei Inge vrolijk. "Of zijn jullie jongens?" Ze keek nog eens extra goed, maar ze kon weinig sekse ontdekken. "Ach, dat doet er ook niet toe. Ik heb niet zoveel verstand van katten. Vertel eens, waar staan jullie bakjes?"

Alsof ze haar begrepen, renden de poezen naar de keuken. Inge ging ze achterna en zag al snel een wit dienblad met bordjes staan. Ze waste alles af en ging op zoek naar eten. Vervelend eigenlijk, ze was hier nog nooit geweest en nu stond ze alle kasten af te scheumen. Nou ja, het kon even niet anders.

Ze vond wat ze zocht en schepte de bakjes vol met harde brokjes en wat blikvoer. Nu nog een schaaltje vers water en dan konden ze er wel weer even tegen.

De katten begonnen meteen te smikkelen en Inge fatsoeneerde ondertussen de kattenbak. Een heel gedoe voor iemand die dat niet gewend was.

"Nou kom op," mompelde ze tegen zichzelf. "Ga kleren zoeken." Ze liep naar het gangetje en vond een trap naar boven. Op de overloop bleef ze staan. Drie deuren.

Op goed geluk duwde ze er een open en stapte naar binnen. Een soort werkkamer met een naaimachine en een schrijftafeltje. Ze onderdrukte de neiging om in de laatjes te gaan kijken, stapte de kamer weer uit en probeerde een volgende deur.

Ja, dit moest de slaapkamer zijn.

In de volgende minuten zocht Inge de nodige spullen op. Ze legde alles netjes bij elkaar op het bed, want ze kwam nu pas tot de ontdekking dat ze geen tas had meegenomen. Maar moeder had hier vast wel ergens een koffer. Ze deed een kast open en zag een grote weekendtas staan.

Zie je wel, daar kon alles makkelijk in.

Ze pakte de tas op en tilde hem uit de kast. En toen bleef ze stokstijf staan. Want achter de lege plek lag een hele stapel oude schriftjes. Inge zakte op haar knieën. Ze pakte een willekeurig schriftje van de stapel en sloeg het open.

*'Vandaag was het weer een sombere dag. Ik mis mijn kindje zo. Ik zie haar nog steeds voor me. Lieve bruine oogjes die me vol vertrouwen aankijken. En ik heb dat vertrouwen beschaamd! Waarom heb ik haar niet vastgehouden? Ze hoort bij mij, maar ik zal haar nooit meer zien.'*

Inge voelde hoe haar hart als een gek tekeer ging. Dit was een soort dagboek. Het dagboek van haar moeder! En het was wel duidelijk wie dat kindje met die bruine oogjes was. Zij zelf!

"Neerleggen Inge," zei Inge hardop tegen zichzelf. "Dit gaat je allemaal niet aan."

Maar waarom zou het haar niet aan gaan? Sterker nog, hier stonden allerlei dingen in, die zij dolgraag wilde weten. Wie haar vader was, bijvoorbeeld.

"Nee Inge, je moeder vertrouwt je."

Ja... maar als ze deze kans voorbij liet gaan, zou ze nooit weten wie haar vader was. Moeder deed daar immers ontzettend moeilijk over.

Ze bladerde het schriftje door en legde het achter zich. Daarna liet ze haar ogen over het stapeltje glijden. Er waren er minstens twintig. Ze kon ze niet allemaal tegelijk gaan lezen. Maar dat was ook niet nodig. Af en toe een regel was immers genoeg. Eens kijken, er zou vast wel een systeem in zitten, net als in die kaartenbak van Elza Naters.

Opgewonden wreef Inge een pluisje van haar wang. Oh, als het toch eens waar was! Als ze er nou eindelijk eens achter kwam, hoe haar echte vader heette.

Ze bladerde koortsachtig verder en het werd haar al heel snel duidelijk dat er lijn in de schriftjes zat. Dit was bijvoorbeeld uit latere jaren en deze was uit een tijd dat Maria Bastra amper twaalf was. Er moest iets tussen zitten.

En toen stokte Inges adem.

'*Waarom komen mijn menstruaties niet meer?*' las Inge. '*Zou dat iets te maken hebben met wat oom heeft gedaan?*'

Oom... Met een hoogrode kleur zocht Inge de eerste bladzij van het schriftje op en haar ogen gleden koortsachtig over de regels. Terwijl ze las, begon er zich heel langzaam een patroon af te tekenen voor haar ogen.

Een jong meisje, een kind eigenlijk nog, beklaagde zich over de attenties van haar oom.

'*Hij wil steeds maar aan mijn borsten zitten en als ik zeg dat ik niet wil, lacht hij zo raar. En gisteren is er iets vreselijks gebeurd, toen moeke niet thuis was. Ik dacht dat ik helemaal alleen in huis was, maar opeens hoorde ik iets. Ik keek voorzichtig om het hoekje van de deur en daar zag ik oom.*

'*Zo Marieke,*' zei hij, want zo noemt hij me altijd. *"Nou zijn we helemaal saampjes. Gezellig hè?"* Ik vond er niks aan. Ik kon niet zeggen, waarom niet, maar zo voelde ik het gewoon. Ik had me niet vergist. Hij kwam naar me toe en hij duwde me zo mijn kamertje in. Ik kon er niks tegen doen. Hij is zo groot en sterk. Ik werd op mijn bed gegooid en oom Frits kwam boven op me liggen. Het was zo vreemd en zwaar. Ik voelde zijn vingers overal*

*en ik begon te schreeuwen, maar hij lachte alleen maar: "Wees
eens lief Marieke. Er is toch niemand die je hoort."
Het was vreselijk. Hij trok al mijn kleren uit en lag me te bekijken.
En daarna... Het deed zo'n pijn, zo'n vreselijke pijn!'*

Inge sloeg haar hand voor haar mond. Afschuwelijk! Zo'n jong
kind! Misbruikt door haar oom! En was zij daar het resultaat van
geweest? Van een oom die zijn handen niet thuis kon houden?
Inge bladerde verder en las hoe oom telkens weer de stille
momenten gebruikte om het meisje lastig te vallen. En toen was
Maria dikker geworden. Dikker en dikker tot het haar moeder
begon op te vallen.

*'Moeke vraagt waarom ik geen verbandjes meer gebruik, maar
ik heb ze niet nodig. Ik weet ook niet waarom.'*

De schok van de ontdekking, die wat later kwam. Een meisje van
zestien verwachtte een kind van haar oom.

*'Moeke heeft het maar steeds over schande. Vreselijke schande.
Maar ik snap niet wat ze bedoelt. Ik wil mijn kindje houden.'*

Inge wreef over haar ogen. Ze hoefde eigenlijk niet verder meer
te lezen. Haar vader was een oom van haar moeder. Een egoïst
die alleen maar aan zichzelf dacht...
Geen wonder dat haar moeder dit niet had willen vertellen. Wat
had zij, Inge, eraan om dit te weten? Had ze écht gehoopt, dat
haar moeder een stille aanbidder zou hebben gehad? Een geheime
romantische liefde met Inge als resultaat? Ze moest de waarheid
maar onder ogen zien. Haar vader was een verkrachter! En er
was weinig liefde aan te pas gekomen, toen zij werd verwekt.
Stil staarde Inge voor zich uit. Die vent liep nog ergens op de

wereld rond, maar ze had totaal geen zin meer om hem ooit te ontmoeten. Eigenlijk stom, dat ze zo had doorgezet.

Maar aan de andere kant, was de waarheid niet beter dan die onzekerheid? Ze wist nu tenminste waar ze aan toe was.

Arme Maria Bastra... Haar familie had de schande niet aan gekund. Ze hadden hun bevlekte dochter naar Elza Naters gestuurd. En aan iedereen die het maar horen wilde, vertelden ze dat Maria intern een dure cursus volgde. Na de bevalling was ze teruggekomen naar huis en het leven was gewoon door gegaan. Inge bestond niet voor haar familie. Inge was een zwarte vlek, die gelukkig weer netjes weggepoetst was.

Vergeten schande...

Maar voor Maria was het leven nooit meer hetzelfde geworden. Elke dag, elke nacht, had ze aan haar verloren dochtertje gedacht. Ze had gehuild, gesmeekt en geschreeuwd, maar er had niemand geluisterd...

"Oh moedertje," kreunde Inge zacht. "Wat heb jij het moeilijk gehad. Al die jaren van verlangen en verdriet..."

Inge veegde een traan van haar wang en schoof de schriftjes weer netjes op hun plaats. Haar moeder hoefde niet te weten, dat zij stiekem had zitten lezen. Ze voelde zich er opeens vreselijk schuldig over. Ze had zitten snuffelen in dingen die haar niet aan gingen. Maar toch... Zij was dat kindje. Zij had best een béétje recht om te weten hoe ze op de wereld terecht gekomen was. Al was er niets om trots op te zijn...

Even snoof ze verachtelijk. In haar dromen had ze zich soms voorgesteld, dat haar vader een prins was. Uit een ver land. Die prins was verliefd geworden op een gewoon meisje en uit die zuivere liefde was Inge geboren...

De werkelijkheid was wel heel anders!

Met een woest gebaar gooide Inge de kast dicht. Ze moest niet zeuren. Ze had dit zelf gewild!

*Hallo dagboek,*

*Moeder is gelukkig weer helemaal bijgekomen, maar ze herinnert zich niks meer van het ongeluk. Vervelend, want hoe kun je nou aangifte doen als het slachtoffer zelf niks meer weet? Maar ik ben toch maar naar de politie gegaan en ik heb het verhaal verteld. Toen bleek dat ze ook net een aangifte hadden binnen gekregen van een auto die gestolen was. Een witte Opel Vectra. Net zo'n merk als waar ze moeder mee van de stoep hebben gereden.*

*Een dag later belde zo'n agent me op met de mededeling dat die gestolen wagen inderdaad de gezochte was. Hij stond op een parkeerplaats bij een van de Dalwegflats. Er zat een flinke deuk in de bumper en ze hebben bloedsporen gevonden. Nou ja, nou weten we nog niks van de dader. Die agent zei dat er twee mogelijkheden waren. De ene is, dat de auto expres is gestolen om moeder mee dood te rijden. Ja, niet erg waarschijnlijk hè? En het kan ook zijn, dat het een willekeurige joyrijder was, die in een dronken bui opeens intense zin kreeg om iemand van de stoep te karren.*

*De politie vermoedt het laatste, want wie zou er nou uitgerekend mijn moeder uit de weg willen hebben? Volgens oma heeft ze geen vijanden. Nou, zij zal het wel weten.*

Ik heb ook een brief geschreven voor de Soester Courant. Vrij simpel eigenlijk. Gewoon een oproep aan alle bijstandsmoeders en andere vrouwen die wel eens last gehad hebben met wethouder Van Loon. Ik vond het eerst wat eng om zijn volle naam te noemen, maar ik heb die videoband als bewijs dat hij het in elk geval bij mij heeft uitgehaald!

Als hij naar de rechter stapt om een aanklacht wegens smaad tegen me in te dienen, kan ik altijd dat filmpje laten zien. Maar ik vind zelf dat ik er een nette zin van heb gemaakt. Ik heb geen verkeerd woord gebruikt volgens mij. "Last" is nog tamelijk onschuldig. Mensen denken dan niet gelijk aan seksuele toestanden, terwijl het voor de slachtoffers behoorlijk duidelijk moet zijn. Tenminste, dat hoop ik. Het staat er vanmiddag in en ik ben reuze benieuwd naar de reacties. Ik heb gevraagd of ze mijn naam er niet bij willen zetten en dat vonden ze gelukkig goed. Er komt alleen "een bijstandsmoeder" onder te staan.

Verder heb ik van de politie nog geen echte reactie gehad op die videoband. Toen ik over moeders ongeluk kwam vertellen, heb ik natuurlijk even gevraagd hoe het ermee stond. Het was nog in onderzoek, zeiden ze. Nou ja, ik wacht het maar gewoon af. Hoewel ik het natuurlijk geen lekker idee vind, dat Jan en alleman naar die band zitten te kijken. Die agent keek me best een beetje raar aan. Het was net of hij dacht: "Daar heb je die porno-ster." Eigenlijk schaam ik me rot, maar goed. Sander zegt dat 't nergens voor nodig is om me te generen. Ik hoop maar dat hij gelijk heeft.

Zaterdagavond ga ik met Sander naar de bioscoop. Mam heeft

*al beloofd om op te passen. Ik heb alleen niet gezegd dat ik met een man uitga. Het is voor mij nog allemaal zo pril. Ik heb geen zin in bemoeizucht van anderen. Maar ik weet wel, dat ik Sander ontzettend aardig vind.*

*Sinds hij weet dat ik zo'n gedoe met Van Loon heb gehad, raakt hij me niet meer zomaar aan. Hij wacht erop, tot ik bij hem kom zitten en min of meer aangeef dat het mag. En meer dan zijn arm om me heen, kan ik echt niet verdragen. Maar hij is tot nu toe heel lief en begrijpend. Ik kan bijna niet geloven dat er zulke mannen bestaan. Het zal wel een tijdje duren voor ik mijn vertrouwen helemaal terug heb. En misschien komt het ook nooit meer...*

Inge legde met een peinzend gezicht haar pen neer. Sander was heel lief, maar dat was Arno in het begin ook geweest. En die was zo afschuwelijk veranderd nadat ze eenmaal getrouwd waren. Dat gezuip van hem! En dat stomme geflirt met andere vrouwen...

Inge zuchtte diep. Het werd hoog tijd om even bij haar moeder op ziekenbezoek te gaan. Benny had een verjaarspartijtje en hij zou pas om half zeven weer thuis gebracht worden. En Maria kon best even mee in haar draagzak. Ze werd wel elke dag zwaarder en over een poosje paste ze niet meer in die zak. Maar tegen die tijd zou ze bijna kunnen zitten en mam had haar dan al een kinderzitje voor op de fiets beloofd. Als ze haar pleegouders niet had, zou ze financieel niks meer kunnen. Mam stopte haar vaak iets extra's toe en dat had ze ontzettend hard nodig om haar hoofd boven water te kunnen houden.

Soms dacht ze eraan hoe het zou zijn, als ze met Sander zou trouwen. Maar dan schudde ze haar hoofd. Nee, ze ging nooit meer trouwen. En zeker niet om uit de bijstand te raken. Dat was niet bepaald een goede basis voor een huwelijk.

Ze verschoonde Maria, wurmde haar in de draagzak en fietste naar Medisch Centrum Molendael.

Toen ze tegen de deur van de ziekenkamer wilde duwen, trok iemand hem van de andere kant open. Verbaasd keek Inge naar de jonge vrouw die in de deuropening stond. Dat was politie-agente Marcella de Groot!

"Wat doet u nou hier?" vroeg Inge verbaasd.

De agente keek haar glimlachend aan. "Dag mevrouw Dubbeldam, wat heeft u een schattig dochtertje." Ze streelde Maria over haar haartjes en liep met een korte groet weg.

Inge stapte naar binnen. Bij het bed van haar moeder zat haar oma. De vrouwen stopten abrupt met praten toen ze Inge zagen.

"Ha Inge," begroette haar moeder haar blij. "Je hebt mijn kleinkind meegenomen, zie ik. Leg haar maar even bij me." Ze stak haar handen verlangend uit.

Inge tilde Maria uit de zak en legde haar bij haar moeder op het bed.

"Wat moest die agente hier?" vroeg ze.

"Ik heb me ineens van alles herinnerd," verklaarde Maria Bastra. "Van dat ongeluk."

"En?"

"Ik heb net aangifte gedaan."

"Maar wie was het? Kent u hem?"

"Dat is niet zo belangrijk."

"U bedoelt dat u het best weet, maar het mij niet wilt zeggen."

Naast het bed begon Inges oma uitvoerig te kuchen. "Ze heeft een signalement van hem kunnen geven," zei ze schor.

"Dus het was een man?" Inge keek haar moeder indringend aan.

"Ja, het was inderdaad een man."

"Maar u kende hem niet?"

"Ze heeft jouw ogen, moeke," zei Maria Bastra. "Kijk toch eens wat een lieverdje."

Inge keek naar haar moeder en naar haar oma. Ze waren helemaal verdiept in het piepkleine meisje op het bed. Of deden ze maar zo? Wisten ze iets, wat ze Inge niet wilden vertellen? Het leek er verdacht veel op.

Maar waarom? Waarom wilden ze iets voor haar verbergen? En wat?

"Ik mag morgen eindelijk naar huis," zei Maria Bastra.

"Moeder! Wat fijn! Zal ik u ophalen?"

"Nee, dat doet je oma wel. Die komt met een auto. Maar als je daarna koffie wilt komen drinken? Ik zal om een uur of elf wel thuis zijn."

"Goed." Inge knikte blij. "Dat is gezellig."

"Dan hoef je morgenochtend niet meer voor de poezen te zorgen. Dat doe ik wel als ik terug ben."

"Het is helemaal geen moeite. Het zijn schatjes."

"Ja kind, maar het is steeds een hele fietstocht voor je."

"Welnee, fietsen is gezond."

"Ik ben blij dat ze bij jou in goede handen waren," zei Maria

Bastra dankbaar. "Je hebt me ontzettend geholpen."

"Daar heb je nou een dochter voor," antwoordde Inge stralend.

*

Twee dagen later wandelde Inge tegen een uur of tien naar het politiebureau. In het rekje onder de kinderwagen lagen vier brieven in een tas. Brieven van vrouwen die net als zij door Van Loon misbruikt waren! En al die vrouwen wilden maar al te graag tegen hem getuigen. Nu had ze een muurvaste aanklacht. Hier kon niemand meer omheen.

Ze stapte resoluut naar binnen en liep met stevige stappen naar de balie. Ze herkende de dienstdoende agente direct en groette haar vriendelijk: "Dag mevrouw de Groot, ik heb nou alles rond tegen die Van Loon." Met een triomfantelijk gezicht legde ze de vier brieven op de balie.

"Wat mag dat zijn?" vroeg de agente.

"Vier brieven van vrouwen, die net als ik misbruikt zijn door wethouder Van Loon. Zij willen ook een aanklacht indienen."

Marcella de Groot haalde haar schouders op. "Ik ben bang dat 't weinig zal uithalen."

"Hoe dat zo?" zei Inge verontwaardigd. "Durven jullie hem niet aan te pakken omdat hij wethouder is?"

"Nee hoor," antwoordde de agente. "Wij doen niet aan klassenjustitie. Ik... Nou ja, ik kan het u net zo goed vertellen. Het zal vanmiddag wel in de krant staan." Ze kuchte even en vervolgde: "Mijn chef heeft zich persoonlijk met uw geval bemoeid. Omdat het om de wethouder ging. Met zo'n hoge piet kun je je geen fouten permitteren."

"Nee, dat zal wel niet," bitste Inge schamper.

"We hebben de wethouder gistermiddag laat een bezoekje gebracht. Hij was nog op het gemeentehuis. Mijn chef heeft hem geconfronteerd met uw klacht en met een andere aangifte."

"Welke andere aanklacht?"

"Ik heb u woensdagmiddag in het ziekenhuis gezien. Het was toch uw moeder die aangereden is?

"Ja," zei Inge verbaasd. "Maar wat heeft dat er nou mee te maken?"

"Er lag een Soester Courant op het bureau van de wethouder. Hij vroeg of die ingezonden brief soms van u afkomstig was," ging de agente verder zonder antwoord te geven op Inges vraag.

"Ja, die was van mij." Inge wees op de balie. "Daar zijn al die reacties van."

"Ik snap het," zei de agente. "Wethouder Van Loon was eerst ziedend. Hij sprak over laster en de verschrikkelijke douw die hij u zou geven, maar toen overhandigde mijn chef hem de videoband en vertelde wat erop stond."

"En hoe reageerde hij?" vroeg Inge.

"Hij vroeg of we hem een ogenblikje wilden excuseren. Hij had zich opeens een belangrijke afspraak herinnerd."

"En toen?" vroeg Inge gespannen.

"Hij was eigenlijk de kamer al uit voor we het in de gaten hadden. Mijn chef rende hem na en toen..."

"Ja? Waarom praat u niet verder?"

"Hij is van de trap gevallen. In de haast gestruikeld waarschijnlijk."

"Van de trap gevallen?" vroeg Inge verbaasd. "Hoe kan dat nou?"

De agente trok een verontschuldigend gezicht. "Hij moet in de haast gestruikeld zijn. Hij heeft zijn nek gebroken."

"Wat! Is hij dood?"

"Nee, volgens de behandelende arts heeft hij een dwarslaesie."

Inge staarde de agente aan. "Wat betekent dat?"

De agente haalde licht haar schouders op. "Een beschadiging van de zenuwen in zijn nek. Het komt erop neer dat hij vanaf zijn hals verlamd is."

"Helemaal verlamd?"

"Ja, bijna zijn hele lichaam, behalve zijn hoofd. Hij wordt beademd, geloof ik."

"Dat is niet best voor hem," mompelde Inge.

"Nee, maar voor u wel, als ik het zo zeggen mag. De vitale delen zijn voorgoed uitgeschakeld. U zult geen last meer van hem hebben."

Er kwam een glimlach op Inges gezicht. "Betekent dit, dat u me eindelijk gelooft?"

"Ja, ik geloof u wel. Het is een schande wat die man gedaan heeft. Ik mag het niet zeggen, maar het is een verschrikkelijke schoft. Vrouwen verkrachten en mensen proberen dood te rijden. Bah!"

Het duurde even voor Inge besefte, waar de agente het over had. "Mensen doodrijden?" vroeg ze verbaasd. "Bedoelt u... U wilt toch niet zeggen dat Van Lóón mijn moeder heeft aangereden?"

"Ja, dat was haar verklaring. Weet u dat niet?"

Inge schudde langzaam haar hoofd. "Ze wilde niks zeggen. Ik vraag me af..."

Er kwam een meneer binnen wandelen en de agente veegde de brieven op de balie bij elkaar. "Ik zal dit in het dossier doen en u hoort dan wel hoe het verder gaat. Maar ik denk niet dat het nog een rechtszaak wordt. Die man zit al opgesloten in zijn eigen lichaam."

"Goed." Inge knikte. "Wel bedankt en tot ziens."

"Dag mevrouw Dubbeldam."

"Vreeswijk," verklaarde Inge. "Vanaf vandaag heet ik weer Vreeswijk."

Ze haalde de kinderwagen van de rem en liep nadenkend naar buiten. Zou haar moeder echt door Van Loon zijn aangereden?

Ja, dat kon eigenlijk niet anders. Die agente was daar heel duidelijk over geweest. Maar waarom had moeder daar dan zo geheimzinnig over gedaan?

En dan was er iets wat nog veel raarder was. Wat had Van Loon bezield om eerst een auto te stelen en daarna uitgerekend haar moeder van de stoep te rijden? Of was zij toch een toevallig slachtoffer geweest? Misschien had Van Loon wel veel vaker zo'n moordzuchtige bui. Hij was immers overal toe in staat?

Er gleed even een glimlach over Inges gezicht. Als de agente de waarheid had gesproken, zou er niemand ooit meer last hebben van Van Loon. Alleen hij zelf. Ze had opeens ontzettende zin om heel hard te gaan lachen.

"Tata..." zei Maria in de wagen.

"Ja kind, je hebt gelijk. Mama is helemaal in gedachten. Ik ben zelfs de verkeerde kant op gelopen."

Inge schudde haar hoofd. Ze was bij het politiebureau zomaar linksaf geslagen in plaats van rechtsaf. Of had ze dat onbewust gedaan? Nu was ze al heel dicht bij het Kerkpad waar haar moeder woonde.

Even wilde ze de wagen omkeren en teruglopen, maar uiteindelijk stapte ze verder. Als moeder thuis was, kon ze haar meteen eens uithoren over dat auto-ongeluk.

Een minuut of tien later belde Inge bij haar moeder aan.

Het was haar oma, die open deed.

"Ha Inge, kom binnen."

Haar moeder zat met een bezorgd gezicht in de kamer.

"Moeder?" vroeg Inge. "Is er iets?"

Maar haar moeders gezicht werd meteen één en al glimlach. "Inge, wat fijn dat je er bent. En Maria ook. Kom maar bij oma, Maria."

Even later had Inge een dampende kop koffie voor zich staan. Ze nam aarzelend een slokje en besloot om toch haar vragen maar te stellen.

"Moeder?"

"Ja Inge."

"Ik eh... ik ben net op het politiebureau geweest..."

De uitdrukking op het gezicht van haar moeder veranderde niet. Of zag Inge een kleine flikkering in haar ogen?

"Die agente vertelde me," ging Inge dapper verder, "dat u bent aangereden door wethouder Van Loon. Is dat zo?"

"Ja," was het korte antwoord.

"Maar waarom zei u dat dan niet? U weet best, dat ik Van Loon wel... nou ja, dat ik hem wel ken."

"Daar had ik zo mijn redenen voor, Inge."

"Ja maar... waarom..."

Opeens stond haar oma naast haar. "Dit kan zo niet, Maria. Vandaag of morgen leest ze het in de krant."

"Wat lees ik in de krant?" vroeg Inge meteen.

Haar oma zuchtte diep en ging naast Inge zitten. "Het is allemaal wat moeilijk, kindje. Jij kent mij als mevrouw Breuking."

"Ja en vroeger heette u Bastra."

"Dat klopt kind. Maar ik heb je nog niet verteld wat mijn meisjesnaam is."

"Nee." Inge haalde haar schouders op. "Maar is dat zo belangrijk dan?"

Haar oma was even stil. Toen ze weer begon te praten, was haar stem verschrikkelijk schor. "Mijn meisjesnaam is... Ik heet van mezelf..."

Inge keek verbaasd naar de oude vrouw, die zich zo duidelijk ongelukkig voelde. Wat was er met haar? Waarom was die naam zo belangrijk, dat haar oma er vuurrood van zag?

"Ja?" zei Inge aanmoedigend. "Zegt u het maar gerust."

"Van Loon," verklaarde oma. "Ik heet eigenlijk Van Loon."

Inge begreep het niet direct. "Van Loon? Wat is daar nou..." En toen werd ze opeens krijtwit. "U bedoelt... u... wat..." stotterde ze.

"Wethouder van Loon is mijn broer," zei oma.

"Uw broer?"

"Ja."

"Maar..." begon Inge.

"Ik ben vorige week naar hem toegegaan," zei Inges moeder opeens heftig. "En ik heb hem gezegd dat hij van je af moest blijven."

"Oh nee..." stamelde Inge.

"Ik heb hem een ultimatum gesteld. Als hij je niet met rust liet, zou ik aangifte gaan doen bij de politie."

"Zijn antwoord was maar al te duidelijk," zei oma bitter. "Hij heeft geprobeerd om je moeder dood te rijden."

"Wat een schoft..." fluisterde Inge.

Oma knikte nadenkend. "Frits is altijd al een moeilijk geval geweest. Maar goed, hij heeft nu zijn trekken thuis."

"Frits..." prevelde Inge toonloos.

Haar moeder keek haar scherp aan. "Wat is er, Inge?"

"Ik heb vorige week die schriftjes gevonden," stotterde Inge en ze had het gevoel dat ze in een toneelstuk meedeed. Dadelijk zou haar moeder zeggen, dat haar verschrikkelijke vermoeden niet waar was. Het kon niet waar zijn.

Van Loon...

Ze haalde diep adem en praatte verder: "Ik bedoel die dagboekschriftjes. Daar stond in dat mijn vader..."

"Oom Frits," knikte Maria Bastra.

"Mijn broer," vulde oma aan.

Alles begon te draaien voor Inges ogen en ze zakte weg in een gitzwarte duisternis.

Toen het weer licht werd, lag Inge op een bank. Haar moeder zat naast haar en wreef met een koud lapje over haar voorhoofd.

"Moeder," fluisterde Inge. "Is wethouder Van Loon écht mijn vader?"

Maria Bastra knikte langzaam. "Ja Inge, ik had je dat willen besparen."

"Moeder? Wist hij, dat ik zijn...?"

"Ik heb het hem op zaterdag verteld. Toen ik het van jou gehoord had, ben ik gelijk naar hem toe gegaan."

"Maar hij is de dinsdag daarna gewoon bij me geweest! Toen hebben we die videoband gemaakt!"

"En een dag later heeft hij mij proberen te vermoorden." Maria Bastra zuchtte diep. "Denk er maar niet meer aan Inge. Ik heb je gezegd dat het een egoïstische schoft is. Zulke mensen bestaan er nou eenmaal."

"Hij heeft nu in elk geval ruim de tijd om over zijn zonden na te denken," mompelde oma met haat in haar stem. "Toch maar goed dat ik hem niet heb doodgeschoten. Hier lijdt hij veel meer van."

Inge keek haar oma aan. "Had u hem..." begon ze.

Oma knikte. "Wat denk je dan, kind," antwoordde ze bitter.

"Het was de enige manier geweest om die schoft te stoppen."

"Maar dan had u in de gevangenis..."

"Daar had ik elke minuut van genoten," zei oma wraakzuchtig.

"Die ploert heeft genoeg schande over onze familie gebracht."

# EPILOOG

De tijd ging voorbij. De zomer maakte langzaam plaats voor de herfst en na die stormachtige maanden, deed de winter haar intrede. Het was weer kerstmarkt in Soest.

Aan de rand van de nauwe straatjes wachtten de vrolijk versierde kraampjes op een nieuwe bonte mengeling van bezoek. De arrenslee reed zijn rondjes. En er liep een kerstman. Een vrolijke kerstman met een enorme buik.

"Daar heb je de kerstman, mama!" riep Benny.

Inge keek lachend naar de knappe donkerblonde man met de felgroene ogen, die dicht naast haar liep.

"Het is een hele andere dan vorig jaar, Ben."

"Dat ziet toch niemand!" zei Benny.

Inge lachte.

"Mag ik in de arrenslee?" vroeg Benny en hij wees naar de tingelende kar die net voorbij kwam rijden.

"Ik ga wel met hem," zei Sander.

Inge schudde haar hoofd. "We gaan met ons vieren. Ik kan er dit jaar prima tegen."

Ze zochten een plaatsje op de houten bank en de voerman legde zorgzaam een warme deken over hun benen. Daarna pakte hij een extra plaid om de kleine Maria behaaglijk in te stoppen.

Luid rinkelend vertrok de slee.

Inge zat dicht tegen Sander aan. Opeens voelde ze iets in haar oor kriebelen. Ze draaide haar gezicht naar hem toe en zag de lach in zijn felgroene ogen.

"Ik hou van je," fluisterde hij.

Inge lachte naar hem. "Ik ben ook gek op jou."

De arrenslee sloeg een hoek om en de paarden begonnen te draven.

"Wil je met me trouwen?" riep Sander boven de herrie uit.

Er ging een schok door Inge heen. Trouwen...

Ze had zich absoluut voorgenomen om daar nooit meer in te trappen. Ze kon het heel goed alleen. En je wist immers maar nooit hoe een man na de bruiloft veranderde?

"Ik ben Arno niet," zei zijn stem in haar oor.

Ze keek naar hem. Naar zijn lieve knappe gezicht en naar zijn prachtige groene ogen, waarin zoveel liefde was.

"Ik hou van je, Inge. Laat mij voor je zorgen."

"Ik kan me heel goed zelf redden."

"Dan zeg ik het anders. Mag ik alsjeblieft bij jullie horen?"

Inge zei niks meer. Haar ogen gleden over het Soester landschap, dat er hier weer zo heel anders uitzag. Groene weilanden met kromme wilgen en de ijsbaan, die als een grote plas water op de komende vorst wachtte.

In de verte kwam het drukke gewoel van de kerstmarkt alweer in zicht.

De kerstmarkt...

Alles was nu zo anders dan vorig jaar. Toen had ze nog gedacht dat ze een gelukkig gezinnetje vormde, samen met Arno. En nu was ze al lang en breed gescheiden.

Ze had haar echte moeder teruggevonden en ze wist wie haar vader was. Vader...

De slee ging langzamer rijden. Het ritje was bijna voorbij. Uit de lucht dwarrelden opeens kleine witte vlokjes naar beneden.

"Het sneeuwt!" riep Benny blij.

Sneeuw. Een witte wade die de wereld zou bedekken. De mooie dingen, maar ook alles wat lelijk was. Dik ingepakt onder een warme deken van sneeuw zouden de bomen en de struiken op het voorjaar wachten. En dan... dan barstten de knoppen weer open in een uitbundige bloesempracht. Een nieuw begin...

"Inge?" hoorde ze Sander vragen. "Waarom zeg je niks meer?"

"Tijd..." fluisterde Inge. "Gun me nog een klein beetje tijd."

Van **ANITA VERKERK** verschenen bij uitgeverij **Ellessy** de volgende titels:

*\* Bedrogen liefde*

*\* Het meisje in de rode jurk*

*\* Romance in Toscane*

*\* Als een zandkorrel in de wind*

*\* Een nieuwe toekomst*

*\* Gevaarlijke erfenis*

*\* Heimwee naar Lanzarote*

Surf naar **www.anitaverkerk.nl** of **www.ellessy.nl** voor meer informatie over deze romans én alle andere titels van Anita Verkerk.